"Записки безумной оптимистки"

«Прочитав огромное количество печатных изданий, я, Дарья Донцова, узнала о себе много интересного. Например, что я была замужем десять раз, что у меня искусственная нога... Но более всего меня возмутило сообщение, будто меня и в природе-то нет, просто несколько предприимчивых людей пишут иронические детективы под именем «Дарья Донцова».

Так вот, дорогие мои читатели, чаша моего терпения лопнула, и я решила написать о себе сама».

Дарья Донцова открывает свои секреты!

Дарья Донцова

Принцесса на Кириешках

Москва

ЭКСМО

2004

ИРОНИЧЕСКИЙ ДЕТЕКТИВ

СЕНСАЦИЯ

«ВКУСНАЯ» книга от звезды иронического детектива!

Представляем всем поклонникам творчества

Дарьи Донцовой

уникальное подарочное издание:

«Кулинарная книга лентяйки»

Дорогие читатели!

Не удивляйтесь, что я, Дарья Донцова, вместо детектива написала кулинарную книгу. Я давно собирала рецепты, а так как мне жаль времени на готовку, то в основном, это оказались рецепты, не требующие больших усилий и времени от хозяйки. За исключением, может быть, пары-тройки необычных блюд типа «Паэльи». Но это так вкусно, что вы нисколько не пожалеете о потерянном времени. Итак, в этой моей книге не будет трупов, но будет гусь, фаршированный яблоками, экзотические соусы и многое, многое другое.

Приятного аппетита!

В продаже с декабря

Глава 1

Единственный способ обрести безвозвратно потерянную вещь, это купить точь-в-точь такую же!

Не обнаружив в шкафу своей любимой черной кофточки с вышивкой, я призадумалась: ну и куда она могла подеваться? Вообще-то я отношусь к шмоткам легко и никогда не делаю трагедии из пятна на брюках или дыры на куртке. Но я не выбрасываю даже испачканные и порванные вещи, а черная кофточка исчезла бесследно. Я еще раз внимательно обследовала гардероб, залезла в такие углы, куда не заглядывала бог знает сколько времени, отрыла между прочим давно мысленно похороненные голубые джинсы, но блузки не обнаружила! В отчаянии я вывалила содержимое трехстворчатого монстра на ковер и провела почти час, аккуратно укладывая все назад. Кофточки не было.

— Эй, Лампудель, — заглянул в комнату Кирюшка, — ты чем занимаешься?

— Ищу блузку, черную, ну ту, что мне Катя подарила!

— Пропала?

— Начисто.

— Вспомни, где ты раздевалась, — посоветовал мальчик.

— Так здесь, дома, где ж еще!

— Кто тебя знает, — прищурился Кирюшка.

— Не болтай глупости! И потом, как ты это себе

представляешь: я бог знает где сняла одежду, а потом, не заметив, что полуголая, отправилась домой?!

— Ну ты подчас совершаешь и более идиотские поступки, — не сдался Кирик.

— Ты, собственно говоря, зачем пришел? — Я решила перевести разговор в другое русло.

— Сегодня в семь родительское собрание, помнишь?

— Да.

— Пойдешь?

— У меня есть альтернатива?

— Похоже, нет.

— Тогда зачем ты спрашиваешь?

— Для порядка.

— Понятно. Обязательно явлюсь пред очи твоей классной дамы. А если она хочет сообщить мне нечто этакое... Лучше предупреди заранее.

— Все нормально, — затарахтел Кирюша, — просто суперски. Две контрольные я проболел. А про двойку по инглишу ты и так знаешь.

— Ладно, теперь хоть морально я готова к аутодафе!

— Дай мне свою фотографию, — потребовал Кирюшка.

— Зачем?

— Велели в школу принести.

— С какой стати?

— Мы делаем стенд, посвященный дому. Зитина выдумка.

Я кивнула и порысила в гостиную, где в «стенке» хранятся альбомы. Зита — это классная руководительница Кирюши, и зовут даму на самом деле Зинаида Тимофеевна. Она не злая, просто очень занудная, настоящая советская учительница, разговаривающая со всеми ровным менторским тоном. Общаться с

Зитой практически невозможно, потому что она абсолютно уверена в собственной непогрешимости и очень категорична. Зита окончила педагогический институт в начале шестидесятых годов прошлого века и до сих пор считает, что дети, которых она учит сейчас, и те, что сидели перед ней лет этак сорок тому назад, ничем не отличаются друг от друга. При виде девочки с накрашенными ресницами Зита разражается длинной нудной нотацией на тему: «Единственное украшение девушки — чистота», если замечает на тетрадях наклейки, приказывает:

— Смени обложку, нам не к лицу эти капиталистические штучки.

Зита очень горюет, что в школе отменили форму и вместо коричневой толпы перед ней теперь мельтешит разноцветная. А еще в ее серый мир ворвались жвачки, конфеты на палочках, соки в пакетах...

— Просто безобразие, — взывает классная дама на родительских собраниях. — Товарищи! Не давайте сыновьям и дочерям всякую гадость, в особенности импортные продукты, они все отравленные. Лучше уж просто съесть кусок черного хлеба, чем банан. Ну подумайте, разве у вас обезьяны растут?

Родители посмеиваются, но Зита не оставляет надежды перевоспитать нас. Впрочем, никто из мам не ходит жаловаться на нее директору. При всех прибабахах, наша классная отлично выполняет свою работу. Если ребенок не пришел в школу утром, то уж будьте уверены, вечером в вашей квартире раздастся звонок и въедливый голос поинтересуется:

— Кирилл заболел? Он пропустил занятия.

Ни о каких наркотиках, табаке или пьянстве в нашем классе и речи быть не может, Зита бдит за детьми, аки Аргус. Она не упустит ни одной мелочи, потому как считает, что классный руководитель — это вторая мать. И еще неизвестно, которая из двух главнее, Зинаида Тимофеевна или та, что произвела ребенка на свет. Зита может вам позвонить и сказать без обиняков:

— Дружба Кирилла и Романа из «Б» неуместна. Роман растет без присмотра. Примите меры, и я тоже поработаю над этой проблемой.

Ясно теперь, почему я назвала ее «советской учительницей»? Это во времена моего детства были педагоги, считавшие подопечных своими родными детьми, теперь, увы, данный вид преподавателей практически вымер. Нынешние «Макаренко» другие, большинство из них, оттарабанив материал и выйдя из класса, тут же забывают о школьниках. Зита же старается привлечь их к внеклассной работе, она оформляет с ними какие-то стенды, газеты, плакаты, ставит спектакли, и, что самое интересное, Кирюшка и его приятели охотно во всем участвуют.

Вот и сегодня мальчику понадобилась зачем-то моя фотография. Восьмое марта давно прошло, завтра первое апреля.

— Нашла? — завопил Кирюша, влетая в комнату.

Я протянула снимок.

— Твоя кофта у Фени, — сообщил мальчик, выхватывая из моих рук фото, — я видел только что щенка с ней.

Я изумилась.

— Мопсенок надел блузку? Да быть того не может. Ты шутишь! Каким образом Феня ухитрилась вдеть самостоятельно лапы в рукава?

Кирюша покачал головой.

— Я же сказал не «в ней», а «с ней»! Твоя черная кофта валяется на кухне, Феня и Капа небось сперли прикид из кресла, ты же всегда в него шмотки швыряешь...

Не дослушав мальчика, я полетела по коридору, прихватив по дороге газету. Не так давно к собачьей своре, живущей в нашем доме, прибавились две мопсихи, вернее, два щенка, Феня и Капа. О том, как они оказались в семье Романовых, я уже рассказывала и повторяться не хочу[1].

Наши собаки — Рейчел, Рамик, Муля и Ада — уже взрослые. Конечно, они безобразничали в детстве, но стая составлялась постепенно. Каждый новый ее член тут же брался старшими товарищами в ежовые рукавицы. «Курс молодого бойца» «новобранцы» осваивали сразу, и особых хлопот мы не имели. Но сейчас в нашей квартире оказалось сразу два невероятно шаловливых создания, которые не обращают никакого внимания на патриархов и шкодничают без оглядки на взрослых. Сначала старшие собаки слегка порыкивали на маленьких разбойников, но потом поняли, что справиться с ними практически невозможно, и избрали каждый свою тактику. Муля залезает на спинку дивана и сверху, прищурившись, наблюдает за тем, как веселится подрастающее поколение. Рамик просто спит, он не выказывает никаких эмоций, когда Феня и Капа хватают его за уши, хвост, бегают по спине, кусают за нос и царапают лапами. В конце концов щенкам надоедает теребить безмятежного пса, и они переключаются на Рейчел, а Ра-

---

[1] См. книгу Д. Донцовой «Синий мопс счастья», издательство «Эксмо».

мик, стоически в течение получаса выдерживавший осаду, вознаграждает себя глубоким сном.

У Рейчел терпения меньше, стоит пакостницам вонзить свои мелкие острые зубы в ее длинный тонкий хвост, как стаффордшириха издает страшное рычание. Феню и Капу словно ветром сносит, на полусогнутых лапах они отползают в гостиную и обнаруживают там Аду, мирно дремлющую в кресле. И тут начинается! Бедной Адюське просто некуда деваться. Более коротколапая и толстая, чем Мульяна, она не может запрыгнуть повыше, туда, куда не добраться щенкам. Нет у Ады и стоицизма Рамика вкупе с железным характером Рейчел. Самое интересное, что Феня и Капа сразу просекли, что Ада — слабое звено, и поэтому, выстроившись «свиньей» (тех, кто не помнит этот боевой строй, отсылаю к учебнику истории за пятый класс), идут на мопсиху.

Адюня пытается сопротивляться, но куда там! Феня и Капа гоняют ее по коридорам, хватают за задние лапы, кусают за щеки и загривок. Иногда кто-нибудь из людей выхватывает Аду, отряхивает и сажает на спинку дивана, к Мульяне. Адюся благодарно лижет спасителя и блаженно закрывает глаза, доброе сердце не позволяет ей кусать щенков, хотя, право слово, порой это стоит сделать.

А еще Феня с Капой постоянно утыривают то, что, по их мнению, плохо лежит, и тащат в свое гнездо: поролоновый лежак, который мы разместили в кухне. Только не надо думать, что щеночки на нем спят. Ночь мопсята проводят в наших кроватях. Каким образом проныры заставляют нас собственноручно укладывать их под свое одеяло, это отдельная сага.

Так вот, о пропажах. Чего только мы не находили

на лежаке. Колготки Юли, губную помаду Лизы, галстук Сережки, дневник Кирюши. Один раз Костин с ужасом увидел, что Феня, прижав от удовольствия к макушке уши, грызет его табельное оружие. Впрочем, во всем плохом есть и хорошее. Я могла сколько угодно плеваться огнем, пытаясь приучить домашних класть свои вещи на место, но все было тщетно. Сережка и Юлечка, прискакав с работы, всегда швыряют куртки на диван, Кирюшка бросает свитер на подоконник, причем он не всегда достигает цели и чаще всего оказывается на полу. Лиза аккуратна с одеждой, зато по всему дому, в самых неожиданных местах обнаруживается ее косметика. А еще порой в нашем доме случается такая напасть, как визит незваных гостей. Когда я слышу в прихожей чужие голоса, то быстро проскальзываю в гостиную и пытаюсь навести там видимость порядка. Методику «уборки» я позаимствовала у Кирюши. Пока свалившиеся нам на голову люди снимают верхнюю одежду, причесываются и моют руки, я с космической скоростью запихиваю под диван все, что валяется на ковре, и комната приобретает почти приличный вид.

Одно время я пыталась бороться с домочадцами, но потом плюнула и решила: в конце концов, это наша квартира, живем, как хотим! Однако в последний месяц и Сережка, и Юля, и Кирюша, и Лиза, и даже Костин стали педантично засовывать вещи в шкафы. Правда, они не вешают их на «плечики», а просто пихают на полки, однако, согласитесь, прогресс налицо. Только не думайте, что посеянные мною семена аккуратности дали всходы. Просто Феня и Капа, обнаружив бесприорные пиджаки или брюки, мигом укладываются на них и с самым счастливым видом принимаются за работу. В результате вы получаете свои штаны капитально измятыми, усеянными острым мелким ворсом, в пятнах, с отгрызенными пуговицами. Один раз Капа добралась до рубашки Вовки и славно потрудилась над ней. На беду, в нагрудном кармане у Костина лежало сто долларов, майору вернули долг.

Можно я не стану рассказывать, как Лиза потом склеивала обрывки купюры? В конце концов девочке удалось реанимировать банкноту. Лизавета большая мастерица собирать пазлы.

Ворвавшись на кухню, я стукнула газетой Капу.

— А ну сейчас же слезай с моей кофты!

Мопсенок фыркнул, отскочил в сторону и демонстративно надул лужу. Я схватила бумажное полотенце. Вот вредина, нарочно написала, в отместку за «газетотерапию». В коридоре постелена специальная бумажная пеленка, предназначенная для лежачих больных. Это аварийный туалет для Фени и Капы: учитывая их малолетство, мопсятам разрешается присесть там.

Феня обычно честно несется к «унитазу», другой вопрос, что она не всегда добегает до него, но ведь главное — желание. А Капа без комплексов, она не слишком совестлива, где стоит там и пописает. А еще Капитолина вреднейшее существо, способное отомстить за полученный нагоняй.

Засунув замусоленную кофту в стиральную машину, я сварила обед и пошла на родительское собрание.

Зита была в своем репертуаре. Около часа она вещала о правильном воспитании, потом мы собирали деньги на классные расходы и распределяли между собой обязанности. Хорошо, что в нашем коллективе имеется несколько неработающих мам, которые охотно шьют занавески на окна, ходят с классом в музеи и театры, выполняют всякие поручения типа покупки тетрадей, ручек и прочей лабуды.

— На этом все, — объявила Зита, промурыжив родителей три часа.

Решив, что отделалась легким испугом, я первая побежала к двери.

— А вас, Евлампия Андреевна, попрошу задержаться, — каркнула Зита.

Пришлось возвратиться назад. Остальные родители опрометью кинулись в коридор. Мы с классной остались вдвоем.

Зита откашлялась и начала. Я старательно кивала, улавливая лишь обрывки фраз.

— ...Кирилл невнимателен... растет без отца... переходный возраст...

Все это я слышу от Зиты уже третий год подряд. Надо бы набраться окаянства и один раз гаркнуть: «Оставьте нас в покое! Кирюша замечательный ребенок, просто он не похож на пряник в глазури. Впрочем, если вы любите только сладкое, надо было идти работать на кондитерскую фабрику, а не в школу».

Но делать подобные заявления я побаиваюсь, вдруг Зита начнет за это мстить мальчику? Увы, родители школьников — зависимые люди, абсолютное большинство из них предпочитает задабривать учителей подарками, а не говорить им правду в лицо. Интересно, найдется ли в Москве хоть одна мать, способная сказать вредной училке: «Эй, швабра, отвянь от моего ребенка. Если он двоечник и хулиган, то в этом виновата ты сама. Плохо ведешь уроки, у тебя на занятиях тоска зеленая. Ну-ка, отвечай, что прочитала за эту неделю, а? Какую литературу освоила, что нового узнала? Долдонишь одно и то же десять лет подряд!»

— ...абсолютно невнимателен!

Я кивнула.

— ...двойка по-английскому!

Я снова кивнула.

— ...полное отсутствие фантазии.

— Да что вы, — возмутилась я, — с выдумкой у него все в порядке.

Зита скривилась.

— Нет. Он очень приземлен, мыслит прямолинейно!

Интересно, а по ее мнению, следует мыслить криволинейно?

— Вот вчера, — как ни в чем не бывало вещала Зита, — мы смотрели на уроке учебный фильм. Он завершался таким кадром: в небе парит самолет. Я в соответствии с методическим пособием спросила: «Дети, куда, по-вашему, летит лайнер?» Ребята стали отвечать, демонстрируя свою фантазию: на юг, к морю, к Бермудскому треугольнику... Когда очередь дошла до Кирилла, знаете, что он сказал?

— Откуда же?

— Самолет направляется в аэропорт.

Чтобы скрыть смешок, я закашлялась. А ведь верно, куда ж еще.

— Вам, похоже, весело, — укоризненно протянула Зита, — а чего стоят его размышления о форме одежды...

— Что вы имеете в виду? — заинтересовалась я.

Насколько я знаю, Кирюша признает только две разновидности одеяния: чистые джинсы и грязные джинсы.

— Мальчик говорит, что наряжаться можно неофициально, полуофициально и официально, — начала Зита.

Я разинула рот. Ну кто бы мог подумать, что Кирюша так хорошо разбирается в дресс-коде!

— Неофициальный стиль — это когда вы без носков, — возвестила Зита, — полуофициальный, если вы в носках, а официальный — когда оба носка одного цвета. Ну и как вам это?

Я стиснула зубы. Молчи, Лампа, молчи. С Кирюшкой разберешься дома. Ну почему он постоянно получает замечания? Вот к Лизе претензий никаких, кроме одной: слишком сильно красится.

Узнав, что в нашем доме живут плохо воспитанные, грубые, малообразованные, шумные, хулиганистые, ленивые дети и что такими их сделала семья, а школа не способна искоренить родительские ошибки, я в отвратительном настроении простилась с Зитой. Похоже, многие учителя просто энергетические вампиры, увидят родителей в хорошем настроении и тут же хотят его испортить.

Я вышла во двор и повернула налево. Дом наш стоит в двух шагах от здания школы, поэтому садиться за руль просто смешно. Вообще-то, надо бы сейчас пойти направо, добраться до проспекта и обогнуть супермаркет... Но это лишний крюк. Слева же громоздится стройка, ходить через которую категорически запрещено. Однако весь народ, наплевав на вывешенный плакат: «Стой! Опасная зона», бежит мимо возводимого здания, так намного короче. Я не исключение, поэтому, старательно глядя себе под ноги, поковыляла по узкой тропинке, злясь на словоохотливую Зиту, задержавшую меня в школе до темноты.

Стараясь не испачкать сапожки, я завернула за угол и почему-то испугалась, мне предстояло пройти самый неприятный и мрачный отрезок пути. В голове мелькнула мысль: может, вернуться назад и двинуть по хорошо освещенному проспекту вместе с толпой прохожих? Но меня тут же одолела лень. Топать назад? Да ни за что!

Я храбро пошла вперед, стараясь унять дрожь в коленках. Будем надеяться, что тут не затаился маньяк или грабитель. Хотя, если рассуждать здраво, у меня нет причин бояться ни одного, ни другого. Сексуально озабоченный тип скорее кинется на более молодую особу, а Соловью-разбойнику у Лампы и отнять нечего, в кошельке всего сто рублей, остальные деньги я отдала на классные расходы.

Я быстро шла вперед, изредка натыкаясь на битые камни.

Внезапно сзади послышался шорох, чьи-то крепкие руки обхватили меня, в висок уткнулось холодное железное дуло пистолета.

— Молчи, — прошипел бандит, — а то пристрелю.

Глава 2

Я ойкнула.

— Молчать!

— Ага, хорошо.

— Сказано, заткнись!

— Я согласна! Пожалуйста, делайте со мной что хотите, только не убивайте, дома дети ждут. Могу быстренько сама раздеться, прямо тут...

— На фиг ты мне сдалась, дура!

Я почувствовала, как ноги стали ватными. Это не сексуально озабоченный тип, возжелавший женщину до такой степени, что бросился на меня. Это маньяк-убийца... Впрочем, может, дело еще не так плохо?

Вдруг я нарвалась на элементарного грабителя или наркомана, которого ломает из-за отсутствия дозы?

— Послушайте, — попыталась я навести контакт с владельцем пистолета, готового прострелить мою голову, — не стоит тратить пули. Я сама отдам вам все ценное, правда, ничего особенного у меня нет. В кошельке сущая ерунда, но я могу вынуть из ушей золотые сережки и снять с шеи цепочку. Ну зачем вам вешать на себя мокрое дело из-за пары пустячных украшений? Отпустите меня, вашего лица я не видела, в милицию не пойду и вообще никому не расскажу, при каких обстоятельствах лишилась драгоценностей... И перестаньте тыкать мне в висок оружием, еще выстрелите ненароком!

— Хорош трендеть, — прохрипел мерзавец, — кретинка!

И вот тут мне стало по-настоящему страшно. Если парню неохота насиловать жертву и он не намерен отнимать не слишком дорогие, но все же золотые вещи, значит, на моем пути оказался не сексуально озабоченный тип, не грабитель, а натуральный псих, у которого есть лишь одна радость в жизни — убийство человека.

В голове пронесся вихрь мыслей. Не так давно, когда мой верный «жигуленок» в очередной раз сломался, я ехала в метро и, чтобы не умереть от скуки, купила на лотке тощий томик «Поведение в экстремальной ситуации», очень полезная в наше бурное время книга. Изучив ее, я была немало поражена советами, которые щедро раздавал автор. Ну, допустим: «Если вы находитесь в вагоне метро, в котором прогремел взрыв, немедленно бросайтесь в тоннель и беги́те как можно дальше!»

Очень мило, но, похоже, человек, написавший книгу, не знает про «третий рельс». Вступишь на пути, и тебя убьет током, нужно подождать, пока отключат электричество! Или: «Если вы застигнуты пожаром в небоскребе, прыгайте вниз из окна».

Кстати, может, оно и верно. Небось смерть от удара о землю менее мучительна, чем гибель в огне. А в случае встречи с маньяком издание предлагало следующее: «Со всей силы лягните насильника между ног, а когда тот согнется от боли, воткните ему пальцы в глаза». Мне отчего-то показалось, что поступать подобным образом никак нельзя. Скорей всего, напавший мужик не станет сгибаться, а обозлится еще больше. На мой взгляд, лучше попытаться с ним договориться.

— ...товарищ, — дрожащим голосом завела я, — то есть, господин! Неужели...

— Слушай, дебилка, — прокаркал невидимый злодей и посильнее сжал мою шею, — ты Евлампия Романова?

— Да, — прохрипела я, — разве мы знакомы? Очень приятно, я рада встрече, только никак не припомню ваше имя.

Убийца еще сильнее сдавил мое горло.

— Заткнись, убогая, и слушай! Тебе твоя семья дорога?

— М...м...м, — промычала я.

— Да или нет?

— Д-да!

— Ну и хорошо! — почти весело воскликнул мерзавец. — Значит, мы договоримся. Ты должна найти убийцу Курочкорябского, причем как можно быстрее. Усекла?

— Нет.

— Дура! Если обнаружишь того, кто пришил Курочкорябского, то все твои домашние останутся в живых. Коли нет, начну убирать их одного за другим: Катю, Сережу, Юлю, Кирилла, Елизавету, Владимира, Рейчел, Рамика, Мулю, Аду, Феню, Капу... Ну а тебя оставлю в живых. Будешь мучиться, вспоминая их и зная, что они погибли из-за того, что ты не справилась с задачей.

— Кто такой Курочкорябский? — я попыталась хоть как-то прояснить ситуацию.

— Ищи его сама! Не найдешь — пеняй на себя.

— Но где искать?

— Молчи, сука!

— Почему вы выбрали меня? — в полном отчаянии воскликнула я. — Ну не бред ли это!

— Заглохни! — рявкнул мужик. — Значит, заруби себе на носу: ищешь убийцу Курочкорябского, сроку тебе до первого июня. Не найдешь, прощайся со всеми. Умирать будут страшно, мы их помучаем по полной программе, уж можешь не сомневаться. Ну, согласна?

— Да, — выдавила я из себя.

Последовал сильный пинок, я упала лицом в строительный мусор. За спиной раздались торопливые шаги, потом воцарилась тишина.

Кое-как, дрожа от страха, я сгребла вместе ноги и попыталась встать. Принять вертикальное положение удалось мне не сразу. Очутившись на тропинке, я развернулась и бросилась назад, к школе, идти вперед по направлению к дому через стройку у меня не было сил, от ужаса тело почти парализовало.

Добравшись до учебного заведения, я вползла в

вестибюль и плюхнулась на низкую, обитую потертым бархатом банкетку. Вид у меня был не из лучших: джинсы на коленях порваны, кофточка вся в серой пыли, да и волосы небось стоят дыбом... Родители, в основном женщины, ожидавшие детей, занятых в разных кружках, весьма неодобрительно посматривали в мою сторону. Я попыталась унять бешеное сердцебиение. Произошедшее напоминало дурной сон. Курочкорябский! Никогда не слышала о человеке с такой идиотской, невероятной фамилией. Да подобных просто не бывает на свете! Ну и кошмар! Мерзавец с пистолетом знает всех членов нашей семьи по именам, а собак по кличкам, следовательно, он основательно подготовился к встрече со мной. Но почему именно я выбрана им на роль детектива? Нет, я сплю и вижу кошмар.

Внезапно к горлу подступила тошнота, я встала и, пытаясь сохранить равновесие, побрела в сторону туалета.

— Ну и женщины встречаются, — громко заявила одна из теток, угнездившихся на банкетке, — нальются по брови, в грязи извозюкаются и в школу припрутся. Ей-богу, некоторых детей до слез жаль!

Следовало обернуться и достойно ответить злобной бабе, но сил скандалить не было, я еле-еле дотащилась до санузла.

Туалетной бумаги там, конечно, не было. Одноразовых полотенец и сушилки для рук тоже. Впрочем, на унитазах отсутствовали круги и никаких следов мыла на умывальнике. При взгляде на ужасающий вид школьного сортира мне моментально вспомнилась покойная мамочка, которая говаривала: «Унитаз — это лицо дома». Ведь родители регулярно, раз в месяц, сдают деньги на всякие школьные нужды, в частности, нас обязывают купить по четыре рулона бумаги, две упаковки мыла и несколько пачек салфеток. Если умножим четыре на тридцать, а именно такое количество детей в нашем классе, то получится сто двадцать рулонов бумаги! При этом учтите, что остальные учащиеся — от первоклассников до выпускников — обложены тем же оброком. Интересно, сколько ребят в школе... ну-ка, подсчитаем примерное количество... классов тут три, я имею в виду параллельных, в каждом приблизительно по три десятка школьников, значит, их девяносто. Теперь умножим эту цифру на одиннадцать, а потом на четыре... три тысячи девятьсот шестьдесят рулонов. Ладно, предположим, не все сдали деньги, но трех тысяч штук с лихвой хватит сему образовательному учреждению на месяц! Так где же пипифакс, а?

Злость на школьную администрацию вышибла из меня страх. В коридор я вышла исполненная мрачной решимости. Нечего тут дрожать и думать, с какой стати именно меня выбрал на роль детектива преступник. Курочкорябский — очень редкая фамилия. Завтра прямо с утра отправлюсь в адресное бюро, узнаю, есть ли в Москве такая личность, уточню ее адрес, съезжу туда и посмотрю, что к чему, а сейчас надо двигать домой.

Не успела в голову прийти последняя мысль, как ожил мобильный.

— Лампуша, — радостно заговорила Катюша, — ты где?

— На родительском собрании.

— Долго еще просидишь?

— Оно уже закончилось.

— Иди скорей домой.

— Что-то случилось? — напряглась я.

— Ну... да!

— Неприятное?

— Вовсе нет.

— В чем дело?

— Сюрприз, — весело засмеялась Катя, — тебе понравится, честное слово! Давай поторопись!

Я спрятала мобильный и уставилась в стену. Интересно, теперь при каждом звонке из дома меня будет колотить озноб? Ну же, Лампа, приди в себя, встряхнись.

Я потерла виски руками, обрела способность воспринимать окружающий мир и поняла, что вижу свою собственную фотографию, наклеенную на большой лист бумаги. На стенде теснилось много всяких снимков, текст был написан аккуратной рукой какой-то девочки-отличницы. «Старые, но очень нужные вещи» — гласило название фотомонтажа.

Я машинально стала читать газету. «У каждого из нас в доме имеются старые, но нужные вещи, доставшиеся от дедушек и бабушек. Они называются «антиквариат». Но храним мы их не из-за цены, а потому, что они принадлежали нашим предкам. Ученики школы сфотографировали самые древние семейные реликвии и написали о каждой небольшой рассказ».

Мое удивление достигло предела. Ну и при чем тут я? Надо внимательно изучить стенд...

Девочка по фамилии Родионова представила ручную кофемолку, ученица Савратова чугунный утюг, Леша Ремезов рассказал про серебряный подстаканник... Наконец я добралась до заметки, подписанной «Кирилл Романов».

«В нашей квартире очень много барахла, но когда мама делала ремонт, она выбросила все старые, грязные и ненужные вещи. Моя мама считает, что мебель должна быть чистой, посуда не надбитой, а занавески новыми. Никаких дорогих вещей, передаваемых из поколения в поколение, у нас нет, была, впрочем, одна серебряная ложка, но она пропала, и слава богу, потому что размешивать ею сахар было очень трудно — ручка сразу нагревалась. Самой старой и очень нужной в хозяйстве штукой можно считать лампу. Она, правда, постоянно ворчит, зато очень вкусно готовит. Еще лампа может убрать квартиру, кроме нее, всем некогда, погладить брюки и пришить пуговицу. Лампа не досталась нам по наследству от дедушки, пару лет назад мама подобрала ее на дороге, где лампа валялась никем не востребованная. Но сейчас я даже не понимаю, как мы жили без нее. Лампа — очень нужная и полезная, через пятьдесят лет она станет настоящим антиквариатом».

Я захлопнула открывшийся рот. Ну, Кирюша, погоди! Зита тоже хороша, впрочем, она небось не поняла, что Лампа — это имя собственное. Не обремененный особой грамотностью Кирюшка везде написал слово «лампа» с маленькой буквы.

Нетрудно догадаться, что домой я пошла дальней, хорошо освещенной и людной дорогой. Никогда больше не буду бегать через стройку, даже если мне пообещают в конце пути гору золота.

В квартире вкусно пахло жареной картошкой. Я заглянула на кухню. Вокруг стола сидели почти все домочадцы, за исключением майора. Вместо Костина обнаружилась приятная, стройная дама неопределенных лет. Вначале я приняла ее за тридцатилетнюю, но потом поняла, что ей далеко за сорок.

— А вот и Лампа! — воскликнула Катюша. — Ну, почти все в сборе. Садись, Лампуша, для тебя повторяю еще раз. Нам жутко повезло! Ася Михайловна продает чудесный дом!

Я опустилась на табуретку и перевела дух. Слава богу, сюрприз и вправду приятный. Чтобы вы поняли, в чем дело, мне придется слегка отвлечься.

Наша семья проживает в достаточно просторных апартаментах. В свое время мы перетащили к нам Костина. Уговорили соседку поменяться с ним жилплощадью. Стен крушить мы не стали, Вовка живет отдельно, но это только кажется. Костин завтракает, обедает и ужинает у нас, его рубашки стираются в нашей машине, а холостяцкую берлогу убираю я. Правда, по мнению Вовки, госпожа Евлампия Романова могла бы быть и более аккуратной и пылесосить хотя бы раз в неделю.

Несмотря на полярность характеров и совершенно разный рабочий график, мы довольно мирно уживаемся вместе, скандалы в нашем семействе случаются не чаще, чем у других. Иногда, впрочем, мне хочется убить домашних, но это желание быстро проходит. Короче говоря, жить бы нам и радоваться, но полному счастью мешает несколько обстоятельств.

На нашем этаже проживает еще семья Узбековых, состоящая из трех человек и жирного кота. Глава фамилии — на редкость противный, склочный мужичонка по имени Александр Борисович. Отчего-то он решил, что имеет право делать всем замечания, и постоянно воспитывает соседей. Буквально каждый день в нашей квартире раздается звонок, и Александр Борисович скрипучим голосом выдвигает ультиматум:

— Ваши собаки сдвинули мой коврик у двери, поправьте! Кирилл натоптал на лестнице, уберите! Лиза очень громко разговаривала в лифте, укажите ей на недопустимость подобного поведения!

Сначала мы пытались решить дело миром. Я улыбалась склочнику, поправляла коврик, мыла плитку... Но Александр Борисович воспринял мое поведение как слабость и удвоил рвение. Апофеоз наступил в день, когда нам поставили железные двери. Вечером ко мне явилась делегация из жэка и показала жалобу от Узбекова. Часть текста привожу дословно: «Семья Романовых, незаконно сожительствующая с г. Костиным, незаконно присоединила к своим квартирам часть лестничной клетки, незаконно установив двери незаконного образца».

В особенности меня возмутил пассаж: «г. Костин»!

— Вы офигели? — по-детски спросила я Александра Борисовича.

Тот потряс перед моим носом сантиметром.

— Я измерил! Лестница из-за ваших незаконных дверей стала у́же на полтора сантиметра, уберите безобразие.

Тот, кто хорошо знаком со мной, в курсе, что я окончила консерваторию, играю на арфе, обожаю детективы и никогда не матерюсь. Но тут на язык стали проситься такие слова, что я не на шутку испугалась. Ну откуда я столь детально знакома с непечатными выражениями?

От бурного проявления негодования меня удержал умоляющий взгляд Узбековой, несчастной, рано состарившейся, замученной домашним хозяйством Али.

Иногда Аля приходит к нам и робко, шепотом, без конца оглядываясь на дверь, просит:

— Дайте соточку на пару дней!

Мне очень жаль ее, скупой Александр Борисович отстегивает супруге в день четко определенную сумму: тридцать девять рублей семьдесят четыре копейки. Раз в месяц он сам ходит за продуктами, а выдаваемых им денег жене должно хватить на повседневную ерунду. Иногда мне кажется, что, если бы Аля не питалась только хлебом, картошкой, макаронами и иногда посещала парикмахерскую, она не выглядела бы толстой, опустившейся старухой. Многие женщины в ее возрасте заводят любовников и кажутся молодыми.

После этого эпизода я перестала впускать к нам Александра Борисовича, а через неделю произошел еще один случай, окончательно поссоривший нас с Узбековыми. Мы купили новую СВЧ-печь и комплект посуды к ней. Заодно, раз уж оказались в большом торговом центре, решили не терять времени даром и прихватили еще постельное белье, плед для Лизы, подушку Кирюше, затарились продуктами...

Чтобы не таскать тяжести через весь двор, Сережка припарковал машину у самого подъезда, и мы начали вносить покупки в лифт. Жильцы, выходившие из башни, натыкались на автомобиль, но никто не высказывал недовольства. Люди улыбались, кое-кто, проходя мимо, бросал:

— Ну, у вас сегодня день не зря прошел!

И тут возник Александр Борисович. Естественно, склочник моментально потребовал отогнать машину на стоянку, Сережка, державший в руке коробку с новой печкой, буркнул:

— Не видите разве? Мы вещи носим! Закончим и отгоним.

— Это незаконно ставить машину подобным образом, — продолжал скандалить Узбеков.

— Вы идиот! — рявкнул Сережка.

— А вы у нас теперь прямо «новые русские», — ехидно прищурился мерзкий соседушка, — соответствующие привычки уже приобрели!

На секунду я растерялась. Серега покраснел, а Лиза вдруг громко возвестила:

— Лучше быть «новым русским», чем старым московским склочником!

— Я бы на вашем месте пошел работать, — влез в разговор Кирюшка, — а то жена по соседям побирается.

— Проходи мимо, пока в нос не дали, — шипел Сережа, — пошел вон, урод!

Александр Борисович забегал глазами по сторонам — как все сутяги, он трус, поэтому, поняв, что нас больше, сосед быстро ушел.

И с этого момента он начал военные действия. От нашей двери постоянно исчезает коврик, а ручка часто бывает намазана липкой дрянью. На крыльях машин кто-то пишет известное слово из трех букв, еще самым таинственным образом номер нашего телефона оказался на страницах газеты бесплатных объявлений, текст гласил: «VIP-сауна, девочки и мальчики на любой вкус. Рай для зоофила». Мы не оценили юмора Александра Борисовича и отвечали звонившим мужчинам, говорившим с сильным акцентом: «Ошибка, бани тут нет».

Вот почему мы все чаще стали задумываться о покупке дома в ближайшем Подмосковье. Откуда у нас взялись деньги на столь дорогую затею, объясню чуть позднее. Скажу лишь, что, кажущаяся на первый взгляд простой, задача оказалась практически невыполнимой. Мы объездили всю область и никак не могли остановиться на каком-либо варианте. Если дом подходил по цене, то он был неудобным внутри, если запрашиваемая сумма, архитектура и дизайн особняка нас удовлетворяли, то не устраивал участок: голый пустырь без единого дерева, а до соседнего здания чуть меньше метра. А когда и ландшафт, и особняк выглядели безукоризненно, от цены оторопь брала.

Я приунула, остальные члены семьи тоже лишились иллюзий, одна Катя упорно не поддавалась пессимизму. Она скупала газеты, ездила по новым адресам, обзванивала людей... И вот, кажется, подруга схватила удачу за хвост.

— Как только я увидела место, сразу пришла в восторг, — размахивала руками Катюша, — впрочем, пусть Ася Михайловна сама расскажет.

Наша гостья улыбнулась и сразу стала выглядеть еще моложе.

— Признаюсь, — приветливо сказала она, — терпеть не могу, когда люди начинают нудно и долго излагать никому, кроме них, не интересные истории. Но поскольку вы хотите купить дом, то, наверное, должны узнать, что с ним связано. Итак, семья Курочкорябских...

У меня из рук выпала вилка.

— Кто?

Ася Михайловна засмеялась:

— Это моя фамилия, Курочкорябская.

Глава 3

Лиза и Кирюша переглянулись.

— Ну просто офигеть! — пробормотала девочка.

— Таких фамилий не бывает, — брякнул Кирюша.

Я, старательно скрывая замешательство, сделала вид, что ищу упавший столовый прибор.

Катя округлила глаза, потом быстро сказала:

— Ася Михайловна, извините их, дети частенько бывают... э... такими... ну, в общем!

— Мне ничего не надо объяснять, — отмахнулась Ася Михайловна, — можете не продолжать! Да и к реакции на свою фамилию я давно привыкла. Понимаю, что у людей она вызывает смех.

— Мы не смеялись, — возразил Кирюшка.

— Просто мы удивились, — отозвалась Лиза.

— Молчите лучше, — предостерег Сережка.

— А вот со мной училась девочка, — влезла в разговор Юля, — ее звали Рита Аполлонова-Страшилова. Мы думали сначала, она нас разыгрывает, потом паспорт увидели и чуть не скончались. Ритка говорила, что ее предки очень родовитые...

Кирюшка вскочил.

— Ты куда? — спросила Катя.

— Уроков полно, — сдавленным голосом пробормотал он и бросился в коридор.

— Во, прикол! — взвизгнула Лизавета и кинулась за ним.

Из глубины квартиры донесся хохот и топот ног.

— Уж не обижайтесь, — снова покраснела Катя.

— Кому же в голову придет дуться на детей, — ответила Ася Михайловна, — вообще-то, и в самом деле забавно: Курочкорябская. Ладно, давайте о нас и о доме.

Я положила поднятую вилку на стол и постаралась сосредоточиться на рассказе новой знакомой.

О происхождении фамилии своего отца Михаила Ася ничего не знала. Никаких дворянских корней у семьи не прослеживалось. Книг, в которых содержалась бы информация о предках, они не имели, генеалогическое древо не вычерчивали, и стены их квартиры не украшали портреты в золотых рамах, откуда сурово взирали бы на своих потомков господа в камзолах и дамы в бальных платьях.

Ася знала лишь одно: отец был актер, достаточно известный, дедушка тоже. Чем занимался прадед, ей никто не рассказывал. Мама тоже работала в театре, гримершей, с бабушками Ася никогда не встречалась, они умерли до ее рождения. Кстати, мамина девичья фамилия звучала совсем просто: Петрова. Курочкорябской она стала после свадьбы. Жила семья в уютном подмосковном местечке, в благоустроенном доме, в котором имелось центральное отопление, горячая вода, телефон и прочие блага цивилизации в виде канализации, электричества и газа. Курочкорябским принадлежал целый гектар. Участок под строительство в свое время, очень давно, в середине двадцатых годов, дали деду-актеру. В те времена о наделах в шесть соток никто и не слыхивал, куски земли раздавались щедро. Дом построили основательно, он стоит до сих пор.

Ася всю свою жизнь провела в родовом гнезде. У семьи была еще и городская квартира, но ею практически не пользовались. Иногда муж Аси, профессор-историк, назначал там встречи аспирантам, жалея молодых людей, которым ради встречи с научным руководителем нужно было ехать на электричке. Кстати, расписавшись со Львом Яковлевичем, Ася не стала Глоткиной. Она оставила свою смешную фамилию, более того, еще дала ее детям: дочери Ольге и сыну Василию. Об этом просил на смертном одре отец.

— Милая, — сказал Михаил, — вот прямо сейчас поклянись, что сохранишь фамилию, а то ты девушка, распишешься, и пропадут Курочкорябские с лица земли.

Асенька, конечно же, пообещала любимому папе исполнить наказ. Она предвидела, что будущий муж может начать скандалить, и была готова дать супругу отпор.

Но судьба свела ее с Львом Яковлевичем, которому было глубоко наплевать на все, кроме монголо-татарского ига. Уже в молодые годы Лева был крайне рассеян, неприхотлив в быту, не умел вбивать гвозди, шарахался от любых работающих механизмов и без всякого сопротивления отдал руль управления семейной лодкой в крепкие руки Аси.

Несмотря на то что все тяготы жизни упали на ее хрупкие плечи, Ася была счастлива. Лева одну за другой завоевывал научные вершины: кандидат наук, доктор, профессор, академик... На полках теснились написанные им толстые учебники.

Невзирая на научные успехи, особых денег Лева не имел. Асе приходилось много работать, чтобы достойно содержать семью. Она не роптала, занималась любимым делом. Ася — великолепный переводчик, количество переведенных ею на русский язык произведений не уступает числу учебников, созданных Львом Яковлевичем. Но жили они все равно скромно, двое детей не дешевое удовольствие, а еще нужно содержать дом. Потом сын Курочкорябских неожиданно разбогател. Василий сначала добыл где-то вагон повидла, который удачно толкнул на Украине. Из Киева на вырученные деньги привез сахар, продал его в Москве, приобрел пару цистерн с бензином...

Получив на руки астрономическую сумму, Вася, в отличие от многих своих коллег, не стал больше рисковать. Деньги он вложил в собственный легальный бизнес и вскоре разбогател.

Потом Василий возвел на участке, где стоял родительский дом, еще один — кирпичный, теплый коттедж — для себя. Но жить в нем Василий и его жена Света не стали. И теперь здание выставлено на продажу.

— Когда его возвели? — спросил Сережа.

— Года два назад, — ответила Ася Михайловна.

— Долго строили? — поинтересовалась Юля.

Ася кивнула.

— Сначала лес вырубали, котлован рыли, коммуникации тянули.

— А почему Василий со Светой не въехали, когда здание закончили?

Ася Михайловна вздохнула.

— Ну... отец воспротивился. Дескать, нехорошо жить отдельно.

— Ну и странность, — покрутил головой Сережка, — что ж он молчал, пока шло строительство?

— Он не знал.

— Чего?

— Ну... что Васенька строит.

— Не видел рабочих?

— Нет. Участок большой, деревья скрывали площадку.

— Не слышал шума?

— Нет.

— И разговоров о доме?

— Нет.

— В такое мало верится, — вырвалось у меня.

— Вы просто плохо знаете Льва Яковлевича, — вздохнула Ася Михайловна, — он, если работает... а пишет муж всегда... в общем, его в нашем мире нет.

Сережа нахмурился.

— Ну, предположим. А сейчас почему дом продаете?

Ася Михайловна склонила голову набок.

— Мой сын погиб, трагически, нелепо, глупо... Светлана, его вдова, осталась с нами. Она категорически отказывается входить в здание, где планировала вести счастливую семейную жизнь. Ольга, сестра Васи, тоже не хочет селиться в доме, где все напоминает о брате. Коттедж пустует. Сейчас нам понадобились деньги, потому мы и решились на продажу. Вы не сомневайтесь, все документы в порядке, место замечательное.

— Это верно, — подхватила Катя, — с одной стороны, дом буквально в двух шагах от Москвы, с другой — коттеджный поселок...

— Приезжайте завтра и посмотрите, — предложила Ася Михайловна, — около полудня вас устраивает?

— Да, — быстро сказала Катя, — очень хорошо!

Я покосилась на подругу. Однако ей очень понравилось место, если она сразу соглашается привезти туда нас в столь неудобное для себя время. Напомню, что Катюша — хирург. Две-три операции в день для нее нормальное дело, и в полдень подруга занимается очередным больным. Она никогда не отменяет запланированных операций, для Кати работа всегда имеет приоритет, и вот, пожалуйста, ради дома она готова изменить своим принципам.

— Вообще-то, — протянула Юлечка, — мне завтра не слишком удобно, у нас клиент. Лучше в воскресенье.

Лицо Кати потускнело.

— В выходные тоже подойдет, — пробормотала она.

— Ничего не имею против, — улыбнулась Ася Михайловна, — вы мне очень понравились, я люблю животных и большие, дружные семьи. Думается, мы могли бы очень хорошо жить рядом. Но хочу вас предупредить, деньги нам нужны спешно, поэтому, если до воскресенья кто-то еще прочитает объявление, приедет и скажет: «Покупаю», естественно, коттедж достанется ему.

Катюша поникла. Сережка посмотрел на мать и заявил:

— Ну и фиг с ним, с клиентом, дом важнее.

— С ума сошел, — начала Юля, но потом вздрогнула — очевидно, супруг пнул ее под столом ногой — и мгновенно сменила тон: — А и верно! Значит, завтра в полдень!

На губах Катюши появилась совершенно детская, счастливая улыбка.

— Надо съездить на цветочный рынок, — мечтательно протянула она, — и подобрать там кое-что для посадок...

Я вздохнула, Катя — страстный садовод. Господь одарил ее разными талантами, в частности, редкостным даром к выращиванию растений. Лично у меня быстро умирают даже неприхотливые кактусы, а Катюша воткнет в землю железную банку, и из нее вырастет огромный куст, украшенный консервами.

Утро выдалось пасмурным, мрачным. Серые тучи низко висели над городом. В такие дни на меня наваливается полнейшая апатия и нежелание двигаться, лучше всего провести сутки под одеялом, изредка вылезая из-под него, чтобы выпить чаю и съесть что-то вкусное. Но, увы, вечером мне предстоит вести эфир на радио «Бум», а в полдень нас ждет Ася Михайловна.

К дому Курочкорябских мы прибыли вовремя и почти в полном составе. Ради осмотра особняка и участка Катюша отменила операции, Володя с Юлей не пошли на работу, а Кирюшка с Лизаветой пропустили школу. Впрочем, дети охотно делали бы это каждый день. Не хватало лишь Сережки. Ему-таки пришлось ехать на встречу с клиентом, который оказался провинциалом, прибывшим в Москву издалека, он не мог задержаться в столице более чем на сутки.

Сквозь серую пелену моросящего дождя мы покатили по шоссе. Всю дорогу Катя с несвойственным ей ажиотажем рассказывала о своих планах.

— Там два этажа и мансарда. Подвала нет, но это и к лучшему, иначе может возникнуть проблема с грунтовыми водами. Котел есть...

Я слушала ее вполуха, голова гудела от собственных мыслей.

— Видишь, — бубнила подруга, — асфальт прямо до ворот!

Впереди возник шлагбаум. Охранник в черной форме вышел из домика, посмотрел на номера наших машин и кивнул головой. Полосатая перекладина стала медленно подниматься.

— И безопасность на уровне, — тут же отметила Катюша, — так, нам сюда, Сиреневая улица.

У больших железных ворот стояла жена академика.

— Здравствуйте, Ася Михайловна, — сказала Катя, притормозив около дамы.

— Вы точны, как часы на Спасской башне, — восхитилась хозяйка, — кстати, прошу, обращайтесь ко мне просто по имени, без отчества. Я очень не люблю, когда меня величают «Михайловна», от этого кажусь себе старой графиней из «Пиковой дамы».

— Ну, в старуху вы превратитесь лет через пятьдесят, — улыбнулась я.

— Спасибо, — кивнула Ася, — вся беда в том, что, старея внешне, чувствуешь себя юной девушкой. Мне в душе не больше двадцати лет. Льва Яковлевича это иногда раздражает, он-то выглядит на свой возраст.

— А нам тоже звать вас Асей? — решил уточнить Кирюша.

— Тетей Асей, — мгновенно поправила я.

— Ни за что! — возмутилась дама. — Тетя! Ужасно, еще хуже, чем бабушка. Ася — и точка! Ладно, хватит о пустяках. Если дети слегка подвинутся, я влезу к вам и покажу дорогу.

— А мы еще не приехали? — удивилась я.

Ася умостилась на заднем сиденье.

— Это въезд в наш дом, а ваш дальше, здесь налево. Хочешь?

— Что? — удивилась я.

Ася сунула мне пакетик:

— Сухарики «Кириешки», очень вкусные.

— Спасибо, — быстро отказалась я.

— Ну и зря, — улыбнулась Ася, положила в рот несколько сухариков и захрустела.

Спустя пару минут мы очутились перед другими

воротами. Хозяйка щелкнула пультом, створка медленно поехала влево, и перед моими глазами возник лес. Между деревьями прятался дом, не очень большой, обложенный коричневым кирпичом, с яркосиней черепичной крышей.

Мы подошли к красивой дубовой двери. Ася открыла ее.

— Ну, прошу! — воскликнула она.

На осмотр мы потратили два часа. Внутри здание оказалось огромным. На первом этаже две просторные комнаты, ванная, туалет, прихожая, холл, кухня, столовая, гостиная... Кроме того, слева от жилых помещений на том же этаже была баня. Здесь же располагалась и холодная кладовка для продуктов. Удобная лестница с широкими ступенями вела наверх. На втором этаже имелись две комнаты, столько же ванных и туалетов. Разделял помещение овальный холл, отведенный под библиотеку. А еще тут имелась гардеробная. В комнатах были огромные окна и крытые балконы, но больше всего мне понравилась мансарда. Две здоровенные спальни с изломанными потолками, санузлы и опять гардеробные.

— Я живу тут! — хором заорали Кирюша и Лиза, бросаясь в комнаты на чердаке.

Ася улыбнулась.

— Правильно. Здесь и были задуманы детские. Кстати, везде проведены телерозетки, гнезда для телефона.

Вовка покачал головой:

— Впечатляет.

— Мы с Сережкой будем жить на первом этаже, — подскочила Юля, — не хочу бегать по лестницам. А Лампа с Катей на втором, как раз им по спальне с ванной!

— Тут везде стоит мебель, — сказал Костин.

— Да, — кивнула Ася, — кухня итальянская, три холодильника, стиральная машина, посудомойка. Шкафы в библиотеке, кровати в спальнях, тумбочки, кресла — это на заказ. Не поверите, все наше, отечественное. А как смотрится! Занавески мы подбирали в тон стенам, электроприборы...

— Просто удивительно, — пробормотала Катя, — все оформлено как будто для меня.

Я кивнула:

— Верно. Моя любимая нежно-бежевая гамма, а мебель из дуба такая основательная, это тебе не шкаф из опилок!

— Если вы купите этот дом, то ничего и делать не потребуется, — улыбнулась Ася, — только вещи перетащить. Потом украсите по собственному желанию, купите всякие мелочи...

— Вот и хорошо, — протянул Вовка, — а я останусь в городе.

— Почему? — удивилась я.

— Так для меня комнаты нет!

Ася показала рукой на стоящий чуть поодаль домик, тоже из кирпича, с синей крышей, уменьшенную копию основного здания.

— Это гараж, а наверху квартира: две комнаты, кухня, санузел, гардеробная. Он продается вместе с домом и включен в его стоимость.

— Класс, — подскочил Костин.

— Можно цветы посадить, — мечтательно протянула Катюша.

— Шашлык жарить! — воскликнула Юля.

— И собакам хорошо, гоняй весь день по саду!

— А воздух, воздух какой?!

— И соседей нет!

— Участок большой, делай что хочешь!

— Значит, мы его берем? — завопил Кирюша. — О, классно!

— Это как Лампа рассудит, — повернулась ко мне Катя.

— Ну, Лампудель, — хмыкнул майор, — кто денежки платит, тот девочку и танцует, скажи свое веское слово олигарха, обремененного мешком с золотыми дублонами!

Глава 4

Все уставились на меня. Я попятилась.

— Ну, сами решайте. Вообще-то мне очень нравится. Кстати, сколько стоит сия красота?

Ася назвала сумму. Костин закашлялся, но я, в отличие от Вовки, не испугалась. Дело в том, что у меня есть необходимые средства. До недавнего времени мне принадлежала роскошная многокомнатная квартира в тихом центре Москвы. Сама я давно живу вместе с Катей, с апартаментами же были связаны настолько малоприятные воспоминания, что я не захотела даже сдавать их, просто заперла на ключ, и все. Но потом произошла одна весьма неприятная история, и я решила продать жилье, в котором никогда не была счастлива, вместе с обстановкой, занавесками, кухонной утварью, постельным бельем и книгами. Я выставила на продажу даже собрание сочинений нежно мною любимых Александры Марининой и Татьяны Поляковой. Потом отправилась в магазин и приобрела их произведения заново. Я не хотела ничего из той, прошлой жизни. Наверно, глупое, но единственно возможное для меня решение.

Суммы, вырученной от квартиры, не хватит на покупку дома. Но у меня еще есть коллекция картин, доставшаяся от родителей. Если сегодня позвонить известному собирателю Анатолию Загорькину, который давно положил глаз на пару портретов кисти великих русских художников, то через два часа я буду иметь все средства для приобретения сего райского местечка.

Анатолий настолько хочет получить полотна, что привезет нам деньги мгновенно, боясь смены моего настроения.

— Ну, — торопил меня Вовка, — так как?

Я посмотрела на своих. Лиза и Кирюша мысленно уже живут в мансарде, Катя сажает георгины, Юлечка жарит шашлык, а Костин обживает квартиру над гаражом. Да и собаки будут счастливы: огромный сад, просто парк... Но почему на душе так тяжело? Почему я ощущаю некий дискомфорт?

— Если убранство вам не по вкусу, — предложила Ася, — мы все вынесем, забирайте дом «голым», цена, естественно, станет ниже. Но тогда вы на некоторое время лишаетесь гаража, потому что нам придется складировать там шкафы, полки и диваны, пока на них не найдется покупатель.

— Тебе что-то не нравится? — тихо спросила Катюша.

В ее голосе звучала такая безысходность пополам с тоской, что я моментально воскликнула:

— Все просто великолепно, не дом, а мечта!

Вздох облегчения вырвался у всех. Ася слегка покраснела и быстро сказала:

— Замечательно, знаете, мне очень не хотелось отдавать коттедж неприятным людям. И потом, мы же теперь будем соседями. Вместе с домом вам отходит и сорок пять соток земли, включая, естественно, ту территорию, которую занимает здание. Можете прямо завтра переезжать!

— Но сначала следует оформить покупку, отдать вам деньги! — воскликнул Костин.

Ася замахала руками:

— Это ерунда, главное, мы ударили по рукам, а формальности соблюдем, но на них потребуется некоторое время. Сегодня первое апреля. В мае в городе станет невыносимо: душно, пыльно, грязно. Берите необходимые вещи — и вперед. Мы же с вами, похоже, не мошенники, обманывать никто никого не собирается.

Катя заломила руки.

— Господи, вот счастье! Мне положен отпуск! Возьму его прямо завтра и за пару дней все перевезем.

— Я повешу свои картины с собачками, — подхватила Юля.

— А я все диски расставлю, — затараторила Лиза, — теперь место есть.

— Можно будет по вечерам с ребятами пивка похлебать, — заявил Костин, — и курить, сколько душе угодно!

Потом все принялись бурно обсуждать детали предстоящего переезда, но мне отчего-то становилось все хуже и хуже, в воздухе словно витало предчувствие беды.

— Если хотите, — сказала Ася, — можете поставить забор, мы тогда вообще никогда не встретимся. Хотя лично я бы с огромным удовольствием напрашивалась в гости. Кстати, я развожу цветы, могу похвастаться редкими, даже уникальными экземплярами, например, у меня есть клумба с розовыми ландышами.

Катя подскочила.

— Да ну! Мечта всей моей жизни их увидеть.

Ася улыбнулась.

— Могу дать вам несколько штук. Я забыла сказать: у нас в доме выделенная линия Интернета, если хотите, присоединяйтесь.

— Супер! — завопили Лиза с Кирюшкой. — Никакого модема! Ну класс! Не будет выносить в самый интересный момент из чата.

Ася повернулась к Костину:

— А пиво тут продают неподалеку, его варит маленькое частное предприятие. Соседи пробовали и очень хвалили.

— Скажите, пожалуйста, — потер ладони Вовка, — вот это совсем уж интересно.

Ася кивнула.

— Еще у нас огромная библиотека. Лев Яковлевич всю жизнь собирает детективы и совершенно не стесняется своей любви к криминальному жанру. Чего только у него нет!

Я подскочила.

— А кто именно из авторов?

— Из современных российских все, — ответила Ася, — даже те, кто, на мой взгляд, совершенно отвратительно пишет. А из зарубежных тоже полный набор, начиная с Эдгара По. Лучший отдых для моего мужа — это вечер с чашечкой чая и любимой книгой.

Я почувствовала в незнакомом Льве Яковлевиче родственную душу.

— А ваш супруг дает книги почитать? Некоторые

собиратели не разрешают чужим людям даже приближаться к полкам.

— Лев Яковлевич с огромным удовольствием пускает всех в свою библиотеку, — отозвалась Ася, — ему вообще несвойственно такое качество, как жадность.

— Господи, — прошептала Катя, — хорошо-то как! Вы только вдохните этот воздух.

Все усиленно зашмыгали носами.

— Лично я, — заявила Ася, — просто умираю в Москве, а тут...

В моем кармане затрезвонил мобильный, я отошла чуть в сторону от всех и сказала:

— Алло.

— Ну как у вас дела? — спросил Сережа.

— Восхитительно, — отозвалась я, — дом роскошный, участок выше всяких похвал, цена устраивает, а еще Ася готова поделиться с Катей цветами, здесь выделенная линия Интернета, а Лев Яковлевич собирает детективы. Нет, ты прикинь...

— Лампудель, — нервно прервал меня Сережка, — можешь сказать им, что я задерживаюсь и домой попаду лишь к полуночи?

— Конечно, — растерялась я. — А что случилось?

— В аварию попал, — мрачно пояснил он, — машина всмятку, только на металлолом сдать.

— Ты цел?!

— Тише, — шикнул Сережка, — незачем так орать. Со мной, как ни странно, ничего не случилось, хотя, по идее, должен был стать покойником! Меня зажало между двух холодильников, знаешь, такие здоровенные фуры. У моей машины все четыре двери теперь в один ряд идут, просто картина Репина под названием: «И какой же русский не любит быстрой езды!»

— Ужасно! Ты где?

— В больнице.

— Господи! Ты ранен?

— Лампища-дурища, — прошипел Сережа, — надо слушать собеседника ухом, а не брюхом. Сказал же: я цел и невредим, просто весь поцарапался. Смотри, никому ни слова.

— Говори адрес клиники.

— Зачем?

— Я приеду к тебе.

— Ни за что! Сам доберусь до дома, главное, никому ни слова.

— Но как ты думаешь скрыть факт аварии? — удивилась я.

Сережка закашлялся.

— Да просто. Тачка застрахована по полной программе, и она еще новая. Мне выдадут деньги, я быстро приобрету другую такую же, и дело с концом. А пока скажу, что машина в ремонте. Ну... например, ремень генератора лопнул.

— Его можно быстро поменять, а страховая компания пока почешется!

— Ладно, что-нибудь придумаю!

— Но номера будут другие, все поймут!

— Ну-ка, назови хоть одну цифру, — велел Сергей, — живо.

Я замялась.

— ...э... извини, не помню. Мне бы свой номер в голове удержать.

— Можешь быть уверена, другие такие же внимательные.

— Но как ты попал в аварию? — не успокаивалась я.

— Не знаю, — рявкнул Сережка, — словно подстроил кто! Выскочили два безумных рефрижератора из такого места, где никто их не ждал, и зажали меня. Говорю же, чудом уцелел. Ладно, вечером пошушукаемся, батарейка садится.

Я сунула сотовый в карман. Вот ужас-то! Сейчас на дорогах полно совершенно безголовых людей, которые попросту купили права, еще по магистралям Москвы рулят гастарбайтеры, непривычные к интенсивному движению. Впрочем, кое-кому вообще никогда не следовало бы садиться за руль, есть индивидуумы, которые совершенно не способны управлять автомобилем. Таких хоть сто лет учи, а толку не будет.

Домой мы приехали в радостном возбуждении. Дети сразу кинулись собирать чемоданы. Я пошла в свою комнату, вытащила калькулятор и призадумалась.

— Считаешь капиталы? — спросил, вваливаясь без стука, Вовка.

— А что? — насторожилась я.

— Лампудель, немедленно пообещай мне, что не станешь вручать всю сумму Асе Михайловне до оформления бумаг, — велел Костин.

— Но она же пустила нас в коттедж. Дом фактически наш.

— А юридически нет. Доллары передашь только в присутствии нотариуса!

— Ты очень подозрителен! Ася такая милая.

— Лампа!

— Хорошо, хорошо, — закивала я, — да и нету их пока в полном объеме. Картины еще продать надо.

— Вот и отлично, — повеселел Вовка. А потом возвестил: — Слышь, Лампудель, тебя не затруднит распихать мои скромные пожитки по узлам?

— Лучше собираться самому, — я попыталась отвертеться от навязываемой работы.

— Так мне на службу пора, — заявил Костин.

— Между прочим, я тоже занята, — парировала я. Вовка скривился:

— Сравнила нос с пальцем! Сидишь себе и лопочешь глупости в микрофон, а я очищаю город от преступников.

С этими словами он схватил с вешалки куртку и был таков. Я молча посмотрела ему вслед. «Лопотать глупости» в микрофон не так легко, как кажется. И потом, за мою простую на первый взгляд работу, платят больше, чем Костину за благородную борьбу с криминалитетом. Но делать нечего, придется запаковывать и Вовкин скарб. Все-таки мужчины на редкость ленивы! И Костин абсолютно не логичен! Деньги отдавать не велит, а переехать уже собрался, но так же нельзя, если вселяешься в дом, отстегивай тугрики. Ладно, я поступлю по-своему. Всей суммы и впрямь нет, но Анатолий Загорькин охотно купит картины, прямо завтра поеду к нему.

— Лампа, к телефону! — заорал Кирюша и швырнул трубку.

Я изловчилась, поймала ее, погрозила мальчику кулаком и сказала:

— Слушаю.

— Евлампия Андреевна Романова? — спросил милый женский голос.

— Да.

— Ваш телефон дал нам главный редактор радио «Бум» Александр Семенович. Знаете такого?

— Конечно, он мой начальник.

— Замечательно. Как вы относитесь к телевидению?

— Ну... положительно, а что?

— Хотите работу?

— Какую?

— Мы делаем утренний эфир, — защебетал голосок, — простите, я не представилась, Таисия Аляско, продюсер. Нам нужен гостевой редактор.

— Это кто такой? — не поняла я.

— Человек, который приглашает гостей в студию, — тарахтела Таисия, — уговаривает их прийти и работать в эфире. Ей-богу, плевое дело, а оклад — ого-го!

Услыхав сумму, я крякнула. Конечно, не ого-го, но если сложить ее вместе с рублями, заработанными на радио «Бум», тогда получится просто «ого», без «го», но все равно приятно. И потом, деньги никогда, во всяком случае в нашей семье, не бывают лишними.

— С огромной радостью, — перебила я Таисию, — но у меня эфир на радио, боюсь, не сумею совместить две службы.

— Ерунда, я же сказала, мы ранняя передача! Мотор в пять тридцать утра, в десять конец, и ты свободна, как ветер, — Таисия перешла со мной на «ты», — успеешь и на «Бум», и на второй «Бум», и на третий. Шикарное предложение, мы его лишь по одной причине делаем: берем на программу только своих, а тебя Александр Семенович очень хвалил.

— В пять тридцать утра?! — ужаснулась я. — Мама родная! Во сколько ж встать надо!

— Фу! Прямо слушать смешно! В четыре вскочишь, в полпятого за тобой машина придет.

— У меня своя есть.

— Ваще класс! Где живешь-то?

— Ну... за город переезжаю, близко от МКАД.

— Вмиг долетишь. Утром на дороге никого, я сто восемьдесят развиваю.

Я тяжело вздохнула. Моя машина просто развалится на такой скорости. Хотя если я приму предложение говорливой Таисии, то, вероятно, сумею купить себе что-нибудь поприличней. Впрочем, продав одну из принадлежащих мне картин, я давно могла бы стать владелицей престижной иномарки, но я никогда не стану разбазаривать коллекцию попусту.

— Вот что, Евлампия... прости, а как тебя нормально звать?

— Лампа.

— Ага! Давай договоримся, человек нам нужен с десятого мая. Ей-богу, фиговая работа. У тебя «Бум» ежедневно?

— Нет, два раза в неделю.

— Ваще не стоит париться! А у нас семь дней пашешь, потом неделю отдыхаешь.

— Хорошо, а где вы находитесь?

— Оста...

В ухо полетели гудки. Я замерла с трубкой в руке. Разъединилось. Бывает такое, сейчас Таисия наберет номер снова. Телефон затрещал.

— Останкино, — сказала я, — поняла, дальше!

Но вместо щебета Таисии в ухо ворвался скрипучий голос мужчины:

— Романова! Ищи убийцу Курочкорябского.

По моей спине побежали острые мурашки страха, уши загорелись. С той стороны провода был парень, схвативший меня за горло на стройке.

— Подонок, — выкрикнула я, — что тебе надо!

— Ищи убийцу Курочкорябского, иначе хуже будет. Все погибнут! Думаешь, трудно автокатастрофу подстроить? — издевался преступник.

Я на секунду онемела, а потом с трудом выдавила из себя:

— Так это ты!

— Что — я?

— Растер Сережку фурами!

Повисло секундное молчание. Затем негодяй заявил:

— Ищи Курочкорябских, отрывай убийцу, иначе всем твоим каюк, мы шутить не любим!

Ощущая себя героиней кинофильма, снятого плохим режиссером, начитавшимся криминальной хроники, я проблеяла:

— Да, конечно, но только кто вы?

— Тебе имя, фамилию и адрес по прописке сообщить? — хрюкнул собеседник.

— Нет... но... понимаете... как же я сообщу, если найду убийцу? Никакой связи с вами не имею!

— Я сам позвоню.

— Когда?

В трубке послышался смешок.

— Завтра, успеешь обернуться?

— Нет, конечно.

— Тогда первого мая. Но имей в виду, не разберешься — капец твоим близким. Работай, лохушка. От тебя — данные киллера, все! Иначе... И не вздумай пойти в милицию или навякать дома про меня! Ой, худо будет. У нас везде свои люди!

— Поняла, — быстро ответила я, чувствуя, как ноги становятся ватными. — Кстати, я вовсе не лохушка! Уже нашла семью Курочкорябских!

— ... — вылетело из трубки, — гонишь!

— Вовсе нет. Ася Михайловна, Лев Яковлевич, их дочь Ольга, невестка Света, живут за городом. Конечно, я проверю, но, думаю, в столице, кроме них, нет людей с такой фамилией.

Из трубки понеслись короткие гудки, либо сбой на линии, либо негодяй сам решил прекратить затянувшийся разговор.

Я в растерянности посмотрела в окно. Как поступить? Сказать Вовке об идиотской ситуации? Майор мне попросту не поверит. Сообщить ему, что авария была подстроена? Но тогда мне по полной программе достанется от Сергея, тот вовсе не собирается рассказывать близким о произошедшем. Кстати, правильно делает. И Катя, и Юля разволнуются до крайней степени. У Юлечки снова откроется аллергия, ее обсыплет пятнами, а у Катюши, не дай бог, начнется сердечная аритмия. Пару месяцев назад подруга не сумела встать с кровати, так сильно кружилась у нее голова. Я ужасно испугалась, увидав, как Катя падает, и вызвала «Скорую». Тот приступ спровоцировала одна неприятная ситуация, заставившая Катю сильно понервничать. Если она сейчас задергается, болячка снова вцепится в нее.

Телефон зазвенел вновь. Я поднесла трубку к уху:
— Алло.

Невидимый мерзавец, вынуждавший меня плясать под свою дудку, добился нужного эффекта. Я согласна на все. Страх за родных — самая лучшая плеть. Я не боюсь ни болезней, ни боли, ни смерти, но абсолютно не способна видеть терзания близких.

— Пиши давай, — заорала Таисия, — центральный подъезд, паспорт обязателен! Пока договариваемся на десятое мая. Накануне сделаю контрольный звонок.

— Хорошо, — ответила я и прижала к груди трубку. Делать нечего, придется разбираться в ситуации.

Авария, подстроенная для Сережки, говорит о том, что я попала в поле зрения людей, которые не любят шутить. Наша семья на самом деле находится в опасности, и только я сумею спасти своих близких.

Неожиданно оцепенение спало. Хватит маяться дурью, действуй, Лампа! У мерзавцев небось и правда везде свои люди, Сережку спасло только чудо. Значит, придется разруливать ситуацию самолично, не сказав родным ни словечка! Интересно, почему бандит обратился именно ко мне? Отчего сам не занялся этим делом? Зачем ему убийца Курочкорябского? И кого у них убили? Сына Васю? Ася говорила, что он погиб трагически, нелепо... Ладно! Я всенепременно разрою все до дна и не только найду убийцу, но еще и обнаружу того, кто решил втянуть меня в эту историю. И вот тогда плохо ему будет! Негодяй не знает с кем связался. Я тихий интеллигентный человек, но меня не надо злить!

Глава 5

Утром я подстерегла Вовку и велела:

— Проверь по своим каналам, сколько в нашем городе людей с фамилией Курочкорябские.

— Зачем? — спросил Костин, запихивая в рот огромный бутерброд.

— Как ты можешь есть такое? — возмутилась я. Майор быстро заморгал.

— А что? Колбаса не свежая?

— У нас в холодильнике не бывает тухлых продуктов!

— Тогда в чем дело?

— Только посмотри на сандвич! Белый хлеб, масло,

сыр, колбаса, опять сыр и толстый-толстый слой майонеза!

— Ну и?

— Здесь же полно холестерина! А калорий сколько! Ты сейчас слопаешь дневную норму белков, жиров и углеводов за раз, а потом начнешь переживать из-за лишнего веса!

— Лампудель, — с набитым ртом пробормотал майор, — мне глубоко наплевать на объем талии! Есть очень хочется, извини, конечно, за грубую прозу жизни. Кстати, зачем тебе информация о Курочкорябских?

— Мы совсем не знаем этих людей. А собираемся совершать с ними сделку на несколько сотен тысяч долларов! Вдруг они мошенники?

— Угу, — пробормотал Вовка, доедая чудовищное сооружение, — ты наконец-то становишься разумной.

— Уточни, кто такие Курочкорябские, и сразу сообщи мне, а то Катя уже развила бешеную деятельность, вон полквартиры сложила!

Костин кивнул и убежал. Наверное, я посеяла в его душе семена тревоги, потому что спустя короткое время он перезвонил мне и сообщил:

— Лев Яковлевич ученый. Ася Михайловна отличный переводчик. Сын у них погиб, сгорел на пожаре.

— Да ну?!

— Ага, жуткая история. У Курочкорябских имеется квартира в городе, ею редко пользовались, Василий остался там ночевать, уж не знаю по какой причине, ну и начался пожар. Ничего криминального. Дом давно без ремонта, проводка старая, вот и полыхнуло.

Я молча переваривала информацию. Так вот чью

смерть предстоит мне расследовать. Василий был убит, квартира занялась не из-за короткого замыкания.

— Его вдова, Светлана, осталась с родителями мужа. Ольга, дочь Аси и Льва, — спокойно продолжал Вовка, — работает в НИИ, в лаборатории, там какие-то лекарства делают, она незамужем. Детей не имеет никто, ни Оля, ни Света. Живут одной большой семьей. Ни в чем плохом не замечены.

— Интересно, зачем им понадобились средства, — пробормотала я.

— Разное случается, — протянул Вовка. — Очень прошу, погоди отдавать им деньги, не спеши. Ася же нас пока не торопит!

— А еще люди с такой фамилией есть?

Костин усмехнулся.

— Нет нигде. Ни в столице, ни в Питере, ни в Омске, ни в Перми. Ни в одном городе огромной России, эти Курочкорябские единственные, что, учитывая дикость фамилии, в общем, неудивительно. Ладно, мне пора на планерку.

Я села на табуретку около входной двери. Понятно. В мою задачу входит найти убийцу Василия Курочкорябского. И еще, деньги Асе я теперь отдам со спокойной душой.

Вручая Асе тугие пачки долларов, перехваченные резинками, я попросила:

— Не говори нашим, что я уже рассчиталась.

— Ага, — кивнула та, — ясно! Молчу, как лопата. Кстати, давай расписку тебе дам, а?

Я улыбнулась.

— Во-первых, ты не похожа на мошенницу, во-вторых, мы уже почти поселились тут, остались лишь формальности, в-третьих, мне некогда шляться по нотариальным конторам. Дай честное слово, что сделка завершится нормально.

— Клянусь, — торжественно ответила Ася.

— Отлично, у меня отпала одна забота, — воскликнула я, — теперь смогу спокойно заниматься своими делами!

Но все оказалось не так просто.

Поставив перед собой цель, я ровно неделю не могла сделать даже крохотного шажка в направлении расследования. Говорят, один переезд равен двум пожарам, поверьте, это неправда. Переезд — это ужас, катастрофа, встреча с Годзиллой... Слов не хватит, чтобы описать ситуацию. И потом, я и предположить не могла, сколько у нас барахла, просто немереная куча.

С какой стати мы развели целое стадо керамических свиней? Может, пошвырять их тихонько в помойное ведро, а потом сказать, что фигурки разбились? Приняв решение истребить на корню некстати расплодившуюся свиноферму, я сложила низ футболки ковшиком, свалила туда ни в чем не повинных хрюшек и потопала на кухню. Жить кичу оставалось от силы пару минут. Но тут, как на грех, из комнаты вырулила Лиза и заорала:

— Эй! Поосторожней. Разве можно таким варварским образом обращаться с моими обожаемыми статуэтками? Надеюсь, ты не собираешься их свалить в коробку прямо так?

— Нет, — мгновенно соврала я.

Хотя, почему «соврала»? Я на самом деле не собиралась класть глиняных монстров в ящик. Просто предполагала вышвырнуть красотищу в мусоропровод и со спокойной душой забыть о ней.

— Надо завернуть каждую в туалетную бумагу, — причитала Лиза.

— Хорошо.

— В три слоя.

— Ладно.

— Смотри не забудь!

Пришлось нежно пеленать уродов.

Следующей моей попыткой сократить количество перетаскиваемых узлов было желание избавиться от горы пыльных камней, невесть зачем валявшихся у Кирюшки наверху шкафа. Но когда я, покидав булыжники в пакет, вышла в коридор, мальчик заорал, как кот, которому одновременно прищемили хвост, голову, лапы, живот, шею и все остальное, чем богат самец этого вида млекопитающих.

— С ума сошла! Моя коллекция! Ты свалила ее, словно мусор!

— Грязные, пыльные обломки — коллекция?

— Да!

— Но они лежали тут незнамо сколько лет.

— И что из этого?

— Значит, они тебе не нужны.

— Нет! Это камнебарий.

— Ты о чем? — не поняла я.

— Камнебарий, — повторил Кирюша, — гербарий — сушеные травы, а камнебарий...

— Сушеные камни, — мигом подхватила Лиза, — во дурак!

Конечно же, вспыхнул скандал, плавно перешедший в драку. Результатом военных действий стали шесть царапин на щеках Кирюшки и синяк на ноге у Лизы. «Камнебарий» пришлось упаковывать, а вместе с ним и кипу старых журналов, которые оказались «картотекой», разбитый пластиковый стакан, смятые плакаты, какие-то гнутые железки и непонятную конструкцию из проволоки и гаек.

Но это были еще цветочки. Ягодки поспели, когда я вытащила с антресолей чемоданы, набитые давным-давно забытым хламом. Домашние накинулись на них, как изголодавшиеся коршуны на стадо тучных кроликов.

— Моя пожарная машинка!

— Вау, красные замшевые перчатки!

— О-о-о! Вот где лаковая сумочка.

— И вельветовые брюки!

— А галстук! Да я его обыскался.

— Бусы из ракушек! Любимые!

Я попыталась вразумить домочадцев, спокойно объясняя:

— Машинка потеряла все колеса, на перчатках пятно, лаковая сумка покоробилась, галстук вышел из моды, а в эти брюки, спору нет, замечательные, ты, Вовка, не влезешь никогда!

— Почему? — с раздражением поинтересовался Костин, теребя штаны.

— Да потому что они сорок восьмого размера, а тебе сейчас и пятьдесят второй мал!

Думаете, меня послушали? Ошибаетесь! Прижав к сердцу барахло, домашние, на все корки ругая расточительную Лампу, собравшуюся лишить их столь великолепных вещей, стали внимательно следить, что появится из других загашников.

Я молчала. Ладно, пусть тащат с собой бархатные занавески, смятый самовар, ватное одеяло, похожее на изжеванный коровой лист капусты, и скукоженную резиновую клизму. В конце концов, в новом доме огромные гардеробные, свалим туда «раритеты» и похороним.

Вышла я из себя только один раз, когда заметила, что Юля впихивает в тюк нечто кричаще-розовое, с полуоторванными воланами.

— Зачем тебе сия дрянь! — взвыла я.

— Это мое платье, — рассердилась Сережкина жена, — выпускное! Между прочим, оно из натурального шелка, знаешь, сколько такое стоит?

— Чего же ты его не носишь? — ехидно спросила я.

— Оно вышло из моды.

— Зачем хранишь?

— Я, между прочим, рачительная хозяйка, — серьезно заявила Юлечка, — вот родится у меня дочь, будет ей лет семнадцать, мода вернется. Наденет она платьице...

Я предпочла ретироваться. Да, модные тенденции имеют обыкновение ходить кругами. Мини-юбки сменяют макси, и наоборот. Но вот фурнитура, всякие пуговицы, пряжки, отделка... Девочка, нацепившая на себя мамин прикид двадцатилетней давности, будет выглядеть по меньшей мере глупо. Но я не стану спорить с Юлей, из-за одного крохотного лоскута ткани, выброшенного в помойку, общая картина не изменится.

В субботу прибыли грузчики и машина. Парни, одетые в синие щеголеватые комбинезоны, начали вытаскивать коробки, чемоданы, пакеты...

— Вы, хозяйка, не волнуйтесь, — сказал старший, — мы очень аккуратные, ничего не побьем.

— А потерять можете? — с робкой надеждой спросила я.

Бригадир уставился на меня круглыми испуганными глазами.

— Потерять? Что вы имеете в виду?

Я ткнула пальцем в огромную красно-белую сумку, набитую рухлядью с антресолей.

— Если эта дура исчезнет в процессе перевозки...

— Ну что вы! — воскликнул мужик. — Это просто невозможно! Наша фирма существует вот уже десять лет. Как вы думаете, стали бы к нам обращаться клиенты, если б вещички у них испарялись? Не сомневайтесь, доставим все до последней ниточки.

Я горестно вздохнула. Грузчик не дал мне договорить, я хотела ведь сказать:

— ...буду вам очень благодарна.

— Эй, Митька! — заорал тем временем бригадир.

Вмиг около нас возник невысокий крепыш.

— Да, Юрий Иванович.

— Видишь красно-белый баул?

— Да, Юрий Иванович.

— Головой за него отвечаешь.

— Ясно, Юрий Иванович.

— Смотри в оба.

— Будет сделано, Юрий Иванович.

Я предпочла уйти. Видно, не судьба мне избавиться от рванья, оно поедет в новые пенаты. Ну что может быть хуже, чем смена местожительства и сбор вещей?

Но, прибыв в особняк, я поняла, что заблуждалась. Что может быть хуже запихивания тряпок в узлы? Только их разборка на новом месте. Правда, я была предусмотрительна и надписала каждую коробку, а на чемоданы, сумки и тюки наклеила бумажки, на которых стояло: «Посуда из кухни» или «Верхняя одежда Кирюши».

Грузчики моментально растащили по комнатам багаж, и я принялась за дело. Начать решила с кухни. Ну, согласитесь, можно без особого ущерба для здоровья проходить пару дней в одной и той же кофточке и джинсах, а вот как существовать без чайника, ложек, кастрюль и прочей утвари?!

Засучив рукава, я разрезала веревки, открыла ящик и увидела гору скомканных тряпок. Никаких чашек в укладке и в помине не было, хотя надпись, сделанная синим фломастером, гласила: «Кружки и тарелки». Поудивлявшись, я вскрыла следующий тюк и вместо сковородок обнаружила в нем постельное белье.

— Лампа, — завопил, вбегая в кухню Кирюша, — где мои брюки? С какой стати в комнате стоит ящик с сервизом?

— Дайте поесть, — потребовал Костин. — Продукты привезли?

— Кому пришла в голову идея написать «Лизины шмотки» на сундуке с драными газетами? — понеслось сверху.

— Лампуша, — крикнула Катя, — у меня твои книги!

— Хочу обедать, — ныл Вовка.

— Где здесь выключатели?

— Как открыть шкаф?

— Вау, туалет! И не думала, что он тут!

— Где еда? — тупо вел свою партию майор.

У меня закружилась голова. Господи, мы никогда не разберем вещи.

— У свинки отбилась нога, — заорала Лиза. — Лампа, ты плохо завернула фигурки!

— Моя картотека, — сердился Кирюшка. — Лампа, ты перепутала вырезки.

— Постельного белья нет, — возвестила Катя. — Лампуша, ты куда его дела?

— У нас есть суп? — стонал майор. — Лампа, отчего ты его не сварила!

Чтобы избавиться от домашних, я вышла во двор и увидела наших собак, забытых на улице. Рамик и Рейчел, обалдев от простора, в полном восторге нарезали круги по двору. Грязные брызги летели во все стороны. Феня, повизгивая, пыталась поучаствовать в марафоне, Мульяна меланхолично грызла пенек, Капа... Ее нигде не было.

— Эй, Капецкий! — закричала я.

В ответ донеслось жалобное поскуливание, перешедшее в отчаянный плач.

— Где ты?

— У-у-у-у.

Минут пять, наверное, я пыталась определить, откуда несется стон, потом сообразила, что звук идет из большого серо-черного сугроба.

Я подошла и поняла, что случилось. Глупая Капа вскарабкалась на верх холмика, подтаявший снег не выдержал тяжести ее тела, и собачка провалилась вниз.

Изловчившись, я добыла дрожащую не то от переживаний, не то от холода совершенно мокрую Капу, сунула ее себе под куртку, остановила сумастошно бегающих Рейчел, Рамика и задыхающуюся Феню, оттащила Мульяну от пня, пригнала стаю домой и снова очутилась в эпицентре бури. На этот раз во всей красе встала проблема выключателей.

— Какой дурак сделал их внутри комнат, — сердилась Юля, — ясно же, что свет зажигают перед входом в помещение.

— Да это ерунда, — объявила Лиза, — но почему слева? Понятное дело, что люди в основном правши!

— Небось здание строил левша, — заявил Кирюша, — ты, Лизка, прожила полжизни и никогда не слышала о таких людях? Ну и кретинка!

— Сам дебил!

— Идиотка!

— Идиот в квадрате.

— Дура в кубе.

Поняв, что моя нервная система не выдержит зрелища начинающейся драки, я снова быстро шмыгнула на двор, вытащила сигареты и, прежде чем затянуться, всеми легкими вдохнула непривычно свежий воздух. Что ни говори, а за городом дышится по-иному. Потом взор упал на коттедж, и я вздрогнула. На какую-то секунду он показался мне суровым и мрачным. Неожиданно я ощутила беспокойство. Вся семья в восторге от дома, а мне тут отчего-то не по себе, я бы поискала другое местожительство, но нельзя же портить своим праздник. Ничего, обживусь здесь и привыкну... Тяжелая рука схватила меня сзади за плечо.

— Мама, — заорала я и выронила сигарету, — вы тут! Но у меня есть время до первого мая. Извините, что задержалась слегка с началом работы, это из-за переезда, завтра же...

— Лампудель, — произнес Вовкин голос, — ты рехнулась? Что ты несешь, не пойму?!

Я мгновенно обернулась, увидела Костина и с огромным облегчением воскликнула:

— Это ты!

— А кто ж еще? — удивился майор. — Мы есть будем? Я сейчас потеряю сознание от голода!

— Честно говоря, я не помню, в какой сумке продукты, потерпи немного.

— Может, сгонять в магазин? — протянул Вовка.

— Хорошая идея, — согласилась я, — и где он тут? Подскажи!

Майор сначала надулся, а потом вдруг неожиданно заявил:

— Ты послушай, какая тишина.

— Собаки лают.

— Это не то. В городе постоянный шум, машины ездят, люди ходят, а здесь...

Костин не успел закончить фразу, потому что звук его голоса перекрыл надрывно-отчаянный вой. По улице, от которой наш участок был отделен красивым забором из кованых прутьев, пронеслись две ярко-красные машины.

— Где-то пожар, — насторожился майор.

Я подняла глаза вверх. Над вершинами деревьев, чуть левее того места, где мы вели мирную беседу, к небу поднимался столб дыма.

— Похоже, полыхает совсем близко, — сказал Костин, — хорошо, что здесь не шестисоточные участки. Вот в таких местах, где коттеджи понатыканы, словно сельди в банке, огонь — беда. Один займется — и все сгорят.

Дверь дома распахнулась, и выскочили Лиза, Кирюшка и Юлечка. Натягивая на ходу куртки, они ринулись к воротам.

— Эй, вы куда? — крикнул Костин.

Лизавета и Юля, не говоря ни слова, выбежали на дорогу, а Кирюшка заорал:

— Курочкорябские горят! Такой огонь, что глядеть

жутко! Мы из мансарды заметили. Может, им помочь надо!

Мы с Вовкой, не сговариваясь, кинулись вслед за детьми.

Глава 6

Подойти близко к месту происшествия не дал жар, исходивший от полыхающего здания. Парни в робах сбивали пламя струями из брандспойтов.

Я быстро оглядела вымощенный плиткой двор и увидела Асю, прижимавшую к груди железную коробку.

— Ваши живы? — кинулась я к ней.

— Да, — растерянно кивнула та, — Лев Яковлевич, Света, Оля. Мы успели выбежать, я даже документы сумела прихватить. Никто не пострадал, только Света ушиблась, она с лестницы упала.

— Собирайте своих, и пошли в дом Василия, — быстро сказала я.

— Да нет, — забормотала Ася, — это же теперь ваш коттедж. Мы помешаем вам разбирать вещи.

— Вы простудитесь, наденьте куртку или пальто!

Ася поежилась.

— А нету, я в чем была, в том и выскочила.

Я потянула ее за рукав тоненькой кофточки.

— Пошли скорей, иначе воспаление легких вам обеспечено.

— Надо Льва Яковлевича позвать, — засуетилась Ася, — он может заболеть от переживаний. Ну-ка подержи.

Сунув мне в руки коробку, Ася метнулась влево. Я хотела поставить на землю железный ящик, оказавшийся неожиданно тяжелым, и уронила его. Крышка соскочила, внутри показались тесно уложенные, перехваченные разноцветными резинками пачки зеленых купюр. Я недавно отдала за дом огромную сумму наличности, поэтому сразу поняла: в коробке лежат те самые доллары. Быстро закрыв «сейф» крышкой, я подхватила его и прижала к груди. Ну Ася! Сует малознакомой женщине астрономическую сумму и убегает. Как вам это нравится? Похоже, дама совсем без головы, или она растерялась на пожаре?

Откуда ни возьмись появилась Катюша с чемоданчиком в одной руке, второй подруга поддерживала девушку со спутанными светло-русыми волосами.

— Осторожно, осторожно, — повторяла Катя.

— Ой, больно, — воскликнула девушка, — я сломала ногу!

— Нет, просто ушибла.

— Ужасно дергает.

— Ничего, ничего, потерпи.

— Лампа, — крикнула Ася, — помоги!

Я побежала на зов и увидела Курочкорябскую и высокого, полного, холеного мужчину в роскошном халате. Очевидно, это был хозяин дома. От Льва Яковлевича исходил такой сильный запах одеколона, что мне на секунду пришла в голову бредовая мысль: сейчас из брандспойтов льется не вода, а французский парфюм.

— Пошли, Лева, — велела жена.

— Я никуда не двинусь без рукописи, — красивым, хорошо поставленным баритоном заявил супруг, — если мой труд погибнет, то жизнь потеряет смысл.

Ася глубоко вздохнула.

— Лампа, покарауль Льва Яковлевича.

Я не успела кивнуть, как она метнулась в сторону пожарища. Ее стройная, девичья фигурка исчезла в дыму.

— Вернись, — заорала я, — с ума сошла!

— Ася, — перекрыл мой крик голос Льва Яковлевича, — там, на столе, еще и книга в зеленом переплете, прихвати ее тоже!

Меня на миг парализовало. Не двигаясь, я в полнейшем изумлении смотрела на совершенно невозмутимого ученого. Потом меня охватило негодование. Он псих! Жена бросается в полыхающий дом ради стопки исписанной бумаги, а муж не только не останавливает ее, но еще и приказывает добыть свою рукопись! Хотя, может, я чего-то не понимаю? Вдруг у них, у великих ученых, так принято?

— Никто не догадался прихватить плед? — спросила внезапно появившаяся толстушка в голубых джинсах и майке.

Лев Яковлевич ничего не ответил, его лицо приняло отсутствующее выражение. Толстая девица махнула рукой:

— Папа, очнись, где мама?

— Кто? — вынырнул из заоблачных высей ученый. — Мама? Олечка, господь с тобой, она же давно скончалась!

Дочь с нескрываемым раздражением взглянула на отца:

— Умерла твоя мать, бабушка Вера! А моя жива. Если помнишь, ее зовут Асей, и она является еще и твоей супругой!

— Я, Олюшка, обладаю замечательной памятью, — совершенно спокойно, словно сидя в кабинете, в удобном кресле, а не стоя около бушующего пожара, завел

ученый, — вот ты, например, можешь ответить, какого числа монголо-татарские войска захватили Смо-
ленск?

Оля скривилась:

— О боже! Понеслось.

— Значит, нет, — констатировал отец, — а я, которого ты опрометчиво обвинила в отсутствии памяти,
назову дату с легкостью...

— Не надо, — простонала дочь.

— Что же касается твоего вопроса, — ровным тоном вещал Лев Яковлевич, — то позволь напомнить
его формулировку: «Папа, очнись, где мама». Фраза
построена некорректно. Я, естественно, подумал, что
ты спрашиваешь о *моей* родительнице, такое понима-
ние вопроса вытекало из логики предложения. Если
ты хотела узнать об Асе, следовало по-другому сфор-
мулировать вопрос: «Папа, очнись, где *моя* мама?»
Тебе понятен ход моих рассуждений или нужно объяснить все еще раз? Все беды этого мира происходят
от того, что люди элементарно не умеют выражать
свои мысли: думают одно, вслух говорят другое, под-
разумевают третье, а понимают их все равно неверно.
Да-с! Кабы...

— Пойду гляну, может, Светка догадалась одеяло
прихватить, — оборвала отца Оля и ушла.

Лев Яковлевич покачал головой, покусал нижнюю
губу и вновь впал в нирвану.

— Лева! — выкрикнула запыхавшаяся Ася. — Вот
рукопись и книга. Пошли скорей!

Спустя два часа мы сидели в гостиной нового дома,
среди разбросанных тюков, полуразвязанных узлов и
нераспакованных коробок.

Курочкорябские выглядели плохо, все бледные,

потерянные. За короткое время мы успели перезнакомиться, и я поняла, что пухлая девушка Оля — дочь Аси и Льва, а Света, миловидная блондинка, вдова покойного Василия.

Еще мне стало ясно, что спокойной, размеренной жизни в только что приобретенном загородном особняке у нас не получится. Катя, вводя погорельцев в дом, произнесла:

— Вы не волнуйтесь, здесь полно места, все разместимся с удобствами.

Ася замахала руками:

— Нет, мы не можем так стеснять вас!

— Ерунда, — отмахнулся Костин, — сделаете ремонт и съедете.

— Если останется, что ремонтировать, — буркнула Оля.

— Значит, отстроитесь заново, — не сдался Вовка.

— Боюсь, у нас плохо с деньгами, — тихо сообщила Ася, — на жизнь-то хватит, а вот на масштабное строительство нет.

Я искоса глянула на женщину. Она не знает, что я случайно увидела содержимое коробки, неужели тех долларов не достаточно для восстановления здания? Впрочем, я же просила Асю не говорить никому, что отдала ей деньги. Вот она и старается ради меня.

Следующий час мы решали бытовые проблемы и наконец пришли к консенсусу. В мансарде будут жить Оля и Света. На втором этаже в одной комнате поселятся Юлечка и Сережа, в другой — Катя. На первом разместимся я и Лиза, нам отдают угловую спальню, Ася займет крохотную гостевую, для Льва Яковлевича переоборудуют сорокаметровую гостиную, а Кирюша переедет в гараж к Костину.

— Я не очень хорошо понял, — ожил ученый, узнав про план расселения, — я сплю здесь?

— Да, — кивнула Ася, — не волнуйся, мы очень уютно оформим комнату, повесим, как ты любишь, темные гардины.

— Мне без разницы, в каком месте спать, — раздраженно сказал муж, — я абсолютно неприхотлив в быту, но где стану работать?

— Здесь же, — ответила Катя, — комната огромная, просто Георгиевский зал. Внесем сюда письменный стол.

— Это совершенно невозможно! — покачал головой Лев Яковлевич.

— Почему? — удивилась Юлечка. — Вам здесь не нравится? Хотите, вселяйтесь в нашу спальню, а мы с Серегой переедем сюда!

— Я не могу писать там, где сплю, — заявил ученый, — мне для плодотворной работы необходим кабинет.

— Зачем? — разинула рот Юля. — Мы стол поставим и кресло.

— Боюсь, что вам, человеку не творческому, проблему не понять, — отрезал историк и повернулся к жене: — Ася, займись делом! Приготовь спальню и кабинет, помещения должны быть рядом, кстати, подойдет соседняя комната.

— Это столовая, — протянула Катя, — там все обедать будут.

— Ну, нам хватит и кухни, — быстро сказала Ася, — понимаете, Лев Яковлевич не способен жить так, как все. Он не простой человек.

— Да? — изогнула бровь Юля. — В чем же отличие богоподобного от нас, убогих смертных?

Ася слегка порозовела.

— Понимаете, Лев имеет мантии сорока двух международных академий.

— Он их коллекционирует? — наивно спросил Кирюша.

Щеки Аси стали медленно краснеть. Катя моментально вклинилась в разговор.

— Мы самые обычные люди, — сказала она, — на работе трудимся, дома отдыхаем, нам и впрямь не понять человека, который творит не на службе.

— Вовсе я и не отдыхаю в своей комнате, — возмутился Кирюшка, — уроки делаю до офигения.

— И я, — подхватила Лизавета.

— Мы с Сережкой рекламные тексты пишем, — сообщила Юля, — между прочим, это трудное дело!

— Кухня большая, — умоляюще сказала Ася, — в ней тридцать метров, неужели все мы не уместимся?

Домашние замерли, потом Катя тихо сказала:

— Ну конечно, пусть Лев Яковлевич устраивается.

— Вот и хорошо, — засуетилась Ася, — вот и здорово. Лева, Лева, ты слышишь?

Муж оторвал глаза от книги и весьма недовольно пробурчал:

— Весь внимание.

— В гостиной сделаем тебе спальню, а в столовой кабинет.

— То есть работать я буду здесь? — напрягся ученый.

— Да, тебе не нравится?

— Не слишком удобно без книжных шкафов!

— Библиотека небось сгорела, — совершенно не к месту брякнула Лиза.

Лев Яковлевич вскочил:

— Мои книги!

Ася бросилась к мужу:

— Не нервничай, милый. Они не пропали, девочка просто не в курсе.

На лице профессора появилось выражение блаженства.

— Очень хорошо, — кивнул он, потом оглянулся и добавил: — Пусть немедленно специально обученные люди переставят тут мебель, принесут книги и папки. Ася, займись. Остальных попрошу покинуть МОЮ половину, я хочу сесть за работу.

В полном изумлении мы выпали в коридор и начали заниматься хозяйственными хлопотами. Через некоторое время ко мне подошел Кирюшка и жарко зашептал:

— Слышь, Лампа, он псих?

— Кто? — волоча в нашу с Лизой комнату неподъемный тюк белья, спросила я.

— Профессор.

— Ну... так нельзя говорить о взрослых.

Кирюшка скривился.

— А если по-честному?

— На сумасшедшего он мало похож, — вздохнула я, — безумные люди частенько бывают неадекватны, ну, допустим, накидываются с ножом. А Лев просто эгоистичен, любит лишь себя родного, до остальных людей ему дела нет.

— Зачем Ася с ним живет? — не успокаивался Кирюша.

— Вот это нас не касается!

— Ты бы за такого замуж вышла?

Я пнула ногой узел, переместила его на пару миллиметров вперед и заявила:

— Свадьбу играть ни с кем не собираюсь, а поскольку у меня нет супруга, тебе сейчас придется помочь незамужней женщине.

Ночью, лежа на новой кровати в комнате, где нам с Лизой предстояло провести вместе не один день, я никак не могла уснуть: вертелась с боку на бок, переворачивала подушку, сдергивала и снова натягивала одеяло...

— Перестань скрипеть, — пробормотала Лизавета.

Я замерла на пару секунд, но потом опять принялась крутиться, пытаясь производить как можно меньше шума.

— Хватит шуршать, — сонно протянула Лиза, — только задремлю, ты меня будишь.

Я забилась под плед и попыталась не дышать, но уже спустя минуту поняла, что лежу на крошках, мелких, сухих, колких, надо встать и встряхнуть простыню.

— С ума сойти, — завздыхала Лиза, — если ты страдаешь от блох, возьми специальный ошейник и нацепи, он лежит у входной двери, около собачьих комбинезонов.

Я осторожно сползла с кровати и, стараясь не хлопать тапками о босые пятки, пошла на кухню. Может, если попить теплого чая, бессонница отступит?

Выключателя на стене я не нашла, его не было ни справа, ни слева. Поэтому пошла к плите, вытянув вперед руки, и наткнулась на что-то теплое, мягкое.

— А-а-а, — закричало оно, и тут же вспыхнула люстра.

Передо мной, одетая в халат Кати, тряслась Света. Она была так бледна, что я испугалась.

— Вам плохо?

— Это ты? — залязгала зубами Светлана. — Не надо,

пожалуйста, очень прошу! Неля, опомнись! Не трогай меня!

Услыхав последнюю фразу, я окончательно перепугалась:

— Света! Вы меня видите?

Но у невестки Курочкорябских были совершенно безумные глаза, остановившиеся, тусклые, словно у снулой рыбы.

— Что случилось? — послышалось из коридора, и в кухню вошла Ася.

Я кинулась к ней:

— Свете плохо!

Ася приблизилась к невестке:

— Пойдем в кровать.

— Не надо, зачем ты такое придумала, зачем?..

Ася обняла невестку и увела, я осталась одна и стала тупо вспоминать, с какой целью заявилась на кухню. Хотела пить? Есть? Курить? Вроде нет. Или вообще направлялась не сюда, а в туалет?

— Перепугалась? — спросила Ася, появляясь на пороге.

— Ага, — кивнула я.

Ася зябко передернула плечами.

— После смерти Васи Света сама не своя. Может, тебе странно слышать подобные речи от свекрови, но я буду очень довольна, если она найдет себе нового мужа. К огромному сожалению, Светочка даже не смотрит в сторону мужчин. Иногда с ней случаются странные вещи, ей кажется, что ее все хотят убить...

Я вздрогнула.

— Не бойся, — Ася заметила мою реакцию. — Света нормальная. Знаешь, почему она впала сейчас в такое состояние?

— Ну...

— Она сильно понервничала, — вздохнула Ася. — Васенька-то во время пожара погиб, ну и навалились на бедную всякие воспоминания. Да еще на тебе платье в бежево-коричневую клетку.

— Это халат, — поправила я Асю.

— Неважно, — отмахнулась она, — хоть пальто, просто подобное сочетание цветов было у моего несчастного сына любимым, в его гардеробе висело штук десять рубашек в бежево-коричневых тонах. Небось Света маялась бессонницей, пошла воды попить, погрузилась в свои невеселые мысли, а тут ты! Ладно, утро вечера мудренее. Вот увидишь, завтра она будет такой, как всегда.

Не став пить чай, я пошлепала в спальню, забилась под одеяло, послушала мерное сопение Лизы, потом встала и придвинула к двери тяжелое дубовое кресло. Никаких запоров на дверях тут не предусматривалось, а мне было очень страшно. Светлана походила на натуральную психопатку, мало ли что могло взбрести в ее лишенную разума голову.

Проснулась я внезапно, словно кто-то пнул меня ногой в бок. Села и пару мгновений никак не могла сообразить: где я? Незнакомый, идеально белый потолок, стены, ковер и мебель цвета мокрого песка... Взгляд упал на кровать со скомканным постельным бельем, потом выхватил большой лист бумаги, лежавший на моих тапках. Я взяла записку. «Лампа, мы уехали в город по делам, вернемся к вечеру, повесь мои вещи в шкаф». Это накорябала Лиза. Следующая фраза была начертана рукой Кати: «Не суетись, отдохни спокойно, приедем поздно. Курочкорябские разбирают вещи на пепелище. Слава богу, у них не все сгорело». В самом низу чернело короткое замечание от Вовки: «Будь другом, свари борщ».

Я встала, натянула халат и отправилась на кухню. Похоже, в доме никого нет, тишина стоит просто невероятная. Со двора не доносится лай чужих собак, шум машин, грохот, лязг, крик, даже вода не капает из кранов, а в окне вместо соседней противно-серой блочной башни виднеется лес.

Напившись чаю, я в растерянности замерла возле нераспакованных коробок, потом попыталась стряхнуть с себя оцепенение. Наверное, свежий воздух, состоящий в основном из кислорода, вызывает у городских жителей отупение и сонливость. Мой организм привык вдыхать бензиновые пары и «наслаждаться» шумом. Вот что, Лампа, принимайся за работу! Раньше начнешь, быстрей закончишь.

Руки стали ловко раскладывать посуду. Спустя какой-нибудь час кухня приобрела вполне уютный вид. Я огляделась по сторонам, так, все коробки пусты, а где же чайный сервиз? Скорей всего, ящик с ним случайно затащили в одну из спален.

Я пошла по комнатам на поиски чашек. Сначала заглянула в столовую — пусто, затем в гостиную. И была поражена. Похоже, Ася не спала всю ночь. Оба помещения, захваченные капризным Львом Яковлевичем, выглядели безукоризненно. Столовая была превращена в образцовый кабинет. В шкафах, предназначенных для хранения посуды, стояли книги. Оставалось лишь удивляться, где Ася взяла библиотеку. Сам Лев Яковлевич обнаружился в сорокаметровой гостиной, академик мирно спал на кровати. Невероятным, чудесным образом его услужливая жена ухитрилась произвести рокировку мебели. А сам ученый не принадлежит, похоже, к племени аскетов. Постельное белье у него шелковое, на тумбочке около ложа виднелись бутылка дорогой минеральной воды и ваза, наполненная крупной темно-вишневой черешней. Тем, кто забыл, напомню: на календаре самое начало апреля, и эта сладкая, очень вкусная и полезная ягода стоит на рынке бешеных денег. Что же касается воды, то я натыкалась иногда в супермаркетах на эти темно-зеленые бутылки и удивлялась, ну кто же приобретет минералку по такой немыслимой цене? И вот теперь я знаю ответ на этот вопрос.

В поисках ящика с сервизом я обошла весь дом, последняя спальня была та, что теперь принадлежала Свете. Думая, что женщины нет, я вошла в комнату и вздрогнула. На подушке виднелась голова с перепутанными кудряшками. Мне стало не по себе. Вдруг Света сейчас проснется и начнет вести себя еще более странно, чем вчера. Надо потихоньку уйти, фиг с ним, с сервизом, из кружек попьем!

Я попятилась, налетела спиной на этажерку и свалила ее на пол. На беду, наверху стояло довольно много всякой всячины: будильник, тарелка, пепельница и букет тюльпанов в хрустальной вазе. Все это обвалилось на ничем не прикрытый паркет, разбилось, разлилось, рассыпалось на осколки. Шум получился оглушительный.

Я невольно вжала голову в плечи: сейчас Светлана начнет ругаться последними словами и будет права. Ну с какой стати я вперлась в ее личную спальню без стука?

Глава 7

Но сердитого вопроса: «Что тут происходит?» — не прозвучало. Более того, Светлана даже не пошевелилась, я посмотрела на постель, кудлатая голова находилась в той же позе.

— Света, — позвала я, — Света!

Ответа не последовало.

— Извини, конечно, но уже час дня! Света! Тебе не надо вставать?

Женщина хранила пугающее молчание. Мои руки и ноги словно опутала липкая паутина, к горлу подступила тошнота, казалось, в воздухе запахло гнилью. Кое-как справившись с собой, я подошла к кровати и посмотрела на Свету.

Она лежала на боку, чтобы увидеть ее лицо мне пришлось присесть. Глаза невестки Курочкорябских были закрыты, нос заострился, изо рта вырывалось натужное, свистящее дыхание.

— Тебе плохо? — испуганно спросила я.

Нет ответа.

— Что у тебя болит?

Тишина.

— Голова? Сердце? Желудок? Ну отзовись!!!

Светлана не издала ни звука, она не слышала и не видела меня.

Я схватилась за телефон и набрала «03».

— «Скорая», слушаю.

— Женщине плохо, она, похоже, без сознания.

— Возраст?

Вот уж кретинский вопрос. Какая разница сколько лет тому, кто занедужил? Или они выезжают только к молодым? А всем, кому исполнилось пятьдесят, следует накрываться белой простыней и ползти на кладбище?

— Двадцать пять, — брякнула я.

— Адрес?

— ...э... э... поселок... по Новорижской трассе... примерно...

— Уточните адрес, тогда и вызывайте машину, — рявкнула диспетчер, — а если еще станете хулиганить, передадим данные в милицию. За ложный вызов можно и привлечь!

Не чуя под собой ног, я понеслась в бывшую гостиную и заорала:

— Лев Яковлевич! Проснитесь! Скорей!

Ученый резко сел, потом снова свалился в подушки.

— Что случилось? Орда город берет? Нас хотят взять в плен?

Если бы не ситуация со Светланой, я бы не преминула захихикать. Надо же, до такой степени выпасть из реальности! Но сейчас мне было не до смеха.

— Скажите скорей адрес!

— Чей?

— Этого дома!

Лев Яковлевич поморгал, потом нахмурился.

— Марфа! По всем вопросам, связанным с хозяйством, следует обращаться к этой... как ее... ну... э... да! Асе Михайловне! И еще! Имейте в виду, Марфа, никогда, ни при каких обстоятельствах не смейте входить в мои покои без приглашения. Ступайте в трапезную и готовьте пищу.

Я выскочила в прихожую, сдернула с крючка чью-то куртку, выбежала во двор и понеслась по направлению к сгоревшему дому Курочкорябских — скорей всего, Ася там, выносит уцелевшие вещи.

Очутившись около здания, я заорала:

— Ася!

Из разбитого окна выглянула баба в телогрейке.

— Хто? — спросила она.

— Где Ася?

— Хто?

— Хозяйка.

— Ах Михална?! Ща покличу.

Бабища обернулась и завизжала, как бензопила:

— Таньк, Михалну пошукай, пришли до ей!

— Ща, — донеслось изнутри. — Машк, где Михална?

— Тута нету.

— Валька, Михална у тя?

Меня стала отпускать тошнота, похоже, на пожарище работает неисчислимая куча народа. Внезапно из обгоревшего дверного проема показалась Ася, голова завязана простой серой косынкой, сама в черной куртке.

— Что-то со Львом Яковлевичем? — нервно спросила она.

— Нет, Светлане очень плохо, она без сознания!

— Бегу! — выкрикнула Ася.

В кратчайший срок мы преодолели обратный путь. Следует отметить, что Ася проявила себя с лучшей стороны. Бросив беглый взгляд на вдову сына, она схватила телефон. Я сгоняла в кладовку, притащила совок, веник и стала аккуратно складывать в помойное ведро осколки вазы. Мелкие куски не хотели заметаться, пришлось брать их руками.

— Разве можно возиться в грязи без перчаток? — укорила меня казавшаяся спокойной Ася. — Ну-ка, унеси это ведро и вымой руки. Вопьется стекло в пальцы, будешь полгода лечиться. Фу, ну и пахнет тут! Похоже, вода в цветах совсем протухла!

Я послушалась Асю и, надев резиновые перчатки, прибежала назад, но жена академика, словно подпитываемая энергией вечной батарейки, уже успела все убрать и вымыть пол. Окно было открыто, запах гнили исчез, на Свету свекровь положила еще одно одеяло. Мне опять стало страшно, ну где же врачи? И тут со двора послышались голоса, залаяли собаки. Ася побежала открывать дверь. Я села на кровать и забормотала:

— Ну-ну, все хорошо...

— Вася, — неожиданно четко произнесла Светлана, — это она! Мстит теперь, да! Сгорели! Все! Да! Она! Неля Смешкина, Смешкина, Смешкина, из-за нее! Ее надо... ее... Неля Смешкина, Неля... Неля... Она всех убила, и меня, и Васю!

— Сюда, скорей, — раздался голос Аси.

Я вскочила на ноги. Врачи в голубых халатах окружили постель, началась обычная в таких случаях суета.

Через полчаса белый фургон, отчаянно воя, унесся по направлению к Москве. Мы с Асей остались сидеть на кухне.

— Надо было поехать с ней, — запоздало спохватилась я.

— Чем же мы поможем? — мрачно отозвалась Ася. — Инфаркт! Да еще обширный.

— Ну... за руку просто подержать, — забормотала я, — медсестрам заплатить, нянечкам, чтобы лучше смотрели, знаешь ведь, как у нас!

— Мы прикреплены к частному медучреждению, — пояснила Ася, — за большие деньги. «Скорая» прибыла из этой дорогой клиники. Там сделают все, что только возможно. Тебе надо разбирать вещи, а мне пожарище... Ну чем мы Свете поможем сейчас? Приедем вечером...

— Ася, — громогласно позвал Лев Яковлевич, — Ася!

Моя собеседница, оборвав фразу на полуслове, кинулась на зов. Я села у окна и тупо уставилась на темно-зеленые елки. Инфаркт! Надо же! Он что, может случиться и в молодом возрасте?

— Ну и что произошло с фифой? — ехидно спросила, входя на кухню, Ольга. — Какая болячка на этот раз подкосила нежную розу?

— Света часто болеет?

Оля включила чайник.

— Да она здоровей молодого быка! Вот прикидывается гениально, а мама, дура, ей верит. Впрочем, Асю обвести вокруг пальца — раз плюнуть. Ведется на все, сразу хлопотать начинает. «Отдыхайте, отдыхайте, вам вредно волноваться, сама полы помою, кашу сварю». Просто слушать противно. На ней ездят, а мама улыбается! Светка хитрая! Вдова! Эка невидаль! У многих мужья умирают, и что теперь? Вслед за ними в могилу лезть? Жизнь-то продолжается. Можно опять свадьбу сыграть и завести нового мужа!

— Может, Светлана до сих пор любит Васю, — тихо сказала я, — бывают такие женщины, им нужен всего один мужчина.

— Насчет одного мужчины ты перегнула, — ухмыльнулась Ольга, наливая себе чай, — вот у меня подруга двоих выперла за хамство и лень. Решили, идиоты, если в обеспеченную семью попали, то им теперь корм на золотом подносе подавать станут. Ан нет, обломилось! Кто денежки заработал, тот их и тратит, сами ничего не принесли — ходите в китайских джинсах, а то сразу фирменные шмотки им подавай. Теперешний ее муж нормальный, но и то, случись с ним чего, она рыдать не станет, снова замуж выйдет. А Света! Очень уж ей в богатом доме жить нравится! Вот и раскинула хитрыми мозгульками, просчитала пронырливым умишком. Сейчас она кто? Вдова Васьки! Значит, своя в семье. Несчастная горемыка. Ася ей и одно подарит, и другое, и третье. Светочка на машине рулит, а кто авто купил? Ася! У нашей крошки в бумажнике золотая кредитка. От кого? От свекрови. Не жизнь, а масленица, никаких тебе забот и хлопот, вечный шоколад! Одна история с беременностью чего стоит. Слышала небось?

— Нет, — тихо ответила я, — откуда!

Оля поудобней устроилась в кресле, вытащила сигареты и заявила:

— Ну так я все тебе сейчас расскажу. Сначала о ее родне.

Жизнь Светы до замужества была беспросветно нищей. Отец у нее отсутствовал, мама перебивалась на зарплату воспитательницы в муниципальном детском саду. Образования толкового дочери она дать не смогла, и Света даже не пыталась поступить в институт. Мама повздыхала и посоветовала:

— Иди к нам в сад нянечкой, деньги крохотные, но хоть сыта будешь!

Делать нечего, пришлось Свете возиться с сопливыми малышами. Это только издали служба в дошкольном учреждении кажется необременительной. А вы попробуйте завязать тридцать пар ботиночек, натянуть три десятка рейтуз на вертлявые ножки, застегнуть армию пуговиц и крючков, еще подать еду, помыть полы, расставить игрушки. Да за такой адский труд любая зарплата копейкой покажется, но денег в конце месяца давали столько, что Света никогда не доносила получку до дома, тратила ее по дороге. Хорошо, хоть проездной покупать не требовалось, садик находился рядом с домом.

Так бы и прозябала Света, считая копейки, но тут на нее золотым дождем пролилась удача. Однажды в садик позвонил отец девочки Ксюши Смешкиной и взмолился:

— Светлана, сделайте христианскую милость. Жена заболела, в больницу днем ее отвез, сам на работе горю. Не могли бы привести Ксюху домой и посидеть с ней до моего возвращения? Заплачу сколько скажете.

Света заколебалась. Ее в тот вечер пригласили на день рождения. И вот теперь вместо веселья предстояло проводить время с Ксюшей Смешкиной. Правда, девочка была послушной и тихой, а ее отец вполне обеспеченным человеком. И Света выбрала работу.

— Согласна, — ответила она, не зная, что от этого слова коренным образом, словно по взмаху волшебной палочки, изменится ее жизнь, — только у меня же ключей нет.

— У лифтера дубликат хранится, — обрадованно пояснил мужчина, — я предупрежу его, он вас впустит.

Света беспрепятственно вошла в подъезд, получила связку ключей и попыталась открыть дверь квартиры, но не тут-то было. Ключ не хотел поворачиваться в скважине. Да еще Ксюша заныла:

— Писать хочу!

Света занервничала, пальцы ее задрожали.

— Вам помочь? — послышался голос.

Девушка обернулась и увидела молодого мужчину с приятной улыбкой на лице.

— Я сосед Смешкиных, — пояснил он, — а вы кто?

— Няня Ксюши, — не вдаваясь в подробности, ответила Света.

Вот так и начался их роман, завершившийся шикарной свадьбой. К чести Курочкорябских следует заметить, что никто из них не попрекнул Свету нищетой. Ася купила платье и туфли не только невесте, но и ее матери, а после бурного застолья молодые улетели отдыхать. Стоит ли говорить, что и пир, и путешествие были за счет мужниной родни? Оказавшаяся впервые за границей, Света постоянно задавала себе вопрос: ну что такое судьба? Если бы в тот день у Василия не сорвалась деловая сделка, если бы у него не образовалось несколько часов лишнего времени, если бы он не вспотел на жаре и не захотел принять в городской квартире душ, если бы она, Света, отказалась присмотреть за Ксюшей и отправилась веселиться на дискотеку... Если бы да кабы... То что? А ничего хорошего для девушки! Василий встретил бы другую, и в роскошном особняке поселилась бы не Света.

О своем фантастическом везении Света думала не переставая и вернувшись в Москву. Она никак не могла привыкнуть к тому, что теперь совершенно спокойно может зайти в магазин и приобрести все, что душа просит, причем не только для себя, но и для мамы.

К несчастью, Анна Сергеевна недолго радовалась дочкиному богатству. Она скончалась довольно скоро после свадьбы от обширного инфаркта дома, в одиночестве. Света, испугавшись утром, что мама не отвечает на звонки, понеслась домой и нашла Анну Сергеевну на полу в ванной. Мать собиралась ложиться спать. Ее лицо и шея были покрыты толстым слоем дорогого крема, тело окутывал изящный халат. Оставалось лишь утешать себя, что смерть была милостива к бывшей воспитательнице, забрала ее сразу, не мучая, после того, как Анна Сергеевна некоторое время пожила, не думая о материальных проблемах.

Скорбные хлопоты взяла на себя Ася. Гроб, место на кладбище, поминки, девять дней, сороковины — все было четко организовано. Анна Сергеевна получила самый шикарный и дорогостоящий последний приют, а на могиле вскоре воздвигли впечатляющих размеров памятник.

После кончины мамы Света стала хандрить, к ней постоянно привязывались всякие болячки. Из насморка жена Васи плавно въезжала в грипп, из него — в ангину. Отит, бронхит, ларингит... Затем начались проблемы с желудком, лечили язву, потом дисбактериоз и колит... В общем, не женщина, а ходячая медицинская энциклопедия.

Оля морщилась, узнав, что Света снова свалилась в кровать, ей казалось, будто жена брата ломает комедию. Просто той неохота ни учиться, ни работать. Отсюда и бесконечная череда болезней. Но Ася защищала невестку:

— Она остро переживает смерть мамы, скоро поправится.

Оля хмыкала, но молчала. Потом она сообразила, что у Светы в придачу к многочисленным болезням имеются еще и нешуточные проблемы по женской части. Вася хотел ребенка и неоднократно говорил, что в строящемся доме запланированы комнаты для малышей.

Света краснела и опускала голову, она, похоже, не могла забеременеть. Потом она стала шушукаться с

Асей, ходить на какие-то уколы, и наконец настал счастливый день, когда сияющий Василий объявил:

— А мы беременны!

Свету завалили подарками. Даже Лев Яковлевич, живущий в своем мире, и тот поздравил невестку, преподнес ей браслет. Оля считавшая, что рожать крикунов глупо, обозлилась. Вот оно как! Мама уже любит Свету больше, чем дочь!

Не удержавшись, Ольга ехидно заметила:

— Понятно, теперь мое место за дверью!

Ася обняла дочь:

— Не говори глупостей.

Но девушке показалось, что в голосе матери нет искренней теплоты. Сами понимаете, никакой любви к Свете Ольга не испытывала, рождения ребенка ожидала с раздражением. Сначала младенец начнет орать, не закрывая рта, потом побежит по дому — в общем, прощай покой. А еще придется изображать из себя если не любящую, то хотя бы нормальную тетю. Асе наверняка не понравится, если Оля выскажет вслух то, что думает о детях вообще и о своих будущих племянниках в частности. Так что никакой радости при известии о пополнении семейства Ольга не испытала. Но потом вдруг все самым наилучшим образом устаканилось. Очевидно, провидение сжалилось над дочерью Курочкорябских и исполнило ее желание.

Сначала умер Вася. Вообще-то, Оля к брату относилась нормально, хоть и старательно копила в душе давние детские обиды. Смешно, конечно, но ей до сих пор неприятно вспоминать, как Ася накричала на дочь, когда та случайно сломала модель парусника, которую Вася с усердием склеивал для выставки. Но смерти брату она не желала никогда, горевала, когда тот погиб, правда, недолго. Девушка утешилась простой мыслью: Васи нет, его, хоть вся слезами залейся, не вернешь, а она, Олечка, жива, следовательно, надо жить дальше, изредка вспоминая брата.

Через некоторое время после похорон у Светы случился выкидыш, и долгожданное дитя так и не увидело света.

Глава 8

— Понимаешь теперь, какая она хитрюга? — прищурилась Оля.

— Честно говоря, нет, — ответила я.

— О господи! — закатила глаза собеседница. — Ты прямо как Ася! Святая простота! Сейчас она вдова, ее жалеют и все капризы исполняют, а если снова замуж выйдет... Думаю, мама не станет ее тут терпеть, скажет: «До свиданья, Светочка, желаю счастья в новом браке», что, в общем-то, совершенно правильно. С какой стати ее потом содержать, а? Только Светка хитрая, она никогда себе не позволит привести другого мужика, впрочем, если нароет богатого... Хотя в такой поворот событий мало верится. Это мой брат дурак был, весь в Асю, любовь, морковь, кровь... Даже не заметил, что Светка уродка и дура. Нет, она тут жить будет, прикидываться больной, несчастной страдалицей. Вот увидишь, вернется из больницы, ей Ася очередные брюлики в ушки купит!

— Инфаркт трудно сымитировать, — возразила я, — это же не приступ мигрени, который в два счета изобразить можно! Светлане и впрямь было плохо.

Оля махнула рукой:

— Забей. Через неделю тут окажется и заноет: «Ой, ой, из окна дует».

— Кто такая Неля Смешкина? — спросила я.

Света нахмурилась:

— Ну и откуда ты о ней вызнала? О Смешкиной?

— Ты же сама только что произнесла эту фамилию.

— Я? — изумилась Ольга. — Не может быть! В нашей семье на нее положено табу.

— Извини, но у меня прекрасная память. Ты же рассказала про девочку Ксюшу Смешкину, которую Света привела из садика.

Ольга скривилась:

— Но про Нелю-то я не упоминала!

— А она кто?

Оля тяжело вздохнула:

— На будущее имей в виду, про Нельку тут заговаривать никак нельзя, в особенности при маме. Неля была нашей соседкой по городской квартире. Ася одно время хотела, чтобы Вася на ней женился, семья хорошая, обеспеченная, и у Смешкиной с братом одно время роман был, потом они разбежались — и вроде все. Но в тот день, когда у нас огонь вспыхнул, пожарные довольно быстро приехали и пламя потушили... да... так вот!..

Она внезапно замолчала.

— Ну и что? — продолжала недоумевать я.

Она пожала плечами.

— В сущности, ничего особенного. Только в спальне на кровати нашли два тела: Васи и Нели. Оба голые, в дыму они задохнулись. Нам потом в милиции объяснили: редко кто совсем в головешки превращается, как правило, водой залить успевают, а от дыма деться некуда, в квартирах полно пластика, синтети-

ки всякой. Вот они и надышались до остановки сердца. Да перед этим выпили, на столике бутылка виски
осталась. А еще нашли пустой пакетик из-под сухариков «Кириешки». Он в ботинок к Васе попал, потому и не сгорел, наверное, с тумбочки свалился. Ясное
дело, выпили, а на закуску только сухарики, ну и заснули. Ася, кстати, абсолютно уверена, что Неля убила Васю.

Я подскочила на месте:

— Да ну!

Оля ухмыльнулась:

— Прикинь! Нелька в Ваську втюрилась как кошка!
По нему вообще девки сохли, хотя мне лично непонятно почему. Вовсе даже был не красавец и не су-
пермен, такой пентюховатый, ни на кого голоса по-
высить не мог, ну что в нем хорошего?

Я молча слушала разболтавшуюся Ольгу. Очевидно, дети в семье Курочкорябских выросли разными.
Вася пошел в мать, приветливую, неконфликтную,
думающую только о других людях, а Олечка удалась в
папеньку, на редкость эгоистичного Льва Яковлевича. Похоже, академик не станет особенно переживать, если вся его семья внезапно вымрет. Его при такой ситуации взволнует лишь одно: кто же теперь
станет за ним, замечательным, ухаживать!

— Вася сам ушел от Нели, — продолжала Ольга, —
и вскорости женился на Светке. А Нелька словно с
цепи сорвалась, звонила, плакала, потом пугать его
стала: дескать, убьет разлучницу.

Вася встретился с бывшей любовницей и попытался ее урезонить. Неля вроде бы сконфузилась и пообещала более не мешать семье Курочкорябских, но
потом снова принялась названивать. Правда, теперь

ее угрозы стали иными. Свету Смешкина решила пощадить и оставить в живых, убить Неля хотела Васю, а заодно и себя.

— Ну и вышло чего? — без всякой горечи в голосе сказала Оля. — Она таки выполнила задуманное. Заманила Васю в постель и подожгла квартиру!

— Ужасно, — вздрогнула я, — может, все-таки это неправда? Вдруг проводку замкнуло? А как Света отреагировала, узнав, что муж умер в постели с другой женщиной?

Оля скривилась:

— Ася у нас ненормальная! Позвала меня и сказала: «Упаси вас бог сообщить Свете о Неле! Ей волноваться нельзя. Вася и не думал жене изменять, сами знаете, как он Светочку любил, это все Неля! Ее рук дело! Опоила его спиртным и убила!»

— И Света не узнала об измене мужа? — с легким сомнением спросила я.

Оля ухмыльнулась:

— Говорю же, она хитрая очень. Нас всех в милицию вызывали. Там такие дуболомы сидели, по сто раз переспрашивали: «Это правда, что Василий практически не употреблял спиртного?» Небось кто-нибудь из них Светке правду и рассказал. Только она предпочла молчать!

— Почему?

— Да все из тех же соображений, из-за денег. Если она знает об измене мужа, то каково оставаться в его доме? Надо же поругаться со всеми, со свекровью в частности, и хлопнуть дверью!

Я внимательно слушала Олю. Вовсе не обязательно конфликтовать с матерью мужа. Кое-кто продолжает дружить со свекровью даже после развода. Но, боюсь, подобное поведение Оле непонятно. Она-то, похоже, привыкла добиваться своего криком и скандалами.

— Хочешь скажу, отчего я уверена, что она знала про Нельку? — вдруг спросила Оля.

— Да, — кивнула я.

Она заговорщицки понизила голос:

— Тут все думают, что у нее выкидыш был. Только я одна в курсе произошедшего! Аборт наша красотка сделала. Васю похоронили, а она в клинику улеглась. Такой концерт закатила! Давай за низ живота хвататься, ее и отправили в больницу, да опять в самую лучшую, в центр «Материнство», слышала небось, там весь бомонд рожает.

— Ну и почему ты подумала про аборт?

Оля хмыкнула:

— Поминки здесь устроили...

— В новом доме? — от удивления перебила ее я.

— Да, он же Васиным считался, хоть брат тут и не жил. Столы стояли в гостиной, в самой большой комнате. Я покурить пошла, села на веранде в углу, слышу, Светка выходит, оглянулась по сторонам, вытащила из кармана мобильник и говорит:

— Позовите доктора Ермолайчик. Аркадия Валентиновна, когда меня привезут, вы уж, пожалуйста, постарайтесь, сразу Асе сообщите, что ребенка сохранить не удалось.

Ну и ушла в дом, я за ней. А потом эта дрянь стала за живот хвататься. Да уж! Актриса она отличная! Все ей поверили, Ася первая. Прямо осыпала сволочугу подарками и безостановочно квохтала: «Ах, ах, вы со Светочкой поаккуратней, она такое горе перенесла!»

— И ты не сказала маме правду?

Оля закатила глаза:

— Попыталась, но услышала, что нельзя быть столь жестокой. «Ты, деточка, небось ослышалась! Света звонила своему доктору и волновалась о здоровье ребеночка!» Ася такая, ни о ком ничего плохого знать не хочет, всех оправдывает! Дело о смерти брата в милиции закрыли, не усмотрели в нем ничего криминального. Только я уверена, что все подстроила Неля Смешкина, решила небось, раз со мной жить не хочешь, то и никому не доставайся! Она и Васю убила, и квартиру спалила, и с собой покончила. А Ася все быстро замяла, она очень боится этого долдона обеспокоить.

— Ты о ком?

— Да о папеньке моем придурочном, — засмеялась Ольга, — не удивляйся, если он тебя Марфой звать будет, вообще сдурел!

— Лев Яковлевич большой ученый, такие люди имеют право на заморочки!

Оля расхохоталась:

— Готово! Еще одна дура! Да папашка индюк!

— У него же куча мантий!

— Что-то ни одной не видела.

— Еще толпы учеников.

— Лампа, приглядись потом, и поймешь, он из дома вообще не выходит и его никто не посещает.

— Он книги пишет.

— Да? Интересно. И где они?

— Ну, не знаю.

— Ага, раньше он и впрямь писал, а за последнее время лишь крохотную методичку выпустил, страниц на десять, издание тиражом в триста экземпляров. Так мама с ней как дурень с писаной торбой носилась! Всем под нос совала: «Лев Яковлевич учебник составил». Уржаться можно!

— Ты несправедлива, — не выдержала я, — Лев Яковлевич получает большие деньги, а сейчас не советское время, просто так, за былые заслуги никто никому платить не станет.

— Деньги? — вытаращила глаза Оля. — Большие?

— Ну да, — кивнула я, — содержать загородный особняк дорого стоит. Знаешь, мы долго колебались, сможем ли выдержать такие расходы, а у нас, кстати, работают все, кроме детей, и хорошо получают. В вашей же семье, похоже, лямку тянет один отец. Конечно, на первый взгляд Лев Яковлевич выглядит немного капризным, но курице, которая несет золотые яйца, позволительно...

— Ну я офигиваю! — подскочила Оля. — Это тебе мама в уши надудела? Да все не так. Мы пашем, словно лошади: я, Ася. Только Света и папашка ни черта не делают. Одна «болеет», другой ваньку валяет.

Я заморгала:

— Ася работает?

— Да она нарасхват, по книге в месяц переводит, иногда по две. Ей отлично платят.

— Но когда же она успевает?

— Встает в пять, — пояснила Оля, — вон вчера папашку полночи устраивала, хохлов наняла мебель таскать, а в пять работать села...

— Оленька, — раздался из коридора голос Аси, — там бабы притащили вещи, которые уцелели, пойди глянь, можно что-то еще использовать или выбросить все разом?

Ольга быстро схватила меня за руку.

— Разболталась я, ты быстренько наш разговор из головы выкинь.

— Не волнуйся, я как Рейчел, никогда не выдаю чужих тайн, — шепотом ответила я.

— Это правильно, — кивнула Оля, направляясь к двери. — Те, кто слишком много чешет языком, как правило, быстро умирают. Продолжительность жизни напрямую зависит от умения держать единственный орган, в котором отсутствует кость, за зубами.

Я посмотрела вслед дочери Аси: она что, мне угрожает? Или просто по привычке ляпнула грубость? Ладно, в конце концов, нам постоянно не жить вместе с этой малопривлекательной особой. Надо потерпеть ее всего несколько месяцев, пока Курочкорябские сделают ремонт, похоже, их особняк пострадал не радикально. Мне же нужно заниматься поисками убийцы Васи, и первая кандидатура на эту роль уже наметилась: Неля Смешкина.

Узнать адрес городской квартиры у Аси оказалось очень легко. Испытывая некое неудобство от того, что приходится дурить голову хорошему человеку, я в два счета выяснила, что апартаменты расположены в самом центре, недалеко от метро «Павелецкая». Быстро воскликнув: «О господи, мне же на эфир пора!» — я поспешила к своей машине.

Кстати, я вовсе даже не соврала, мне и впрямь предстояло ехать на работу, но позднее, моя передача на «Бум» стартует в 21.00.

Выйдя на проспект около большого здания из светлого кирпича, я сразу поняла, отчего Курочкорябские предпочитают постоянно жить в поселке. Даже сейчас, в самом начале апреля, когда еще прохладно, а кое-где лежат остатки сугробов, здесь, в центре, нечем дышать. Да и шумно сверх меры. Чуть левее клокочет Павелецкий вокзал, совсем рядом высится гигантское здание, напичканное учреждениями, машину припарковать негде. Впрочем, наверное, жильцы въезжают во двор, но арка блокирована шлагбаумом, а на все мои просьбы секьюрити ледяным тоном отвечал:

— Впускаем лишь по списку.

— Я иду в сорок вторую квартиру.

— Прописаны постоянно?

— Да, — лихо соврала я.

Охранник исчез в будке, потом снова вышел.

— А не врите-ка, — по-детски заявил он, — там Смешкины живут, у них никто на таком металлоломе не ездит.

Пришлось признать свое поражение и сделать совсем уж не приличную вещь: припарковать машину прямо на тротуаре. Мне самой очень не нравится, когда автомобили преграждают путь пешеходам, но альтернативы-то нет.

Подъезд был закрыт, я потыкала пальцем в кнопки домофона.

— Кто там? — спросил звонкий девичий голосок.

— Страховая компания «Бах», — ответила я и разозлилась на себя. Ни одно заведение в мире, занимающееся защитой клиентов от жизненных неурядиц, не назовется подобным именем.

Но замок щелкнул, я вошла в темный, очень чистый подъезд, миновала пустое кресло, в котором, очевидно, должен сидеть консьерж, и поднялась на лифте вверх.

Из приоткрытой двери выглядывала девушка с виду чуть старше Лизы.

— Это вы агент? — спросила она.

Я кивнула:

— Да.

Девушка вздохнула:

— Мама уехала, вернется через десять дней, а я не знаю, где лежат полисы. У нас срок на машины подошел?

— Вы Ксюша? — спросила я, проигнорировав ее вопрос.

Девушка захихикала.

— Нет, Ксюха совсем мелкая. Меня Лорой зовут.

— А фамилия ваша Смешкина?

— Конечно.

— Дома есть кто-нибудь из взрослых?

Лора надулась:

— Между прочим, я давно получила паспорт! Кого вам еще надо! Если б я знала, куда мама бумаги затырила, сама бы страховку сейчас оплатила, деньги у меня есть. Впрочем, входите, поищу у нее в письменном столе.

Лора посторонилась.

— Ну, не стойте, зря, что ли, ехали! Небось предупредили маму заранее, а та в командировку умотала! Вечно она о хозяйственных делах забывает!

— А папа ваш где? — осторожно спросила я.

Лора сняла с полки тапочки и бросила их на пол.

— Надевайте. Мой папа давно удрапал, я его и не видела никогда, а отчим, от которого мама Ксюху родила, на работе.

Я стала молча снимать сапоги. Лора, похоже, не слишком умна, впрочем, это слабо сказано. Девушка совершенно безголовая! Впускает в квартиру незнакомую особу, назвавшуюся страховым агентом, моментально сообщает ей, что имеет деньги, похоже, немалые, потому что собирается отдать взнос за машины. Потом, ничтоже сумняшеся, рассказывает о том, что находится в квартире одна. Вот уж глупышка!

— Вы тут посидите, — предложила Лора, вводя меня в гостиную, — а я пороюсь пока в бумажках, авось найду полисы.

Она убежала, я осталась одна в богато убранном помещении и от скуки принялась пересчитывать стоящие повсюду статуэтки. Интересно, кто их собирает? Лора или ее мать?

— Нет нигде! — завопила девушка, влетая в гостиную. — Вот!

Я посмотрела на пачку долларов:

— Это что?

— Ну страховка-то закончилась, — забубнила Лора, — ездить страшно! Я, например, через раз, когда домой прикатываю, об охрану бьюсь! Ну прикол! Они из-за меня даже будку передвинули. Вы деньги возьмите, страховку продлите, а бумаги потом мама вам покажет, да и зачем старый полис нужен? У вас небось в компе все данные имеются!

Я покачала головой:

— Неужели вам не страшно вот так вручать деньги неизвестной женщине? Вас же могут обмануть!

— Из-за таких копеек? — совершенно искренне удивилась девушка и ткнула пальцем в стопочку ассигнаций: — Разве ж это деньги?

Интересно, сколько же зарабатывает мать Лоры, если дочь полагает, что несколько сотен долларов сущая ерунда?

Глава 9

— Вы меня неправильно поняли, — резко сказала я, — сделайте одолжение, уберите наличные.

— То есть? — вздернула бровки Лора. — Вы не имеете отношение к страховке?

— К автомобильной нет. Я пришла по поводу квартиры.

— Первый раз слышу, что мы ее тоже страхуем! — откровенно изумилась Лора.

Я кивнула:

— Да, в нашей стране это не распространено, хотя, ей-богу, не понимаю почему, ведь на машины мы исправно оформляем полисы, а на жилплощадь нет. А если подумать, потеря квартиры или дома намного неприятней, чем битый автомобиль. В первом случае вы оказываетесь на улице, и здесь страховая компания придет вам на помощь. Кстати, кое-кто уже понял преимущества этой страховки, вот, например, ваши соседи, Курочкорябские. Собственно говоря, из-за них я и приехала.

— А-а-а, — протянула Лора, — речь о том пожаре! Ну у вас и компания! Дело-то давнее, а деньги только сейчас отдать решили! Эй, погодите, а мы тут с какого боку?

Я откашлялась и завела:

— Страховая сумма давно получена Асей Михайловной.

— Жаба! — взвилась Лора. — Ненавижу ее! Впрочем, остальных этих придурков с идиотской фамилией тоже.

— Но потом, — не обращая внимания на резкое высказывание, продолжала я, — наш отдел безопасности забеспокоился, было начато расследование. Не стану вас утомлять долгим рассказом, просто скажу: следы привели к Неле Смешкиной. Похоже, она подожгла соседей.

Лора захлопала глазами, потом уперла руки в бока, разинула рот...

— Я представляю отдел розыска, — я не дала девушке поднять крик, — мы пока лишь занимаемся расследованием. Вот почему я хотела поговорить с вашей мамой. Она, наверное, лучше всех знала свою дочь.

Конечно, любой нормальный человек сразу бы выгнал «следователя» вон. Только Лора, похоже, совсем глупа.

— Незачем маму трогать, — взвилась девушка, — она до сих пор плачет, когда про Нельку слышит. А насчет того, что знала... Нелиным лучшим другом была я. Да, у нас разница в возрасте, но тайн друг от друга не было. Могу все рассказать, только Нелька к этому пожару никакого отношения не имеет!

— Вы, наверное, не совсем в курсе дела...

— Я знаю все!

— Ее нашли рядом с Василием, на кровати, обнаженной.

— Верно!

— Почему же вы говорите, что сестра не имела никакого отношения к произошедшему?

— Ну... не в этом смысле!

— А в каком?

Лора вынула сигареты и принялась чиркать зажигалкой.

— Курить в столь юном возрасте вредно, — не утерпела я.

— Я уже справила совершеннолетие, — буркнула Лора, выпуская струю серо-голубого дыма.

Я закашлялась. С языка готовы были сорваться слова: «Паспортный возраст часто ничего не значит, тебе, детка, судя по умственному развитию, и десяти еще не исполнилось». Но, естественно, я промолчала, в мои планы не входило злить Лору, поэтому я спокойно ответила:

— Вы еще совсем юная.

— Нечего мне возрастом в нос тыкать, — отмахнулась Лора, — давно паспорт имею и делаю что хочу. Жаба эта, — лихо неслась вперед Лора, — Аська, уже намекала нам! Заявилась к маме на следующий день после похорон и такой концерт устроила! Ваще! Я ее считала хорошей теткой, лоховатой немного, но доброй, а тут! Она визжала, словно ей нос прищемили, все на Нелю несла. Дескать, она Ваську соблазнила, допьяну напоила, в койку затащила, а потом и квартиру подожгла, чтобы любовничек никому не достался!

— Разве не так было? — тихо спросила я.

— У Курочкорябских с электричеством что-то произошло, — пояснила Лора, — от того и вспыхнуло. Нам в милиции все объяснили. Кстати, Аське тоже. Ну за фигом было маме нервы мотать!

— Это официальная версия, — кивнула я, — однако существует и другое мнение. Признайтесь, ваша покойная сестра любила Василия.

Лора поморщилась:

— Было дело, он ей сильно нравился. Я Нелю не понимала: Васька мямля, на мужчину совсем не был похож, больше на кисель. Одна радость, что у него родители богатые, так и Нелька не в канаве валялась. Наверное, поэтому Вася с ней и порвал.

— Я не очень поняла ход ваших рассуждений.

— Василию была нужна супруга бедная, такая, которая обо всем молчать будет, слушаться, кланяться и благодарить. Муж ей еду принесет и шмотки, вот за хлеб с икрой и тряпки она все и стерпит, потому как не захочет снова впасть в нищету. А с Нелей такой вариант никак не проходил. Ей-то с какой дури прогибаться? Своих денег полно! Вот и разбежались они! И очень странно, что их в одной кровати нашли.

— Вполне нормально, — подначила я девушку, — он молодой, она тоже, встретились, решили вспомнить прошлое...

Лора покосилась на меня:

— Ага, бывает такое, но не с Нелей.

— Почему же?

— Они расстались!

— Вот и видно, что вы очень молоды, — я решила поддеть собеседницу, — у зрелых женщин порой случаются такие зигзаги, они возвращаются к бывшим любовникам. Боюсь, вы пока по малолетству такое не поймете.

Ох, верно говорят некоторые психологи, найди у человека больную мозоль, нажми на нее покрепче — и узнаешь много интересного о нем самом и его окружении.

— Хватит меня молодостью попрекать, — завелась с полоборота Лора, — не маленькая уже. Нелька ни за что бы не легла с Васькой в койку, небось он ей чего-то подсыпал в виски!

— Глупости!

— Нет.

— Ерунда.

— Я знаю, что говорю.

— Вы еще такая юная...

Лора побагровела.

— Вася был урод.

— Такой страшный, что Неля его в раздетом виде испугалась?

Лора снова вынула сигареты и совершенно спокойно сказала:

— Василий импотент.

— Да ты врешь! — вырвалось у меня.

— Не, правда. Вернее, я не то слово подобрала. У него была нетрадиционная половая ориентация.

— Еще хлеще, — возмутилась я, — знаешь, дорогая, Вася-то женился на Свете и прожил с ней вполне счастливо некоторое время. Понимаю, что Неле было обидно сознавать: ее бросили ради нищенки, вот она и стала распространять эти сплетни.

Лора стукнула кулаком по овальному, украшенному медальонами журнальному столику:

— Хватит меня перебивать. Да, Васька не был геем, он занимался всякими садомазоштучками: плетки, ошейники, наручники, мне Нелька рассказала, она от него тогда в ужасе убежала...

Из уст Лоры полился рассказ, я сидела развесив уши.

Вначале отношения молодых людей были идеальными. Василий нравился Неле, девушка пришлась по вкусу парню. Богатые родители жениха и невесты прекрасно друг друга знали, более того, жили в ближайшем соседстве. За Нелей давали большое приданое, Василий владел приносящей немалый доход фирмой. У парочки имелось все, дело катилось к свадьбе. Такой ситуация казалась внешне, на самом же деле все обстояло не столь радужно. Неля постоянно жаловалась сестре на странное поведение жениха, он никак не хотел уложить невесту в кровать.

Сначала Неля предположила, что Вася считает ее невинной девушкой и боится оскорбить. Поэтому она очень деликатно намекнула предполагаемому мужу на то, что давно потеряла девственность. Известие не изменило поведения Васи, он по-прежнему ходил с невестой по ресторанам и клубам, а потом торжественно доводил ее до квартиры и... убегал.

— Наверное, хочет тебе в первую брачную ночь показать небо в алмазах, — предположила Лора.

Неля вздохнула:

— Опасно так замуж выходить, за кота в мешке, вдруг он чертом окажется.

— А ты Васю в субботу, когда мы все на дачу уедем, подпои, — предложила Лора, — потом разденься, и увидишь его реакцию.

Сказано — сделано. В воскресенье вечером, едва вернувшись домой, Лора бросилась к сестре.

— Ну как?

Неля, не говоря ни слова, задрала юбку.

— Во.

Лора взвизгнула:

— Ой!

Все бедра Нели украшали темно-синие полосы, ссадины, кровоподтеки, царапины.

— Это что? — ошалело протянула Лора.

— Урод, — заплакала Неля, — больше с ним не хочу дела иметь...

Лора только моргала, слушая шмыгающую носом сестру.

Сначала все шло, как задумывалось. Неля зазвала Васю к себе и предложила:

— По стаканчику виски?

— Нет-нет, — быстро ответил сосед.

— Ну, по маленькому.

— Спасибо, не хочу.

— Ну почему?

— Мне нельзя. Если глотну, перестаю сдерживаться, начинаю к женщинам приставать.

Неля сочла эту фразу мужским кокетством и захихикала:

— Может, мне понравится твое наглое поведение!

— Смотри, — без тени улыбки, возвестил кавалер, — я честно предупредил.

— Пей, — велела Неля, — я вовсе не против секса.

Быстро осушив пару стопок, Вася потащил Нелю в кровать. Девушка, очень довольная развитием событий, как могла поощряла кавалера, но у того ничего не получилось.

— Извини, — процедил Вася, выскальзывая из голых рук Нели, — я так не могу.

— А как надо? — спросила она.

Вася оживился:

— Хочешь попробовать?

— Да, — с жаром ответила Неля.

— Тогда пошли ко мне.

Накинув халаты, парочка скользнула в соседнюю квартиру. Там тоже никого не было, Курочкорябские живут за городом, московские апартаменты часто посещал только Вася.

Он привел Нелю к себе, открыл шкаф, вытащил наручники и предложил:

— Давай поиграем?

Неля, никогда не пробовавшая ничего подобного, пришла в восторг:

— Давай!

Она наивно полагала, что Вася не сделает ей по-на-стоящему больно, но как же Неля ошибалась! Следующие два часа, прикованная к кровати, она умоляла отпустить ее, кричала, плакала, пыталась вырваться. Но чем сильнее девушка сопротивлялась, тем больше усердия проявлял ее партнер. Это больше походило на изнасилование, как пишут в милицейских протоколах, «в извращенной форме». Когда довольный Вася отстегнул наручники, Неля, несмотря на жуткую боль во всем теле, стрелой понеслась в свою квартиру совсем голая. О халате она начисто забыла.

Оказавшись в родных стенах, Неля заперлась на все замки, задвинула засовы и лишь тогда немного успокоилась.

Часа через два в дверь позвонили. Неля не открыла, она предусмотрительно посмотрела на экран видеофона и увидела Василия. Неля схватила переговорную трубку:

— Чего тебе?

— Я халат принес.

— Оставь себе.

— Он мне не нужен.

— Выброси.

— Открой, Нелечка.

— Ни за что!

— Ты сердишься?

Девушка на всякий случай проверила, хорошо ли заперта дверь, и ушла в глубь квартиры, не ответив на идиотский вопрос. Сердится ли она на Василия? Нет, потому что сама виновата в произошедшем, но более с парнем общаться не станет, хватило одного раза.

Через пару секунд затрезвонил телефон.

— Пусти меня, — попросил Вася.

— Никогда.

— Боишься, что ли?

— Да, — честно ответила Неля.

— Я не насильник, ведь честно предупредил, что от выпивки теряю контроль над собой! Ну давай поговорим.

— Не хочу, между нами все кончено.

— Неля!!!

— Что?

— Если мне не давать спиртного, это больше не повторится. Вот увидишь, я совершенно нормален. Слушай, выходи за меня замуж!

— Хорошая перспектива, — фыркнула Неля, — похоже, в трезвом состоянии ты к женщинам вообще не подходишь!

— Ну, — промямлил Вася, — честно говоря, я не возбуждаюсь, не выпив, да и не получается у меня никак на трезвую голову!

— Значит, чтобы стать дееспособным, тебе надо принять на грудь? — уточнила Неля.

— В общем, да.

— А выпив, ты делаешься неуправляемым и хватаешься за наручники и плетки?

— Сегодня просто случайно так получилось, обычно я чуть-чуть, легонечко... Понимаешь, я очень тебя хотел, поэтому меня и переклинило, — попытался оправдаться Вася.

— Ты псих, — завопила Неля, — не смей ко мне приближаться ближе чем на полкилометра! Урод! Дракула! Садист!

В трубке повисло молчание. Неля прервала на полуслове гневные речи, ей почему-то стало страшно.

— Будь по-твоему, — почти прошептал Вася, — вижу, ты совсем меня не любишь, лишь о себе думаешь, тяжело тебе жить будет, эгоистка. Не вздумай про меня гадости трепать. Свидетелей не было, за клевету и морду набить можно.

Неля швырнула трубку, упала лицом в подушку и отчаянно зарыдала.

Во вторник она сообщила родителям:

— Между мной и Васей все кончено.

Мать попыталась узнать подробности, но Неля лишь твердила:

— Меня букеты довели, очень воняют!

— Какие букеты? — прервала я рассказ Лоры.

Та скривилась.

— Василий очень любил тюльпаны, они везде у него стояли, он их выбрасывал, только когда цветы почти сгнивали. Представляешь, стоит ваза, в ней вода протухла, тюльпаны вянут, запах соответственный. Надо бы выбросить, только Ваське в кайф, сидит и нюхает.

— Не самая приятная привычка, — согласилась я.

— Ну по сравнению с плетками и наручниками просто милая, — усмехнулась Лора, — хотя я бы мгновенно букет вышвырнула.

Мама Нели решила поговорить с Асей и позвонила Курочкорябским. Но Ася, всегда приветливая, мрачно ответила несостоявшейся родственнице:

— Вася очень переживает, бог Неле судья, но лучше моего сына ей не найти. Впрочем, он не в обиде, всякое случается, пусть твоя дочь обретет счастье с тем, кого выбрала.

— Да о чем речь? — в полном недоумении воскликнула мать Нели.

— Ты у девочки спроси, — велела Ася, — пусть расскажет, с какой стати Васю бросила.

— Нелька глупости говорит!

— А именно?

— Ну... букеты ей засохшие не по вкусу.

В мембране послышался смешок.

— Вот уж придумала! Неля переспала с другим парнем, а Вася их застал. Извини, конечно, но, боюсь, я не сумею принять невестку, которая таскается по мужикам.

Мама устроила дочери запоминающийся скандал. Неля сначала молчала, а потом стала кричать про садистские игры, но родительница ей не поверила, и Неля навсегда усвоила: лучшая защита — нападение. Всегда следует первой наносить удар, обвинить партнера в нечестности, измене или наличии постыдной болезни. Пусть потом отмывается, клянется, что ни слова правды в рассказе нет. «То ли он украл, то ли у него украли, но была там какая-то неприятная история», — об этом еще классик говорил.

Глава 10

Василий быстро утешился, нашел себе другую и женился на ней. Неля более с парнем не сталкивалась, никаких чувств, кроме отвращения, он у нее не вызывал. Теперь понимаете, как удивилась Лора, узнав, при каких обстоятельствах лишилась жизни ее сестра?

— И вы не сообщили следователю о своих подозрениях! — подскочила я.

— Нет.

— Почему?

— Нелю-то не вернуть, — сказала Лора, — да и жаба просила.

— Ася?

— Да.

— Вы общались с матерью Васи?

Лора поморщилась:

— Столкнулись, на беду, в фитнес-клубе, он в Москве один приличный, вот все в него и тащатся, остальные фуфло.

Лора выходила из бассейна, поднялась по лесенке, стала всовывать ноги в оставленные на бортике тапки и услышала тихий голос:

— Деточка, здравствуй.

Девушка подняла глаза и шарахнулась в сторону, перед ней стояла Ася в черном купальнике. Смешкина попятилась, но, кроме как в воду, деваться было некуда.

— Постой, — соседка схватила ее за руку.

— Что вам надо? — окончательно испугалась Лора.

— У нас же были хорошие отношения, — прошептала Ася, — давай не будем превращаться во врагов.

— Вы первая начали, — напомнила Лора, — пришли, маме скандал устроили!

На глазах Аси заблестели слезы.

— Извини, нервы не выдержали, я сына потеряла, вот и несла чушь, я уже попросила прощения у твоей мамы, теперь вот у тебя хочу.

— Ладно, — вздохнула Лора, — будь по-вашему.

Ася кинулась девушке на шею:

— Спасибо. Знаешь, давай никому из посторонних, соседям и прочим, не рассказывать, как дело обстояло. Ну про Нелю и Васю... А то опозорим их своей болтовней.

Лора кивнула:

— Я-то помалкиваю и мама тоже, сами на весь подъезд орали.

— Господи, — снова со слезами на глазах воскликнула Ася, — ну прости меня!

— И вы решили предать историю забвению? — осторожно уточнила я.

Лора насупилась:

— Просто подумала, что жаба права. Неля умерла, незачем ее покой всякими историями тревожить, соседи по дому пошушукались и перестали, время идет, многое забывается, глупо отворачиваться от Аси, если с ней случайно во дворе столкнешься. Лишний повод сплетням давать не надо, да и встречаться нам часто не придется, Курочкорябские постоянно за городом живут! Жаба-то сразу просекла, что я правильное решение приняла, и ласково так сказала: «Лоронька, не хочешь ли чайку попить?»

— А вы что ответили ей?

— Это уж слишком! Еще в кафе с ней ходить, — возмутилась Лора, — хватит того, что здороваться стану. Никуда не пошла, да еще и настроение ей подпортила.

— Каким образом?

— Ну, сказала: «Зря вы про Нелю гадости думали, ни при чем она. Лучше поищите убийцу в своей семье, змею на груди пригрели». Ее прямо передернуло, Ася только прикидывается наивной. Хитрая она, сразу просекла, кого я имею в виду.

— И кого?

— Так Светку, жену Васи.

— Ну и глупость вам в голову взбрела, — восклинула я, — да бедная девушка от него целиком зависела!

Лора тоненько засмеялась:

— Может, оно и так, только известно, что и у стен есть уши!

— Я не понимаю, о чем вы говорите.

Смешкина потянулась и бойко сказала:

— Я слышала, как Света радовалась кончине мужа, ее просто плющило от счастья!

— Никогда не поверю, что невестка Курочкоряб- ских выражала при вас подобные чувства.

— Она меня не видела!

— И ликовала по поводу смерти Васи?

— Ага, — кивнула Лора. — Я пришла к своей под- руге, Майе Крестиковой, та на сохранении лежала в центре «Материнство». Знаете его небось, самый хо- роший в столице родильный дом. Ну сели мы в холле поболтать, народу там много, диваны стоят рядами, спинками друг к другу...

Лора и Майя славно потрепались о том о сем, по- том будущая мать спохватилась:

— Ой, на укол пора. Подожди меня тут. Я скоро вер- нусь.

Лора осталась одна и от скуки стала прислушивать- ся к тихой беседе, которую вели две девушки, сидев- шие спиной к ней. Лиц их Лора не видела, до Смеш- киной долетали лишь тихие голоса.

— И не жаль тебе ребеночка, — бормотало сопрано.

— Нет, — ответило хрипловатое меццо, — я изба- вилась от него, слава богу.

— Не надо было беременеть.

— Кто ж правду знал!

— Могла бы и догадаться! Сама про его привычки рассказывала!

— Куда мне деваться? Опять за полкопейки в садик нянькой идти?

— Ну... может, оно и лучше!

— Дура, скажи, ты хорошо живешь?

— Не-а.

— То-то и оно! А у меня теперь машина, дом, деньги. Главное, от Васьки избавилась! Господи! Так боялась рожать, и вот так замечательно вышло! Ну почему я...

Голос стих.

— Светка, — пролепетало сопрано, — это ты его... да? Ты? За все, да? Ой, мама! Неужели тебе не страшно? Дальше-то жить с этим придется!

— Курочкорябская, — прозвучало из висевшего в углу динамика, — вас ждет доктор Ермолайчик в пятнадцатом кабинете.

Лора вздрогнула и забегала глазами по толпе. Маловероятно, что в Москве найдется еще одна семья с такой идиотской фамилией. Следовательно, тут сейчас находится кто-то из ее соседок.

— Пойду я, — сказало за спиной меццо, — врач зовет.

Пораженная неожиданной догадкой, Лора осторожно повернула голову, скосила глаза и увидела Светлану, вдову Василия, одетую в красивый нежно-голубой халат. Это ей принадлежало хрипловатое меццо.

— Так что Асе следовало сначала порядок в своей семье навести, а потом уж к другим лезть, — торжествующе сообщила мне Лора, — а вам, как представителю страховой компании, я хочу посоветовать: покопайтесь в грязном белье Курочкорябских, там все концы закопаны. Это Светка все подстроила: пожар и убийство, она и Нельку в квартиру заманила, чтобы на мою несчастную сестру ответственность свалить. Уж как она это сделала, ума не приложу. Только знаю: Вася ей надоел, вот она от него и избавилась.

— Могла бы развестись...

— Света? Да никогда. Она же на помойке до встречи с Васей жила, а потом богатство получила. Нет уж, ищите убийцу не у нас. Кстати, может, Васька застрахован был? Ну, от несчастного случая? Кто тогда наследница? Ясное дело, жена! Неля тут ни при чем, она про этого садиста и слышать больше не хотела, никогда бы к нему не пошла, а к Светке могла заглянуть, сестра к ней нормально относилась, даже жалела немного, мне сколько раз говорила: «Представляю, что бедняжка терпит!» Знаете, как, наверное, дело обстояло?

— Ну?

— Света с Василием приехали на городскую квартиру. Она мужу снотворное подсыпала, тот и захрапел. Тогда Светка Неле позвонила и зазвала ее чаю попить, а в жидкость лекарство подлила. Потом ее на кровать перетащила, подожгла комнату — и ау! Прощайте! Во стерва!

— Что же вы не пошли в милицию? — возмутилась я. — Не сообщили о своих подозрениях?

Лора вытащила сигарету и принялась вытряхивать из нее прямо на пол мелкую табачную крошку.

— Бог знает чего каждый наговорить может, — протянула она наконец, — где доказательства, а? Кто бы мне поверил? А главное, разве Нелю вернешь? Только опять крик поднимется, и нашу семью снова грязью мазать начнут.

На улице неожиданно пошел мокрый снег. Стало темно, то ли оттого, что уже вечерело, то ли от низко спустившихся над городом туч. Я влезла было за руль и хотела повернуть ключ зажигания, но тут в стекло забарабанила чья-то рука. Я приоткрыла дверцу и спросила:

— Что вы хотите?

Довольно полный мужчина в серой кепке радостно воскликнул:

— Ехать надумала?

— Да.

— Твоя тачка?

— Я похожа на человека, который ворует автомобили?

— Во, бабы! — восхитился толстяк. — Вечно выжучиться норовят! Никогда просто не ответят!

— Что вам от меня надо?

— Да ничего!

— С какой стати тогда пристаете?

— Ну бабье! Об одном лишь думают! Да кому ты нужна! В зеркало давно смотрелась?

Я машинально глянула в боковое зеркальце, прикрепленное на крыле «жигуленка». Да, я слегка растрепана и тушь осыпалась, но в целом вид вполне даже ничего.

— Вы решили мне сообщить о необходимости поправить макияж? Торгуете косметикой вразнос?

— Дура ты, — почти ласково сказал мужик, — да все вы такие! Бабы! Если рулить собралась, тачку сначала осмотри. Чучундра! У тебя все колеса проколоты!

Преодолев желание сообщить хамоватому прохожему, что лично у меня колеса повредить невозможно, поскольку, как большинство людей, передвигаюсь на ногах, я вышла наружу и оценила размер беды. Машина стояла на дисках. Сдуйся один баллон, я бы подумала, что случайно наехала на длинный острый гвоздь, но поскольку в негодность пришли все шины, то в голове моментально пронеслась мысль: кто-то проткнул их ножом.

— Теперь только эвакуатор вызывать, — радовался толстяк, — запаска небось одна? Комплект с собой не повозишь.

Я пригорюнилась, а потом спросила у секьюрити, маячившего возле расположенного в полушаге от моей машины супермаркета:

— Не обратили, случайно, внимания, кто мой автомобиль обидел?

Парень в черном комбинезоне лениво покатал языком жвачку.

— Мне в ту сторону смотреть не надо, деньги за другое платят! И вообще, в магазине ремонт, тут вчера тоже одному весь комплект прокололи.

— Что же делать! — расстроилась я.

— А и правильно проучили, — занудела женщина в коричневой «дутой» куртке, с интересом наблюдавшая за происходящим, — поставила на тротуаре, мешаешь людям ходить, получи гранату. Вас, богатых, только так учить и надо! Натырили народного добра, налямзили наших денежек, теперь на иномарках катаетесь, а мы пехом за картошкой чешем! Надо у капиталистов деньги отнять и бедным отдать, тогда все будет по справедливости.

Я отошла в сторону. «Мир хижинам — война дворцам!» — это мы уже слышали и даже долгие годы жили по такому принципу, но ничего хорошего не получилось. На земле всегда будут богатые и бедные, боюсь, с таким расслоением ничего не поделать. Только во многих странах нищета считается унизительной. Если к тридцати пяти годам не сумел заработать себе на нормальное существование, если дети ходят в рванье, а жена побирается по знакомым — значит, ты лентяй и неудачник. Но в России, увы, все наоборот. Бедный не хочет приложить усилий, чтобы стать богаче. Пусть лучше все вокруг превратятся в нищих, и тогда мы будем счастливы. Увы, это не так. Отсутствие денег унижает и озлобляет. Мы во всех своих бедах привыкли винить кого угодно, кроме себя. Ну скажите, пожалуйста, с какой стати платить огромные суммы парню, помогающему парковать машины на улицах Москвы? В большинстве европейских столиц подобной немудреной работой занимаются студенты, зарабатывающие так прибавку к стипендии, а у нас — хмурые дядьки лет по сорок. И кто виноват, что они, дожив до седых волос, не научились работать? Правительство? Папа с мамой? Ой, не надо! Сами ничего не хотели: ни учиться, ни трудиться, вот и результат. Ну-ка посмотрите вокруг внимательно. В повально пьющей деревне, среди покосившихся избенок обязательно найдется добротный дом из кирпича, под железной крышей. Что, его хозяин выпросил себе за особые заслуги субсидии и льготы? Да нет. Просто он разводит свиней, сыновья торгуют мясом, невестки заботятся о коровах и готовят на продажу всякие вкусности: ряженку, творог, сыр, масло, сметану. Жена возится день-деньской с цветами, старшие внуки стоят с букетами у магазинов, даже старухам — матери и теще — нашлось дело по силам. Первая ведет хозяйство, а вторая вяжет из козьей шерсти носки и варежки — кстати, козы тоже свои. Никто из них не пьет, грязной работы не чурается, не исходит завистью к соседям. Просто работают от рассвета до заката. Вот такие люди вызывают у меня уважение.

Да в любом маленьком городке, в самой глухой провинции есть люди, вполне благополучные материально. Знаете, почему они не прозябают в нищете? Да потому, что не ноют, не стонут, не рыдают, а стойко переносят удары судьбы и умеют принимать нестандартные решения. Закрыли завод, на котором проработали почти всю жизнь? Это плохо, но не голодать же? Значит, будем обшивать соседей, делать им прически, сколачивать мебель, строить дома, штукатурить стены, разводить кур, сажать цветы... Главное, не падать духом. Ах, вы ничего такого не умеете? Так учитесь! Не хотите? Тогда не жалуйтесь на нищету. Хорошо живет лишь тот, кто пашет с утра до ночи, а не ноет на диване. Увы, время сейчас такое!

Посмотри вокруг, и дело, за которое тебе заплатят, найдется непременно, только не надейся на должность президента, ее всем не получить.

— Жаль, что тебе еще и стекла не побили! — рявкнула «дутая» куртка и с чувством выполненного долга удалилась.

Стряхнув оцепенение, я развила бешеную деятельность. Побегала по ближайшим дворам, нашла рукастых мужиков, согласившихся за разумную цену «обуть» моего коняшку, а потом пригнать его к офису радио «Бум».

Когда проблема была решена, я понеслась к метро. Опаздывать никак нельзя, передача идет в прямом эфире.

В вагоне нашлось свободное местечко. Я ввинтилась между двумя дядьками, сидевшими с широко расставленными ногами, и закрыла глаза. Эх, жаль книги с собой нет. Ехать, правда, недалеко, можно просто подремать, но отдохнуть мне не удалось. По вагону шеренгами зашагали нищие. В последнее время я, пересев за руль, перестала регулярно пользоваться подземкой, но, похоже, в метро ничего не изменилось.

Сначала по проходу протащилась кругломордая девица, прижимавшая к себе подозрительно крепко спящего бутуза.

— Подайте кто сколько может, — ныла она, — мы из Владивостока приехали, у сыночка онкология! Сделайте милость, лекарства дорогие! Вот справки...

Тряся пожелтевшим исписанным листом бумаги с печатями, «несчастная мать» медленно приближалась ко мне.

Я отвернулась. Вот врунья! За ней черноглазая, смуглая, замотанная в платок девчонка протолкала кресло, в котором сидел безногий мужик лет шестидесяти с опухшим от водки лицом. На шее у него висела табличка: «Помогите чеченскому ветерану, которого государство бросило на произвол судьбы».

Я снова отвернулась. Уже не знаю, где пьяница лишился конечности, но явно не в бою за взятие города Гудермеса. Хотя, может, я стала жестокой? Но никто из пассажиров не спешил лезть за кошельком. Мы все злые? Или просто поняли, что нищенство — это бизнес?[1]

Не успел «ветеран» выкатиться в двери, как ему на смену явился молодой, вполне здоровый, румяный парень с большой сумкой.

— Граждане пассажиры, — возвестил он, — минуточку внимания, извиняйте, отвлекаю вас, но дело важное.

---

[1] См. книгу Д. Донцовой «Контрольный поцелуй», издательство «Эксмо». Она рассказывает о профессиональных попрошайках.

Мне стало интересно. Что за легенду придумал этот мордастый побирушка? Навряд ли он станет сейчас петь о тяжелом состоянии здоровья или недавно скончавшихся родителях. Скорей всего, заноет о потерянных документах и билете. Хотя такой нахал вполне способен собирать деньги на похороны любимого таракана.

— Время страшное, — вещал тем временем парень, — дома обваливаются, поезда взрываются, ваще беда. Наша лаборатория разработала замечательную штуку, защитный шлем «Аргус». Вот смотрите.

Парень вынул пакет, встряхнул его и надел на голову. Я захлопала глазами, коробейник стал похож на древнее божество, если кто бывал в Музее изобразительных искусств, в зале, посвященном Египту, поймет, кого я имею в виду. Тело человека, а голова не ведомого никому животного.

— «Аргус» позволяет вам находится до суток в задымленном или загазованном помещении. Он тот же противогаз, только модернизированный и относительно комфортный, — продолжал торговец.

Теперь его голос звучал глуше, но все равно был хорошо слышен.

— Стоит шлем сто рублей, может, это и дорого, но вы себе жизнь покупаете.

— Из чего он сделан? — поинтересовался мужчина в очках.

— Космические разработки, — туманно ответил юноша, — у нас и сертификат есть, да только массовое производство наладить не можем. Ей-богу, бесплатно бы раздавали, но, знаете, в каком сейчас состоянии наука!

— Голову прикроешь, а газ или дым под шлем проберутся, — протянула женщина в синей куртке.

— Нет, смотрите, тут воротник, он намертво прилипает к одежде, а на голое тело еще лучше крепится. Подергайте.

Тетка встала, осмотрела парня и констатировала:

— Верно. Как же его снять?

— Шнурок дернули — и опаньки!

«Аргус» оказался в руках продавца.

— Он одноразовый? — продолжала расспросы тетка.

— На пять использований.

— Мало.

— Вы собираетесь каждый день в теракт попадать?

— Ну... нет, конечно. А на детей его надеть можно?

— Обязательно! Кстати, на животных тоже! Берете?

— Молодой человек, — крикнула я, — мне продайте!

— Сколько? — оживился торговец.

— Семь человеческих, два на мопсов, два на щенков той же породы и пару для взрослых больших собак.

Не скрывая радости, парень вытащил калькулятор.

— Скидочку вам сделаю, — пообещал он.

— Эй, а нам хватит? — забеспокоилась тетка. — Ишь какая! Все ей одной! Думаешь, только тебе выжить охота?

— Вы не волнуйтесь, — засуетился юноша, — сумка полная, шлемов туча.

Глава 11

Утром я торжественно вручила Кирюшке и Лизавете пакеты.

— Это что? — хором спросили школьники.

— Шлем «Аргус», — объяснила я, — увы, необходимая в наше время вещь.

Дети выслушали инструкцию.

— Стёбно, — заявил Кирюша, — значит, и на собак есть?

— Да, вот эти.

— Суперски, — подхватила Лизавета, — животные тоже люди.

— Если вы так любите собак, — сказала я, — то быстренько прогуляйте их во дворе и садитесь в машину. Забыли, наверное, что теперь метро не у дома.

— Да уж, — горько вздохнул Кирюша, — вставать надо на час раньше!

— Зато можно про соседей не думать! — заорала Лиза. — Гуляй не хочу! Эй, на выход, псарня!

Топая и лая, свора вынеслась из дома. Я сунула Кирюшке в руки совок и метелку.

— Ну и зачем мне это? — удивился мальчик.

— На участке должно быть чисто. Соберешь какашки, сунешь в мешочек — и на помойку.

— Вечно я!

— Будем убирать по очереди!

Стеная о жестокой судьбе ребенка, Кирюшка вышел во двор. Я быстро сделала бутерброды, уложила их в специальные коробочки, сунула в детские рюкзаки, потом причесалась, надела куртку и удивилась. Ну и где собаки? До сих пор гуляют? На улице довольно неприятная погода, апрель, а тепла не ощущается. Наши псы не любят долгие прогулки по лужам. Им больше по душе быстренько сделать свои делишки и заползти на диван или развалиться на мягком ковре.

Я приоткрыла дверь:

— Эй, поторопитесь!

В ту же секунду в моей душе появилась тревога. Собаки выглядели странно. Все, включая непоседливого Рамика, стояли плотной толпой. Лиза и Кирюша сидели на корточках, спиной к дому.

— Что случилось? — закричала я.

Кирюшка не ответил, а Лизавета, не оборачиваясь, помахала мне рукой.

— Идите домой!

Снова взмах рукой.

— В школу опоздаете.

— И фиг с ней, — глухо ответил Кирик.

Я прищурилась. Что-то в облике детей не так.

Откуда у них эти шапки? Блестящие, черные, раньше я их не видела!

И тут Лизавета обернулась. Я взвизгнула.

— Нечего пугаться! — воскликнула девочка. — Мы решили шлемы проверить. Знаешь, в них дышится нормально и видно хорошо.

— Мне душно, — заявил Кирюшка и пошел к дому.

— Гав, гав, — пролаяла Рейчел, бас стаффордширихи звучал не так звонко, как всегда.

В ту же секунду я поняла, что на ней суперпротивогаз, впрочем, остальные псы тоже походили на участников «Маски-шоу».

— Нашли время, — укорила я, — стаскивайте «Аргус» — и в машину.

Лизавета странно хрюкнула, а Кирюша спокойно заявил:

— Они прилипли.

— Шлемы?

— Да, не хотят стягиваться.

— Ерунда, там должен быть шнурок.

— Где?

— Сбоку.

— Ничего нет.

— Но продавец очень легко избавился от «Аргуса».

— А у нас не получается.

— Ладно, — согласилась я, — давайте с собак стащим.

Члены стаи, словно поняв, о чем идет речь, покорно сели. Выглядели они комично, вместо голов — круглые черные пакеты. Это у Рамика, Рейчел и Мули. У более мелкой Ады шлем спускался на грудь, а Феня и Капа оказались упакованы по пояс — этакие полущенки-полумешки.

— Попробуй, — мрачно предложила Лиза.

Я наклонилась к Рейчел и попыталась освободить ей морду. Куда там! Основание шлема намертво «налипло» на мускулистую шею, никаких шнурочков у шлема не было и в помине.

— Ну и глупость вы сделали! — налетела я на детей. — С какой стати напялили на собак невесть что?

— А кто купил это «невесть что»? — напомнила Лиза. — Мы хотели лишь испытать его.

Но я уже разозлилась:

— Это должно легко стаскиваться.

— Объясни как?

— Ну... так!

— Отличная инструкция, — прошипела Лизавета, — «так» это как?

— Да очень просто!

— Не выходит.

— Вы не способны даже мешок с головы сдернуть!

— Сама попробуй. Напяль на себя, а потом освободись, посмотрю на тебя, — простонал Кирюша.

— У меня-то получится.

— Действуй! Ага, боишься! Слабо тебе!

— Ерунда! — выкрикнула я, схватила новый пакет, встряхнула и натянула на голову.

Что-то противно мягкое, похожее на прикосновение улитки, сжало шею. На секунду я вздрогнула, потом поняла, что довольно свободно дышу, хотя «Аргус» выглядит совершенно целым, в нем нет ни дырок, ни щелей, ни шлангов, ведущих к баллонам с воздухом. Да и обзор хороший. Такой эффект наблюдается в тонированной машине. Снаружи стекла кажутся непробиваемо черными, а изнутри они почти прозрачные. И слышно вполне нормально, не так остро, как всегда, но это ерунда.

— Ну и продемонстрируй нам способ избавления от сего противогаза, — ехидно предложил Кирюша.

— Пустяковое дело, тут есть шнурок!

— Ждем не дождемся!

Я пошарила пальцами вокруг шеи. Ничего, никаких тесемок, ниток, ремешков...

— Ну и как? — хихикнула Лиза.

— Не нашла.

— Мы тоже.

— Подумаешь, — я решила не сдаваться, — запросто освободимся.

— Мы уже пытались, — хором сообщили дети, — ни фига!

— Вы просто не были настойчивыми.

— Ладно, — не стала спорить Лизавета, — уж ты, будь добра, стащи это с себя и с нас заодно.

— Мы-то косорукие, — заерничал Кирюшка, — глупые, неразумные, ленивые...

Слушая его, я пыталась избавиться от «Аргуса». Сначала хотела сдернуть его, но кольцо, мягко сжимавшее шею, не позволило это сделать! Подергав шлем из стороны в сторону, я решила попросту разорвать его, и вновь потерпела неудачу.

— Ну и как? — поинтересовалась Лизавета. — Небось плохо стараешься!

Не говоря ни слова, я сбегала на кухню, притащила ножницы и заявила:

— Главное сохранить ясность мышления! Разрежем ткань, и делу конец. Рейчел, иди сюда.

Стаффордшириха протестующе гавкнула. Но я уже схватила ее за шею.

— Давай без капризов!

Вы можете мне не верить, но ткань осталась целой. Я тыкала в нее сначала большими, затем маленькими ножницами, ножом, штопором, вязальной спицей, вилкой, зубочисткой, но на материале не появилось даже крохотной царапинки.

— Может, он из чугуна? — предположил Кирюша. — Давай молотком шандарахнем, авось расколется и свалится.

— Вместе с черепом, — пробормотала я, — нет, этот способ не подойдет.

— Попробуй его расплавить, — предложила Лизавета, — можно к тебе, Кирюха, горящую свечку поднесем? Шлем размякнет и стечет!

— Сдурела, да? — завопил Кирюшка. — Сама изображай Джордано Бруно!

— Замолчите, — велела я.

И тут Рейчел завыла, тоненько, жалобно, ей начала вторить Муля. Ада свалилась на пол и прикинулась мертвой. Феня и Капа стояли молча, похоже, они почти оцепенели от ужаса, бедные мопсята никак не могли сообразить, с какой такой радости их по пояс запихнули в тесные мешки. Только Рамик не выказывал недовольства. Он у нас полнейший пофигист. Рамик, скорей всего, пес не благородных кровей. Мы с Лизой подобрали его в прямом смысле слова на улице. Наверное, поэтому пес стойко переносит любые жизненные неурядицы. Он не станет, как Ада, падать в обморок, оказавшись один в запертой машине, не будет, как Муля, отказываться гулять при виде луж и не примется, как Рейчел, мрачнеть, услышав чужой лай. Нет, Рамик спокойно уляжется на заднем сиденье, без всяких эмоций потопает по жидкой грязи, кроме того, он лоялен ко всем животным без исключения: кошки, мыши, хомяки, жабы, птицы — никто не вызывает у него раздражения.

Не зная, что я мысленно нахваливаю его, Рамик встал и пошел к миске с водой. Морда, закутанная в пакет, ткнулась в плошку раз, другой, третий. Поняв, что жидкость отчего-то не попадает в пасть, дворterьер попятился, затем предпринял еще одну попытку напиться, вновь потерпел неудачу, сел, задрал кверху морду и начал издавать доселе ни разу не слышанные мною звуки, нечто среднее между кашлем и стоном.

— Что это с ним! — подскочила Лиза.

Кирюшка бросился к Рамику и обнял «дворянина».

— Не плачь, мой хороший, я обязательно сниму с тебя купленную Лампой гадость, потерпи, я зубами пакетище перегрызу!

На секунду я возмутилась: ну вот, нашли виноватую — как всегда, это Лампа, но потом увидела, что Кирюша в самом деле пытается прокусить в черном мешке дыру, и крикнула:

— Не смей!

— Надо же его освободить, видишь, он плачет! Пить хочет.

— Зубы одни на всю жизнь!

— Рамик тоже в единичном варианте, — парировал Кирюшка.

И тут мне в голову пришла гениальная идея.

— Вот! Смотрите! На пакете есть название фирмы производителя и телефон.

— Ну и на фиг он нам сдался? — скривилась Лиза.

— Так позвоним и узнаем, как от «Аргуса» избавиться, — воскликнула я, хватаясь за трубку, — только бы номер не оказался фальшивым!

— Можно попробовать, — протянул Кирюшка, — хотя сомневаюсь, что нам ответят.

Но мальчик, к счастью, ошибся.

— НИИ имени Беркутова[1], — произнес приятный женский голос.

— Простите, шлем «Аргус»...

— Если вам нужно до ста штук, то можете сегодня взять на складе, — моментально среагировала секретарша, — большую партию надо предварительно заказывать.

— Мы уже его купили.

— Тогда в чем проблема?

— Надели, а снять не можем.

Женщина засмеялась:

— Вот уж нет проще задачи. Там, в месте, где шлем крепится к шее, висят два шнурочка, дерните за них, и все дела.

— Тесемок нет.

— Такого не может быть.

— Ей-богу.

— Переключаю на лабораторию.

---

[1] Такого НИИ в Москве нет.

Понеслась заунывная музыка, затем прозвучал глухой голос:

— Белявский слушает.

Я повторила историю.

— Посмотрите на пакет, — попросил незнакомый Белявский, — там есть голографическая наклейка? Блестящий кружок!

— Не вижу ничего похожего.

— Значит, ворованные.

— Что?

— Ну у нас со склада «Аргус» частенько пропадает, тащат его, а затем сбагривают по дешевке. Только воры часто не знают, что к чему, и хватают не до конца укомплектованные экземпляры, без застежки для разгерметизации.

— И как его снять?

— Никак. «Аргус» специально задумывался таким образом, чтобы его случайно не сорвали. Ну представьте, вы потеряли сознание, а...

— Теперь в нем всю жизнь ходить? — испугалась я. — Носить пока не истлеет?

— Ну... нет, конечно.

— Скажите, чем шлем можно разрезать?

— Материал не поддается бытовым ножницам, мы думали...

— А разорвать получится? — перебила я ученого, желавшего обстоятельно рассказать о своем детище.

— Практически невозможно, шлем делался для использования в экстремальной ситуации.

— Послушайте! — заорала я. — Но не могу же я ходить до смерти с мешком на башке.

— И не надо. Приезжайте к нам, сниму в два счета.

— Говорите скорей адрес.

— Пишите, — заявил Белявский.

— Господи! Это же в противоположном конце от Новорижского шоссе! Бог знает сколько времени проедем! Мы не задохнемся? — завопила я, узнав координаты лаборатории.

— Нет, «Аргус» рассчитан на сутки бесперебойной работы, потом он просто перестает выполнять защитные функции, но ведь вы не в эпицентре газовой атаки, — спокойно сообщил Белявский, — так вас ждать?

— Да, — закричала я, — тороплюсь со всех ног, вернее, колес!

До МКАД я доехала без особых проблем, на Новорижской трассе машин почти не бывает даже в часы пик, а уж в будний день, когда основная масса людей приступила к работе, и подавно никого не встретите. Неприятности начались на Кольцевой дороге.

Водители едущих рядом с моими «Жигулями» машин сначала притормаживали, потом разевали рты и сворачивали себе шеи от любопытства. Хотя чего уж тут такого особо странного? Ну сидит за рулем женщина с мешком на голове, и что?

Впрочем, может, шоферов удивляла не я, а Рейчел и Муля, которые, оказавшись в машине, моментально выставили в открытые окна замотанные морды. Следовало поднять стекла, но эти собаки соглашаются на автомобильные прогулки только с одним условием: они вывешиваются наружу, иначе ни в какую. Даже в студеном январе и не менее холодном феврале их приходится перевозить, устраивая ледяной сквозняк.

Поняв, что вызвала ажиотаж, я попыталась встать в крайний левый сверхскоростной ряд, но меня оттуда мгновенно прогнали мигающие фарами и недовольно «крякающие» джипы. Пришлось метнуться вправо и вновь стать объектом пристального внимания.

Решив наплевать на любопытствующих идиотов, я понеслась по трассе, но тут сзади замаячила бело-голубая машина ДПС, и над шоссе раздался грубый, усиленный динамиками голос:

— «Жигули» восемьсот тридцать, немедленно остановитесь.

Я припарковалась и велела детям:

— Сделайте одолжение, посидите тихо.

— Так мы никогда не шумим! — воскликнул Кирюшка.

— Я имею в виду молча.

— Хочешь сказать, что мы болтуны? — возмутилась Лиза.

Разговор явно переходил в ссору, но тут в стекло постучали.

— Ваши документы, — хмуро произнес толстый гаишник.

Я молча вытащила права и техпаспорт. Да уж, не повезло, попался не милый, молодой, улыбчивый парень! Такой спокойно возьмет у меня пятьдесят рублей за то, что металась, не включая поворотник, из ряда в ряд. Нет, мне встретился старый, прожженный мент, который тоже примет мзду, но предварительно истреплет все нервы, читая нудные нотации и побуквенно изучая бумаги. От такого полсотней не отделаться, затребует по крайней мере в два раза больше. Ну отчего мне фатально не везет?

Глава 12

— Снимите шапку, — велел гаишник, — лица не видно.

— Зачем оно вам? Я не Василиса Прекрасная, — вздохнула я.

Но милиционер не был расположен шутить:

— Скидавай живее.

— Не могу.

— Почему?

— Ну... она... в общем... — замямлила я, — вы не сомневайтесь, права и машина мои. Хотите, еще паспорт покажу и рабочее удостоверение. Ну сами подумайте, кто же станет такой металлолом красть да еще с детьми и собаками в придачу! Давайте штраф заплачу, вот полтинник.

Патрульный хмыкнул:

— Ты сумасшедшая?

— Вы меня оскорбляете!

— Замоталась — и за руль! Я прямо глазам не поверил, когда увидел! Да за такое...

— А в правилах есть пункт, запрещающий садиться за баранку с завязанным лицом? — мгновенно возникла Лиза. — Где там написано: если на морде мешок — за руль не лезь?

— Умная больно, — отреагировал страж дорог.

— Нет уж, отвечайте, — настаивала девочка, — а заодно скажите свою фамилию и номер бляхи.

— И звание, а то вы не представились, как положено, — подхватил Кирюша, — ваще ни копейки Лампа не даст, выписывайте квитанцию. Мы уже в школу опоздали, торопиться теперь некуда.

— Лампа? — изумился гаишник. — Это что?

— Кто, — ткнула в меня пальцем Лиза, — так зовут человека, Лампа! Она за рулем, а мы с собаками сзади.

Понимая, что бедный мужик сейчас потеряет самообладание, а может, и сознание, я перебила мальчика:

— Я объясню ситуацию. Купила вчера в метро...

Через десять минут, не взяв с меня ни копейки, патрульный, помахивая черно-белым жезлом, направился к своей машине.

— Вот как с ними надо! — торжествующе заявил Кирюша. — А ты блеешь, как коза: «Это я, возьмите деньги», слушать противно.

— Я объяснила ему ситуацию, гаишник понял и отпустил нас. Потом, коза мекает, — только и сумела возразить я, — блеет овца.

— Без разницы, — хихикнула Лиза, — она тоже дура!

Решив сделать вид, будто не услышала последнюю фразу, я вцепилась в руль. Коза, овца, гусыня, курица, утка — назови как хочешь, мне все равно комфортнее сунуть блюстителю порядка деньги, чем начинать свару. Хотя следует признать, что дети правы. Из-за таких, как Евлампия Романова, гаишники чувствуют себя «на коне», если бы все автолюбители требовали квитанции...

Внимательно читая указатели, я нашла нужный поворот, съехала на шоссе, прокатила метров триста и услышала странный стук. Не успел мозг сообразить, откуда он может идти, как машина дернулись пару раз, икнула и встала.

Я выскочила на улицу. Открыть капот? Совершенно бессмысленное действие, я ничего не понимаю в моторах. Лиза и Кирюша тоже вылезли наружу. Несколько минут они возмущались, потом мальчик принялся размахивать руками и кричать навстречу потоку автомобилей:

— Эй, ну остановитесь же! Подвезите женщину с детьми.

Но водители пролетали мимо. Мне неожиданно стало интересно: а как поступила бы я сама, увидев ясным днем при въезде в Москву странную тетку с чехлом на морде, а около нее две долговязые, крепкие, совсем не детские фигуры, тоже с пакетами на головах? Большинство людей справедливо полагает, что дылда, доросшая до метра семидесяти, потеряла статус школьника и способна самостоятельно решить свои проблемы.

Внезапно около нас замерло маршрутное такси. Не веря собственному счастью, я рванула дверь и быстро спросила у водителя:

— До восемьдесят девятого дома довезете?

— Седьмого.

— Что?

— Конечная у восемьдесят седьмого, магазин «Продукты», — меланхолично ответил парень, даже не обернувшись.

Огромное, просто нечеловеческое ликование затопило мою душу. Ну кто сказал, что мне постоянно не везет? Все складывается самым волшебным образом! Маршрутное такси совершенно пустое, никто не станет в нас тыкать пальцем, а то, что шофер не довезет до нужного места чуть-чуть, сущая ерунда, пробежим пару метров, и готово.

— Так залазите? — ожил водитель.

— Конечно, сейчас, но у нас собаки!

— И че?

— С ними можно?

— Плати и вези.

— Сколько?

— Как за себя.

— Живо садитесь, — засуетилась я, — Рейчел, Рамик, Муля, Ада. Кирюша, хватай щенков. Лиза, ты сумку забыла.

Шофер сидел, словно истукан, я могла в суматохе

втащить в маршрутку пару мешков со взрывчаткой и гору оружия, парень бы и не дрогнул, удивительная беспечность!

Наконец мы продолжили путь. Я обернулась и с некоторой тревогой глянула на покинутые «Жигули». Похоже, беспокоиться не о чем, автомобиль потерял ход, и потом, он такой старый, что вряд ли привлечет внимание угонщиков.

— Деньги, — потребовал шофер и засвистел.

Я полезла в сумочку.

— Вообще-то, несправедливо, что за Феню и Капу надо платить столько, сколько за Рейчел, — заявил Кирюшка.

— Неохота башлять, вылазь, — заявил водитель и начал притормаживать.

— Держите, — засуетилась я, — тут сполна.

— И все равно, неправильно, — бухтел Кирюшка. — Щенки вообще места не занимают, они у нас на коленях сидят.

— Зато Рейчел на двух сиденьях лежит, — решила восстановить справедливость Лизавета.

— Тогда и я развалюсь, раз заплатили, — не сдался Кирюша.

Водитель хмыкнул и врубил на полную мощь радио, он явно не хотел слышать никаких заявлений от пассажиров. Я прижала к себе мелко дрожащую Аду. Ничего, скоро с нас стащат мешки, хотя лично мне в нем даже удобно, непонятно из чего сделанная суперпрочная ткань слегка приглушает звуки.

— Вылазь, — велел парень, рывком останавливая маршрутку, — конечная.

Мы вышли на тротуар. «Газель» стояла около большого дома из светлого кирпича. Слева от красивой дубовой двери виднелась табличка «Центр «Материнство». Родильная клиника». В памяти моментально всплыла фамилия — Ермолайчик. Вслед за ней вспомнилось и редкое для женщины имя — Аркадия. Надо же, какое совпадение. Именно сюда привезли с выкидышем Светлану. Или невестка Аси все же сделала аборт? Вдруг Лора права? Бедная девушка выскочила без всякой любви за богатого парня, надеясь прожить с ним в комфорте и благополучии. А муж оказался садистом. Несчастная промучилась какое-то время, а потом замыслила убийство. Костин иногда повторяет:

— Когда ищешь преступника, всегда следует задать себе вопрос: кому выгодна смерть трупа?

Можно, конечно, поспорить с ним по поводу смысла словосочетания «смерть трупа». Но, по сути, Вовка прав. Кто получил дивиденды — тот и убийца! А в нашем случае стрелки указывают именно на Светлану. Избавившись от мучителя, она спокойно ведет жизнь богатой женщины. Ася совершенно неконфликтная, нежадная, она очень похожа на Катю, а моя подруга считает Юлечку самым родным человеком. Случись с Сережкой несчастье... Ой, не надо о таком даже думать!

Смерть Васи принесла огромное горе Асе, но Лев Яковлевич небось даже не заметил кончины сына, как жил, так и живет. Оле тоже от исчезновения брата ни горячо и ни холодно. Финансовое положение ее зависит от матери. Погибшая Неля тоже не могла этого сделать... Кто остается? Света! Именно она страдала от интимных пристрастий мужа, и ей, нищей, раздетой, страстно хотелось получить шмотки, драгоценности, автомобиль, кредитную карточку... И она все это теперь имеет!!! Нет, мне просто необходимо побеседовать с Аркадией Валентиновной.

Ноги сами собой направились к двери.

— Эй, Лампа, — окликнула меня Лиза, — нам не сюда! Тут какая-то родильная клиника.

Я опомнилась. Надо же, задумалась и забыла, что стою с мешком на голове, в окружении детей и собак.

— Нам нужен восемьдесят девятый дом, — напомнил Кирюша, — а мы находимся возле седьмого.

Я посмотрела налево. Сразу за центром «Материнство» расстилался большой кусок земли, огражденный забором, за железными прутьями виднелись какие-то небольшие строения.

— Наверное, нам туда, — предположила я, хватая на руки Аду, — вперед и с песней.

Кирюша поднял Мулю, Лиза уцепила Феню с Капой, Рейчел и Рамик двинулись своим ходом. Дойдя до ворот, мы увидели плакат, «Детский парк. Вход с животными запрещен, штраф сто рублей».

— За одного или за всех? — поинтересовался Кирюша. — Может, с группы собак дешевле возьмут? Вроде как оптом.

Я не ответила ему, меня больше интересовал другой вопрос: куда подевался восемьдесят девятый дом и есть ли он на этой улице вообще?

Как назло, вокруг не было никого, кроме бомжа, мирно дремавшего на скамейке. Я потрясла оборванца за плечо:

— Эй! Дом восемьдесят девять где?

— Через парк, прямо и до конца, — бормотнул, не открывая глаз, маргинал, — по оврагу при, под трубами.

Живописной группой мы ступили на асфальтиро-

ванную дорожку и через пару метров наткнулись на
стайку мамаш, пасших малышей в разноцветных ком-
бинезончиках. Я ждала от женщин чего угодно, воп-
лей: «Спасите», гневных криков: «Куда с собаками
прете», но они отреагировали самым неожиданным
образом.

— Ой, Машенька, смотри, — восхитилась одна из
мамашек, — снова клоуны приехали!

— Да еще с собачками, — подхватила другая.

— Вы где выступать будете? — обратилась к нам
третья.

В ее вопросе было столько наивной радости, что
даже ехидный Кирюшка опешил и забормотал:

— Э... мы... того... репетируем пока просто.

— То-то я смотрю, собачки маленькие совсем, —
не успокаивалась женщина, — те, которые у вас на
руках. Вы уж объявление повесьте, когда подготови-
тесь, наши очень зверушек любят.

Провожаемые возгласами восхищения и криками
малышей, принявших Рейчел и Рамика за пони, мы
почти побежали по дорожке, извивавшейся под не-
мыслимыми углами, путь казался бесконечным.

— Ты уверена, что мы идем в нужном направлении? — не вытерпела Лиза. — У меня ноги отваливаются.

— Думаю, да, — осторожно ответила я и обрадовалась. — Овраг! А сверху уложены трубы! Нам надо по
нему топать.

— Ну просто офонареть, — простонал Кирюша,
спускаясь вниз, — эх, жаль природа у мопсов ручку на
спине не предусмотрела, удобнее нести было бы. Эй,
Муля, может, сама пошагаешь?

Мальчик опустил тучную мопсиху на землю. Я сделала то же самое с Адой, если честно, то руки просто отваливаются. Адюша, несмотря на аккуратный вид, весит двенадцать кило, правда, Мульдозер тянет на пятнадцать.

Мы прошли пару метров, пригибая головы, потом обернулись. Мопсихи стояли без движения, прижавшись друг к другу. Весь их вид говорил: сами по этой грязи топайте, мы не собираемся пачкать лапы. Пришлось возвращаться и вновь превращаться в ездовых людей для мопсов.

Овраг тянулся и тянулся, на его дне чавкала глина, Кирюша кряхтел, Лиза стонала, Рейчел и Рамик стоически брели по грязи, Феня и Капа время от времени принимались хныкать, очевидно, щенкам не нравилось, что Лиза держит их поперек живота. Лучше всего пришлось Муле и Аде. Капризные мопсихи мирно спали у нас с Кирюшкой на руках, Адюша даже громко храпела. Вот вам прямое доказательство того, что вредность характера на пользу его обладателю. Прояви Муля и Ада интеллигентность и воспитанность, месить бы им сейчас нежными лапками кашу из земли с камнями, а так, удобно устроившись, они мирно дрыхнут. Делайте после этого правильные выводы, как следует себя вести!

— Послушайте! — взвыла Лиза. — Мы ходим кругами! Я уже видела этот окурок!

— Тут полно мусора, — возразила я.

— Немедленно позвони Белявскому и уточни дорогу, — потребовал Кирюшка.

— Телефон не помню, — испуганно пискнула я.

— Ну... — начала было Лиза, и тут овраг закончился.

Мы выбрались наверх и увидели сплошной забор, тянущийся на необозримое расстояние.

— Делать нечего, двинулись налево, — приказала Лиза.

Все почему-то послушались и потопали за ней.

— А все из-за того, что кто-то купил в метро дрянь, — сообщила Лиза, — и вообще я воды хочу!

— У меня в сумке пакетик сока, возьми, — предложила я.

— Издеваешься, да? — обозлилась Лиза. — А пить чем?

— С какой стати мы пошли налево? — обозлился Кирюша. — Может, вправо быстрей было бы.

— Хочешь вернуться? — спросила я.

— Ни за что, — уперлась Лиза.

— Мы уже два часа ходим! — взвился Кирюшка.

— А чего делать? — налетела на него Лизавета.

— Да, тебе хорошо, мелких тащишь, а у меня Мюльчетай неподъемная, давай меняться! Иначе нечестно выходит.

— Ладно, — неожиданно легко согласилась Лиза.

Дети произвели рокировку, и мы продолжили путь.

— Да, — заныл через пару метров Кирюша, — они вертятся и весят вместе как Муля!

— Сам решил поменяться!

— Давай назад махнемся!

— Фиг тебе.

— Злобина!

— Зануда!

— Сама такая!

— Балбес!

— Ну сейчас я тебе покажу...

— Эй, мы пришли, — закричала я, — смотрите!

Забор неожиданно закончился, мы очутились на широкой улице. Слева стояло большое здание из светлого кирпича. «Центр «Материнство». Родильная клиника» — гласила вывеска на большой, дубовой двери.

Кирюшка выронил щенков.

— Это что же получается! Мы прошлепали с тяжеленными мопсами на руках с десяток километров...

— Перлись по оврагу, по дикой грязи, — подхватила Лиза, — и приперлись! Говорила же, что мы кругами ходим!

— Где восемьдесят девятый дом! — взвыл Кирюша. — Лампа, изволь отвечать! Ты загоняла бедных детей, сделала из них переносчиков мопсов, купила идиотские шлемы. Ну...

Мальчик задохнулся от негодования и начал тыкать в мою сторону пальцем. Я возмутилась:

— Интересное дело! Я сама волоку Дюшу, а она ненамного легче Мули! А шлемы вы лично нацепили и меня подначили. И вообще, Кирюша, мужчине неприлично ныть!

— Я ребенок! — возмутился подросток.

— Вот он, — завопила, подпрыгивая, Лиза, — вот, смотрите написано: восемьдесят девять. Мы пошли налево, а следовало сделать шаг вправо! Лампа! Ну с какой стати тебя в парк понесло! Кто дорогу подсказал? Нужный дом рядом стоит.

Я растерянно ткнула пальцем в сторону скамейки, где по-прежнему кемарил бомж.

— Вы же сами слышали, что он сказал!

— Зачем ты ему поверила? — возмущался Кирюшка.

— И нас к оврагу потащила, — не успокаивалась Лиза.

Я, не говоря ни слова, поспешила к нужному зданию.

— Надеюсь, она не перепутала адрес, — ехидно заявила Лизавета, — прикинь, Кирюха, как бы нам весело было, окажись этот НИИ во Владивостоке! Неделю с пакетом на голове, с собаками, в поезде!

— Ты не радуйся, ща никакого Белявского тут не окажется, — буркнул Кирюшка.

Глава 13

Но его опасения были напрасными. Злоключения наши закончились. Белявского мы нашли сразу. Он не стал ахать, охать и смеяться, а просто с помощью непонятной то ли железки, то ли пластиковой штуки в два счета разрезал липкое основание «Аргуса». Собакам дали попить, а нам профессор радушно предложил чай с зефиром.

— К сожалению, — размахивая руками, сообщил он, — к огромному, невероятному сожалению, встречаются люди, способные своей глупостью похоронить любое, даже самое хорошее открытие. «Аргус» великолепная, нужная вещь, но находятся воры, которые попросту грабят нас, а потом продают неукомплектованный шлем. Кстати, вот возьмите правильно сделанный «Аргус», в качестве подарка положу вам в сумочку.

— Спасибо, — вежливо кивнула я, решив более никогда в жизни не испытывать судьбу и не натягивать на себя никакие защитные пакеты, — очень мило с вашей стороны.

Попивая чай, Белявский принялся рассуждать о достоинствах своего изобретения.

— Наша лаборатория занимается ядами, — пояснил он, — так вот «Аргус» защищает от любых испарений, да-с! Любых! Неощутимых! Страшно опасных!

Редких! Его создавали знающие специалисты! Энтузиасты...

— А что, можно отравиться тем, чего не чувствуешь? — воскликнул Кирюша.

— Запросто, — сообщил Белявский, — кстати, полно ядов, которые легко убьют вас, а на вид представляют собой прозрачную жидкость без вкуса и аромата. Я очень веселюсь, когда читаю в каком-нибудь рекламном буклете фразу типа: «Наше средство сделано на растительной основе, оно совершенно не опасно, не то что химия». Дорогие мои! Половина придворных в прежние времена отравилась ядами растительного происхождения. Уж поверьте мне, кое-какие составы, сделанные на основе «невинной» травы, имеют страшную убойную силу. Вот расхожий пример! Одному из французских королей, Карлу IX, подарили шикарную книгу про охоту. Царственная особа принялась перелистывать слипшиеся страницы. А что мы делаем, когда бумага не хочет переворачиваться?

— Лижем пальцы, — ответил Кирюша.

— Вот! — торжествующе произнес профессор. — На то и рассчитано было! Хитрый отравитель пропитал книгу неким раствором. Король, слюнявя пальцы, получил смертельную дозу яда и...

— Умер, — докончил Кирюша, — здорово придумано!

— Это еще что! — вдохновился Белявский. — Я сейчас такое расскажу! Кстати, меня Юрием зовут. Значит, так! Жила-была такая дама, отвратительная особа, герцогиня Лансэ. Крови у родных выпила! Злая, жадная, но богатая...

Юрий принялся быстро рассказывать о том, как

доведенные до точки кипения родственники решили отравить капризную даму. Я попыталась остановить ученого:

— Простите, нам пора.

— Ты торопишься? — удивился Кирюша.

— Да.

— Тогда уходи, — велела Лиза, — а мы послушаем!

— Очень интересно, — подхватил мальчик, — может, мне пойти после школы на этого... ну... отравителя?

— Как вы назад доберетесь? — спросила я.

— Такси возьмем, — бойко ответили мои прогульщики. — Эка печаль, только денег дай.

Я вытащила кошелек, сунула детям пару купюр и пошла к выходу. У двери какая-то сила заставила меня обернуться. Перед глазами предстала дивная картина: Лиза и Кирюшка сидят на обшарпанных, некогда белых стульях. Рты у парочки одинаково широко разинуты. Перед ними на лабораторном столе стоят эмалированные, бог знает скольколетние кружки с жидким чаем, на листке бумаги щедро выложен сухой зефир. Собаки, уставшие во время путешествия, сбившись в кучу, спят на ободранном линолеуме. Юра Белявский, размахивая руками, плетет совершенно неправдоподобную, смахивающую на роман Александра Дюма историю про, похоже, никогда не жившую на нашем свете герцогиню Лансэ... Интересно, почему в российских школах не работают такие увлеченные и слегка сдвинутые на своем предмете учителя?

В холле родильного дома было очень чисто и пустынно. Я подошла к окошку с надписью «Справочная» и спросила:

— Доктора Ермолайчик можно увидеть?

— Вы записаны на прием? — улыбнулась служащая.

— Да, — лихо соврала я.

— Тогда поднимайтесь на второй этаж, кабинет двадцать два, — очень вежливо сказала женщина, — только наденьте бахилы.

Я натянула на промокшие ботинки голубые полиэтиленовые пакеты и, шурша, пошла вверх по безукоризненно чистой лестнице. Полное отсутствие людей поражало. В здании, казалось, не было ни одного человека, тишина звенела в ушах. Никто не встретился мне и в длинном коридоре, а около нужного кабинета на мягких красивых кожаных диванчиках не сидели беременные женщины.

Слегка недоумевая, я постучала в резную филенку.

— Войдите, — донеслось изнутри, и я открыла дверь.

Большая комната, открывшаяся моему взору, меньше всего походила на приемную акушера-гинеколога, скорее это был кабинет ученого. Повсюду стеллажи с книгами, письменный стол, заваленный бумагами, и тяжелые, гобеленовые, совсем не больничные, драпировки на окнах.

Дородная женщина со старомодной прической стояла возле одной из полок, в руках она держала журнал.

— Вы ко мне? — удивленно спросила она.

— Я ищу Аркадию Валентиновну Ермолайчик, — улыбнулась я.

— Слушаю, — вежливо, но отстраненно ответила врач, села за стол и широким жестом указала на одно из глубоких кожаных кресел, — прошу вас.

Но я, проигнорировав ее предложение, опустилась на жесткий, малоудобный стул. Знаю эти кожаные монстры, плюхнешься и мигом «утонешь», колени выше головы окажутся, кому как, а мне очень некомфортно вести разговоры в подобном положении.

— Внимательно вас слушаю, — повторила Ермолайчик, — но сразу хочу сказать: если сейчас в приемном отделении не взяли роженицу, то ничем помочь не могу, мы закрыты на помывку, планово приступим к работе лишь через неделю.

Я, продолжая улыбаться, вытащила из сумочки удостоверение служащей детективного агентства «Шерлок». Увы, сия контора тихо почила в бозе. Владела ею Федора, моя хорошая знакомая. Когда-то она, супруга хозяина весьма преуспевающей частной сыскной фирмы, попросила своего мужа взять ее на работу. Думаете, супруг с распростертыми объятиями принял к себе родного человека? А вот и нет! Он категорично заявил:

— Лучше тебе, милая, щи варить, нечего лезть не в свое дело.

Федора обозлилась и открыла «Шерлок» на собственные деньги. Основной целью она ставила утереть муженьку нос, доказать ему, что женщина тоже человек и ремесло частной сыщицы ей по плечу. Меня Федька пригласила в качестве начальницы оперативно-разыскного отдела, я получила красивое удостоверение и разрешение на ношение оружия. Вам очень смешно? Стрелять я не умею, а то, что пистолет и револьвер разные вещи, узнала совсем недавно. Правда, теперь я посмеиваюсь, встречая в обожаемых детективах фразу типа: «Он нажал на курок». Я с некоторых пор в курсе, что нажимают на спусковой крючок, но это так, к слову.

Мы с Федорой сумели-таки распутать пару дел, но потом телега детективного ремесла забуксовала, кли-

енты обходили «Шерлок» стороной. Затем муж Федь-
ки устыдился, признал ее как сыщика и взял к себе в
агентство. Справедливости ради следует заметить,
что мне тоже была предложена работа, но я отказалась. Очень хорошо понимаю: я не сумею трудиться в
жестких рамках, во всем слушаясь начальство. Иногда вышестоящие особы говорят глупости и требуют
исполнять кретинские распоряжения. К тому же
меня увлекла служба на «Бум». Я решила никогда более не ввязываться ни в какие расследования, и вот,
пожалуйста, попала, словно котенок в пасть к кроко-
дилу. От прежней службы осталось удостоверение, и
сейчас оно пришло мне на помощь.

Ермолайчик повертела в пальцах бордовую книжечку.

— Первый раз встречаюсь с женщиной-детекти-
вом, — призналась она.

— Эмансипация, — улыбнулась я.

— Чем же могу вам посодействовать?

— Вы помните пациентку по фамилии Курочкорябская? Зовут ее Светлана.

Аркадия Валентиновна взяла со стола замшевый
мешочек, вытащила оттуда очки в красивой перла-
мутровой оправе, водрузила их на нос и ответила:

— Да.

— У нее случился выкидыш или ей делали аборт?

Аркадия Валентиновна кашлянула.

— Есть понятие врачебной тайны.

— Светлана потеряла ребенка?

— Да.

— Намеренно?

— Считаю неэтичным отвечать на сей вопрос.

Вымолвив последнюю фразу, Ермолайчик сняла очки, положила их в чехол и добавила:

— Если эта тема единственная, то...

— У Аси Михайловны Курочкорябской погиб сын, — тихо сказала я, — в самом расцвете лет, задохнулся во время пожара, вместе с ним умерла женщина, тоже молодая. А Светлана сначала лишилась ребенка, а потом, на днях, у нее случился обширный инфаркт.

Доктор без всяких эмоций посмотрела на меня:

— И что?

— Я ищу человека, задумавшего черное дело. Василия и его любовницу убили, Светлана, похоже, была в курсе дела, но ей сейчас никаких вопросов уже не задашь. Если вы расскажете, что случилось с ее беременностью, по крайней мере я буду представлять, в каком направлении работать. Преступник очень опасен, он готовит новые убийства.

Ермолайчик дернула головой:

— Да уж! Ладно, раз ситуация патовая, придется нарушить правила. Мы сделали Светлане Курочкорябской аборт на позднем сроке. Подобное вмешательство допустимо лишь в форсмажорных обстоятельствах. Ну, когда развивающаяся беременность угрожает психическому или физическому здоровью матери либо когда мы уверены, что плод с явной патологией. У Курочкорябской был именно такой случай.

— Дитя имело дефекты?

— Нет, речь шла о психике матери.

— Не понимаю.

Аркадия Валентиновна опять нацепила очки.

— Несчастная женщина. Это очень неприятная история. Дело обстояло так.

Светлану в кабинет к Ермолайчик привела Ася, когда-то лечившаяся у Аркадии Валентиновны. Свекровь волновало бесплодие невестки. Доктор провела обследование, увидела незначительное отклонение от нормы, назначила лечение, но безрезультатно. Пригласили Василия.

Молодой человек оказался здоров, Светлану тоже подлечили, пара должна была без особых хлопот зачать ребенка, но Света не беременела. Опытные гинекологи сталкиваются порой с подобными ситуациями. Им остается только развести руками и сказать:

— Бог не дает.

Может, господь и впрямь обрекает некоторые семьи на вымирание, но Аркадия Валентиновна атеистка, поэтому она упорно пыталась помочь Свете, и ее старания наконец-то увенчались успехом. Ася пришла в восторг и каждую неделю сама приводила невестку на плановый осмотр. Свекровь самозабвенно пеклась о здоровье Светланы, редкая мать так хлопочет о беременной дочери. Стоило Аркадии Валентиновне заикнуться о каких-то суперновых витаминах, выпускаемых в Америке, как через пару дней их доставили Светлане на самолете прямиком из Вашингтона.

В кабинет к Ермолайчик Ася обычно входила вместе со Светой. Старшая Курочкорябская завела тетрадку, куда скрупулезно записывала все советы врача. Одного взгляда, брошенного на будущую бабушку, хватало, чтобы понять: она совершенно счастлива. Светлана же не выказывала особой радости. Аркадия Валентиновна решила сначала, что молодая женщина слегка флегматична от природы, но потом ей стало ясно: перспектива стать матерью никак не радует Свету. Потом Курочкорябские внезапно пропустили прием. Зная аккуратность и даже педантичность Аси, Аркадия Валентиновна забеспокоилась, она уже хотела звонить своей пациентке, как Света появилась в ее кабинете в неурочное время, без предварительной записи, одна.

Сев около стола, она попросила сделать ей аборт. Ермолайчик опешила:

— Вы столько лечились, хотели ребенка...

— Да, — кивнула Света, — а теперь я передумала.

— Но, простите, — стала закипать врач, — подобными вещами не шутят. Кстати, где ваша свекровь?

— Дома.

— Она в курсе принятого вами решения?

— Нет.

— А муж?

— Он погиб, — проронила Света.

— Как? — ужаснулась Аркадия Валентиновна.

— Скоропостижно, — Светлана не вдавалась в подробности, — я теперь вдова, и лучше ребенку не родиться.

Ермолайчик растерялась, надо же, супруг только что умер, а Света уже явилась к ней на прием, но врач попыталась усовестить будущую мамашу:

— Вряд ли вы боитесь материальных трудностей...

— Деньги у нас есть, — мрачно кивнула Света, — ладно, скажу вам правду. Мне ребенок ни к чему, ну не чувствую я никакой потребности стать матерью. Еще не пожила в свое удовольствие, не готова себя забыть и с крикуном возиться.

— Но позвольте! С какой стати вы тогда проходили курс лечения?

— Вася о наследнике мечтал, он мне в конце концов заявил: «Выбирай: либо рожаешь, либо катись на все четыре стороны, другую найду, здоровую», — бесхитростно сообщила Света, — вот и пришлось на уколы бегать. Да и Ася зудела: «Хочу внучка, мечтаю о малыше». Заколебали прям меня. А теперь Васи нет, я всем скажу, что у меня от горя выкидыш случился. Ася добрая, она поплачет и утешится, я в семье останусь. И все отлично пойдет, спиногрыз мне совсем не нужен.

— Для аборта на столь позднем сроке должны быть более веские причины, чем простое нежелание рожать, — каменным тоном заявила Аркадия Валентиновна, — ни один уважающий себя врач не станет предпринимать вмешательство при таких обстоятельствах! Кстати, аборт, сделанный после двенадцати недель, может сильно подорвать ваше здоровье, потом спохватитесь, да поздно будет — вы никогда более не забеременеете.

Ермолайчик хотела испугать безголовую пациентку, но Света ответила:

— Ну и не надо. Меньше хлопот. Я замуж еще раз не собираюсь, буду спокойно себе жить у Аси. Она собаку бродячую прогнать не может, а уж вдову сына и подавно. Сделайте мне аборт.

— Я права не имею! — рявкнула Аркадия. — Извлечение плода на вашем сроке карается законом. Только в экстремальной ситуации врач может решиться на такое.

Света прижала кулачки к груди:

— Хорошо. Мне придется сообщить вам правду.

— Вы уже это сделали, — буркнула врач.

— Нет, теперь настоящую правду! Только поклянитесь, что никому ни слова не пророните, — потребовала Света.

— Деточка, — процедила Ермолайчик, — в этом кабинете столько всего переговорено!

Света завела рассказ. Истина была похожа на дамский роман.

Вася страстно хотел ребенка, Света же не испытывала никакого желания возиться с пеленками, но упорно лечилась. Будущий младенец должен был стать гарантией ее материального благополучия на долгие годы вперед. Даже если Василий решит развестись с женой, ему придется считаться с ней как с матерью сына или дочери.

Но господь не любит тех, кто строит хитрые планы, поэтому ничего у Светы не получалось. Никак. Василий с каждым месяцем делался все мрачней, он начал бить жену.

— Это она вам так сказала? — перебила я Ермолайчик.

Та хмыкнула:

— Синяки были видны и раньше. Хотя Светлана, когда я осторожно спросила: «Что произошло, отчего ты вся в кровоподтеках?» — быстро ответила: «Просто упала».

Но Ермолайчик сразу сообразила, что в семье Курочкорябских процветает рукоприкладство: нельзя же постоянно падать и сильно разбиваться. Но после того, как Света забеременела, Вася придержал руки, и доктор успокоилась.

Теперь же, сидя в кабинете, будущая мать выплескивала правду. Да, ей тогда не хотелось посвящать врача во все свои проблемы. Василий, поняв, что супруга бесплодна, пустился во все тяжкие, избивал Свету, а та, как на грех, никак не могла зачать наследника. Неизвестно чем бы дело кончилось, но тут одна из подруг Светланы — Виктория Костенко позвала ее на вечеринку. Поскольку Вася укатил на три дня по делам бизнеса в Санкт-Петербург, Света решила развеяться и отправилась на тусовку.

Вечер закончился отвратительно, когда гости разошлись, брат Вики, Жора, затащил Свету в свою комнату и изнасиловал.

Можете представить себе состояние Светы, когда через месяц она поняла, что беременна? Отцом ребенка явно был Жора. Ведь с Васей-то у них дети не получались. Светлана пришла в ужас. Рассказать мужу правду она не могла, значит, ей предстояло произвести на свет заведомо нелюбимое дитя. Еще ее пугало, что она и Вася светловолосые, голубоглазые, а Жора очень смуглый, кучерявый, с темно-карими, бездонными цыганскими очами. Что случится, если ребеночек пойдет в настоящего папу? Какой генетикой объяснить его дикий внешний вид? Придумать себе дедушку, кочевавшего с табором по степи?

Теперь понимаете, почему беременность с самого начала не доставила Светлане никакой радости. Впрочем, дальше стало еще хуже.

Света ничего не рассказывала Вике об изнасиловании, а вот о беременности подруга узнала и мигом сообщила брату — просто так, без всяких задних мыслей, обронила за ужином фразу:

— Светка-то скоро маленького родит, а я, похоже, засиделась в девках.

Жорик насупился, ничего не ответил, и эта тема завяла на корню. Вика и думать забыла о той беседе, но она имела очень неприятные последствия.

Жора позвонил Светлане и велел:

— Приходи сегодня в кафе «Лимонад».

— С какой стати? — удивилась та. — Знать тебя не желаю, урод!

— Лучше соглашайся, а то хуже будет.

— И что ты сделаешь?

— Узнаешь, — пообещал Жорик.

Напуганная Света подчинилась, она явилась на свидание и, желая сразу же поставить Жору на место, заявила:

— У тебя есть десять минут.

И тут насильник выдал такое! Он, дескать, знает, что Светлана беременна от него. И теперь, чтобы купить его молчание, она должна ежемесячно платить Жоре тысячу долларов.

Глава 14

— Офигел, да? — дрожащим голосом спросила Света.

— Для тебя это пустяковая сумма.

— Откуда она у меня?

Жора заржал:

— Не прибедняйся, вон сколько брюликов навесила.

Услыхав последнюю фразу, Света пришла в себя:

— Ни копейки тебе не дам!

— Ладно, тогда я сообщу Василию, от кого ребенок.

— Я забеременела от мужа.

— Не-а.

— У нас с тобой ничего не было.

— Да ну?

— Вася тебе не поверит.

— Ага, — кивнул Жора, — пусть, но я ему посоветую генетическую экспертизу провести. Что делать станешь, если тест мое отцовство подтвердит? А? Васька тебя с позором выгонит, голую. Я жениться не стану, больно нужна мне нищая. Ну-ка раскинь мозгами, и тысяча баксов тебе копейкой покажется!

Пришлось Свете платить Жоре. Как она исхитрялась снимать с карточки деньги и что отвечала на недоуменные вопросы мужа: «Зачем тебе столько бабок?» — она Аркадии Валентиновне не сказала.

Потом Вася погиб, и Света облегченно вздохнула. Больше шантажист не станет ее донимать. Но не тут-то было! Жора выдвинул новое требование:

— Теперь ты выходишь за меня замуж, а Аська платит нам ежемесячно по десять тысяч гринов.

— Ты с дуба упал? — подскочила Света. — За что же?

— Я женюсь на ее любимой невестке и буду воспитывать сына Васи, — заухмылялся Жора, — она и больше даст, потому что дура! Цены деньгам не знает, видно, легко ей даются, коли их не считает.

— Даже не надейся на такое!

— Ладно, тогда я сообщу Асе, что ребенок от меня, и она тебя выгонит.

— Урод, — зашипела Света, — сволочь.

— С тебя десять тысяч, ежемесячно.

— Ваще сбрендил.

— Тогда пойду к Асе!

Света, потеряв контроль над собой, рванулась к негодяю и дала ему пощечину. Жора схватил ее за пальцы, больно вывернул их, но потом его руки неожиданно разжались.

— Десять тысяч, — трясущимся от злобы голосом повторил мерзавец, — и не надейся, что я выйду из себя, поколочу тебя и спровоцирую выкидыш. Ну уж нет! Мне этот щенок живым нужен!

Наутро после разговора с Жорой Светлана кинулась к Аркадии Валентиновне.

— И вы помогли ей? — тихо спросила я.

Ермолайчик кивнула:

— Да, я сочла ситуацию серьезной. Уж не знаю, чем там все закончилось. Но на вопросы Аси отвечала: «У вашей невестки случился самопроизвольный выкидыш. Жаль, конечно, но такое частенько происходит на фоне стресса».

— Почему вы не решились открыть Асе глаза на невестку?

— Я не имела на это никакого права. Тайна принадлежит Свете. Я и для вас приподняла завесу, только узнав, что речь идет об убийстве, — заявила Аркадия Валентиновна.

— Нет ли у вас координат Вики Костенко?

Гинеколог пожала плечами:

— Откуда?

Я попрощалась с Аркадией Валентиновной и пошла в сторону метро. Проеду часть пути на подземке, а потом возьму такси и доберусь до того места, где стоит мой несчастный, так некстати заболевший «жигуленок».

В поезде было душно, я устроилась на единственном свободном местечке и проехала в сонном оцепенении один перегон. На следующей станции в вагон вошла молоденькая размалеванная девица с малышом на руках, лицо бутуза скрывал широкий козырек бейсболки. Расставив ноги, молодая мать пыталась сохранить равновесие, уцепиться за поручень она не могла: обе руки занимал ребенок.

Моментально все присутствующие мужчины погрузились в сладкий сон: закрыли глаза и сделали вид, что не замечают никого вокруг. Поезд дернулся, девушка зашаталась.

Я встала:

— Садитесь, а то упадете.

— Ой, спасибо.

— Не за что.

— У вас, наверное, свой ребенок есть?

Я кивнула:

— Двое.

— Тогда понятно, — последовал ответ, — дети такая обуза.

Я внимательно оглядела молодую мамашу. Похоже, особых материальных трудностей у нее нет. Одежда новая, модная. Пальцы украшены колечками, в ушах золотые сережки, да и малыш облачен в хороший комбинезон. Впрочем, может, эта девушка, как и Света, вовсе не собиралась рожать ребенка, ее принудили стать матерью обстоятельства. И потом, легко осуждать других. Кирюша и Лиза достались мне уже большими. Я не знала бессонных ночей, изматывающей стирки, не выхаживала их во время долгой болезни.

В этот момент бутуз поднял вверх маленькие ручки и сдернул бейсболку, я невольно вскрикнула:

— Ой!

У несчастного не было рта. Никакого намека на губы между носом и подбородком не наблюдалось.

Мать его захихикала:

— Не пугайтесь, это пластырь.

Обретя самообладание, я более внимательно осмотрела личико малыша и поняла: нижняя часть заклеена липкой лентой телесного цвета.

— Зачем вы мучаете ребенка? — вырвалось у меня.

— Врач велел, — ответила мать, — а то он ртом все время дышит, пусть носом приучается.

Крохотное существо захныкало и попыталось отодрать «заглушку».

— Не смей, — прикрикнула девица, — ну е-мое, тупица! Сто раз говорено: для твоей же пользы сделано! Сиди смирно! Иначе операцию делать будут, аденоиды вырезать!

В полном шоке я выпала из вагона. Ей-богу, некоторым людям просто нельзя заводить детей! Интересно, как бы Света относилась к своему малышу, появись он на свет? Да уж, человек, похоже, самое противное существо из всех, населяющих Землю.

Домой я ввалилась поздно, усталая и голодная. Еще хорошо, что на дороге мне попался жалостливый парнишка, сразу поставивший диагноз и согласившийся за малую мзду реанимировать «Жигули». В особняке стояла тишина. Меня встретили лишь собаки. Оставалось удивляться, куда подевались люди. Я внимательно осмотрела кухню, никаких записок на холодильнике не было. Впрочем, Ася небось у Светы в больнице, Юля с Сережкой на работе, у Кати дежурство, а Лиза с Кирюшкой привезли собак и убежали. Вполне вероятно, что дети уже нашли тут себе новых друзей.

Вздыхая, я почистила картошку, пожарила ее, нарезала салат, вытащила из холодильника котлеты, сунула их в СВЧ-печь и вознамерилась мирно посидеть у телика, глядя какой-нибудь незамысловатый сериал. Главное, чтобы в фильме не текли реки крови. Если нужно выбирать между хорошим, реалистичным кино, в котором зло победило добро, а, кто бы спорил, так в жизни часто случается, и абсолютной сказкой, в которой все, вопреки жизненной правде, заканчивается просто замечательно, я без всяких колебаний выберу вторую ленту. Ужасов мне и в программе новостей хватает.

Пощелкав пультом, я обнаружила передачу о жизни тушканчиков и в полном восторге стала внимать диктору. Однако эти животные такие забавные, оказывается, они...

— Марфа! — прогремело за спиной.

От неожиданности мои руки вздрогнули, пульт упал на пол, из него выпала батарейка.

— Марфа! — повторил Лев Яковлевич. — Мне не подали обед! Время уже к ночи! Что у нас творится, позвольте поинтересоваться? Немедленно налейте суп.

— Его нет.

Лицо академика покраснело.

— Безобразие, — заорал он, — Ася, Ася, Ася!

Но палочка-выручалочка не спешила броситься муженьку на помощь.

— Где все? — завыл Лев Яковлевич. — Марфа! Разберитесь!

— Я не Марфа.

Профессор надулся:

— А кто?

— Евлампия.

— Кто?

— Лампа. Суп вам подавать я не обязана, поскольку не являюсь домработницей. Аси дома нет. Если хотите, сделайте себе бутерброды. Впрочем, можете взять жареную картошку, салат и котлеты.

Лев Яковлевич вздернул подбородок, потом быстро сел за стол. Я отвернулась к телевизору.

— Любезнейшая, — каркнул ученый, — где же картошка?

— На плите.

— Подавайте.

— Сам возьми, — потеряв всякое самообладание, рявкнула я, — или руки парализовало?

Брови Льва Яковлевича взметнулись вверх.

— Что?! Как вы смеете! Да знаете, с кем имеете дело! Я член сорока четырех иностранных академий!

— Тогда вам совсем просто будет справиться с бытовой ситуацией, — не дрогнула я, — картошку-то я уже пожарила, ее лишь на тарелку положить осталось!

— Но я не умею!

— Это дело нехитрое.

— Марфа, вы уволены.

Я встала и вышла в коридор, постояла там несколько мгновений, затем осторожно приоткрыла дверь и посмотрела в щелочку.

Лев Яковлевич, чертыхаясь, накладывал картошку на тарелку. Я ухмыльнулась. Один—ноль в мою пользу. Все правильно! Есть захочешь, начнешь шевелиться, а профессор не из тех людей, которые станут испытывать муки голода перед сковородкой, полной вкусной еды. Сдается мне, он притворяется ничего не умеющим «ботаником». Кстати, это очень удобная позиция, попробуйте постоянно твердить: «Ой, я не знаю, как включать чайник, и никогда не научусь, потому что глупая».

Вот увидите, рано или поздно найдется тот, кто подаст вам чаек прямо в кровать. Так что, милые мои, не спешите учиться готовить, гладить и вести домашнее хозяйство. Ежели вложите в голову мужа мысль о том, что боитесь утюга, ну фобия у вас такая, с раннего детства: лет этак в пять сидели вы в песочнице, а туда со всего размаха шмякнулся утюг и укусил девочку, — так вот, если супруг поверит вам, до конца своих дней именно он будет гладить белье. Только не переборщите, нельзя бояться всего сразу: уборки, стирки, готовки. Подобное поведение называется ленью и обычно сурово наказывается. Выберите всего лишь одно, особо ненавистное вам занятие и смело передайте его в чужие руки.

Говорят, что на свежем воздухе хорошо спится, но ко мне Морфей приходить не торопился. До полуночи я прождала Асю, но та не приехала и даже не позвонила. Оля отреагировала на отсутствие матери совершенно спокойно.

— Она иногда задерживается, — обронила дочь, — может и к часу заявиться.

— В самом деле? — удивилась я.

Ольга кивнула:

— А что такого? Говорила же, Ася переводчица, у нее бывают встречи...

— Она же вроде книги переводит.

— Верно, — кивнула Ольга, — но иногда и «вживую» поработать просят.

— Утомительно, наверное. И зачем ей это?

Оля скривилась:

— Ася из-за денег прямо свихнулась, все заработать хочет. Если предлагают хорошую сумму, мигом соглашается! Мне такая жадность непонятна, но, в конце концов, у каждой пташки свои замашки. Лично мне кажется, что у человека должно быть побольше свободного времени для творческой работы. Но Ася такая приземленная, она начисто лишена хоть каких-нибудь талантов, просто бабки срубает. И как ей не скучно!

Я тяжело вздохнула, да уж, с этой семейкой не соскучишься. Сначала заработай на всех, потом сгоняй за продуктами, приготовь еду...

— У вас нет домработницы? — вырвалось у меня.

— Была, — отмахнулась Оля, — полная дура, уволилась, а другой пока не нашли. Место вакантно. Кстати, не хочешь попробовать? Зарплата стабильная!

Высказавшись, Ольга ушла, а я в глубоком недоумении отправилась в свою спальню и заползла под одеяло. Никак не могу разобраться, что представляет собой Оля. Она редкостная хамка, намеренно обижающая людей, или просто дурочка, наивно говорящая первое, что приходит на ум?

Около часа я смирно лежала под одеялом, считая овец. Потом услышала приглушенные голоса детей и басок Костина. Следовало встать, но тело неожиданно растеклось по матрасу. Последнее, что уловил мой слух перед тем, как на меня навалился сон, была фраза, сказанная Асей:

— И ничего поделать нельзя!

Огромные деревья угрожающе качались под сильным ветром. Ураган, словно соломинки, гнул вековые дубы. Один из патриархов леса вдруг с треском обломился и начал падать. Я взвизгнула, хотела побежать по тропинке, но ноги приросли к земле, а потом начали медленно в нее погружаться. Сначала провалились ступни, потом колени... Ужас охватил меня, я рывком вытащила нижние конечности из песка и... села на кровати. Слава богу, это всего лишь сон.

Тук-тук-тук, послышалось с улицы.

Снова вернулся страх.

— Кто там? — пролепетала я, одним глазом косясь на будильник.

Стрелки показывали пять утра, с соседней кровати долетало мерное посапывание — Лизавета спокойно спала.

Тук-тук-тук.

— Эй, отвечайте, зачем стучите в стекло? — зашептала я.

Тук-тук-тук.

Преодолевая ужас, я вгляделась в темноту и с огромным облегчением поняла: во дворе никого нет. Просто перед тем как лечь в кровать, я приоткрыла окно, и теперь рама стучит о подоконник.

Мигом повеселев, я вскочила с кровати, подошла к окошку и хотела закрыть его, но тут мне снова стало не по себе. В сером свете занимающегося рассвета глаз различил странную фигуру то ли ребенка, то ли большой собаки, роющейся у забора.

Не успела я сообразить, что к чему, как неведомое существо выпрямилось и превратилось во Льва Яковлевича.

Академик, одетый в бордовый халат, довольно споро копал яму. Я разинула рот, потом сообразила задернуть занавески, приоткрыла в них крохотную щель и стала наблюдать за ученым из укрытия.

Муж Аси отложил лопату и вытащил из ямы пакет черного цвета, в такие обычно упаковывают мусор. Ученый развязал тесемки, заглянул внутрь, потом руками в перчатках порылся в отбросах, запихнул пакет на прежнее место, присыпал землей и удалился.

Я чуть не скончалась от любопытства. Что там лежит? С какой стати Лев Яковлевич, ленивый до безобразия, отправился с лопатой во двор, да еще ранним утром, когда ему положено видеть очередной сон? Ему слабо даже картошку положить на тарелку, и вдруг эти упражнения на свежем воздухе, вернее, раскопки?

Не в силах более бороться с приступом любопытства, я выскользнула из дома и, ежась от холода, быстренько расковыряла ту же яму. Когда глаза наткнулись на пакет, я пожалела, что не надела, как профессор, перчатки.

Кстати, у меня отчего-то началась аллергия, проявилась она не в кашле или насморке, а в небольшом дерматите, «украсившем» руки. Правая кисть пострадала больше, чем левая. По непонятной причине кожа на пальцах сначала покраснела, а теперь стала слезать. Никогда раньше со мной такого не приключалось. В прошлой, «долампиной», жизни, правда, я патологическим образом реагировала на запахи: аромат чужих духов, дым от сигарет, прошедшая мимо кошка вызывали у меня приступы удушающего кашля, из носа лились сопли. Но кожа с рук никогда не слезала, да и про аллергию я, повстречавшись с Катей, давным давно забыла, ну с какой стати сейчас мои пальцы стали похожи на лапы больной курицы? Может, дело в воде? Здесь она иная, чем в Москве.

Пока в голове ворочались разные мысли, мои руки ловко открыли мешок. Знаете, что там лежало? Никаких документов, драгоценностей или частей трупа. Ничего загадочного или преступного. Всего лишь остатки букета и осколки вазы из комнаты Светланы. Оставалось недоумевать, с какой стати Льву Яковлевичу в пять утра пришла в голову идея полюбоваться на полусгнившие цветочки. И почему отбросы не швырнули в общую помойку, а закопали в саду?

Закидав землей «могилу» несчастных тюльпанов, я вернулась в свою спальню и поняла, что сон ушел, зато в голове появилась идея попить кофе. Прихватив с собой очередную книгу Татьяны Устиновой, я вошла на кухню и вздрогнула. У окна, во всем черном, сидела Ася.

— Ты не в кровати? — воскликнула я.

— Разве после такого заснешь, — тихо отозвалась Ася.

— Что случилось?

— Ты и правда ведь ничего не знаешь, — тяжело вздохнула Ася, — уже спала, когда я приехала.

— В чем дело?

— Светлана умерла.

Я плюхнулась на стул.

— Как?

— В палате реанимации, ничего не помогло, — забормотала Ася, теребя край скатерти, — я всех вызвала, притащила из другой клиники лучшего кардиолога России, а толку! Нету Светы.

Я остолбенело таращилась на Асю.

— Такая молодая! — вырвалось у меня.

— Это я виновата, я! — заплакала Ася. — Следовало уделять Светлане больше внимания. У нее последнее время были какие-то проблемы, ходила мрачная. Я думала, что она о Васе тоскует, вот и не лезла к ней в душу. Потом, моя работа... Ну и упустила девочку. Нет бы вовремя...

Я встала и обняла Асю, та уткнулась мне в плечо и притихла.

— Не кори себя, это судьба. Наверное, у Светы было больное сердце.

— Такая молодая, должна быть здоровой.

— Вовсе нет, — утешала я Асю, — подчас даже у младенцев случается патология... Ужасно, конечно, но никто не виноват.

Ася отстранилась, вытащила из кармана носовой платок и, вытирая глаза, глухо сказала:

— Да, наверное, ты права. Сейчас займусь похоронами. Закажу лучший гроб с кондиционером, букеты, поминки... Надо найти записную книжку Светы, там телефоны ее подруг Вики и Тани.

— Она дружила только с двумя девушками?

— Во всяком случае, я слышала лишь про этих, — отозвалась Ася, кидаясь к двери.

Я посмотрела ей вслед. Не зря мудрый русский народ придумал поминки. В хлопотах о столе горе делается не таким острым, да и рыдать времени нет. Придут люди, нужно их накормить, напоить, сварить кутью, напечь блинов, только успевай поворачиваться!

Глава 15

Несмотря на все старания Аси, похороны Светланы произвели на меня самое гнетущее впечатление. Возле вызывающе роскошного гроба из полированного дерева стояла жалкая кучка людей, в основном членов нашей семьи. Лев Яковлевич принять участие в скорбной процедуре отказался.

— Утром я работаю, — категорично заявил академик, — если потеряю самые плодотворные часы, то потом не восстановлю работоспособность. И потом, я терпеть не могу процедуру погребения, она навевает на меня тоску.

— А у нас на работе совещание, — бойко соврала Оля.

Ася растерянно посмотрела на домочадцев:

— Ну конечно, жизнь-то продолжается, Света вас простит.

Оля передернулась, но ничего не сказала. Но и она, и Лев Яковлевич в крематорий так и не поехали. Семью Курочкорябских представляла одна Ася. И еще приехала девушка, которую звали Таней. Огромные букеты кроваво-красных роз, которыми по приказу Аси завалили домовину, положение не спасли. Было понятно, что Светлана при жизни почти не имела друзей и не пользовалась уважением и любовью родственников.

За стол, огромный, весь заставленный изысканными яствами, сели в том же малочисленном составе. Две женщины, нанятые Асей, начали метаться между нами и плитой, накладывая на тарелки тонкие «кружевные» блины.

— Помянем Светлану, — Костин решил взять инициативу в свои руки. — Давайте, не чокаясь.

Все быстро схватили рюмки, но до дна свою осушила одна Таня. Я машинально отхлебнула водки. Вообще-то, я практически не употребляю алкоголь. Только не подумайте, что принадлежу к племени ханжей. Нет, мне просто не нравится вкус крепких напитков. Водка горькая, коньяк противно пахнет, виски имеет странный привкус, ликеры липкие, вино либо очень кислое, либо слишком сладкое, шампанское похоже на жидкую газированную карамель. Но хуже всего мне бывает наутро после возлияния. Причем похмелье никак не связано с количеством выпитого накануне горячительного. Я давно поняла, стоит проглотить хотя бы пять миллилитров «огненной воды», и все! Ровно в шесть утра что-то колючее и шершавое начинает царапать желудок когтями, а по черепу — бить молоток. Чтобы избежать неприятных ощущений, я стараюсь не пить вообще, наливаю в рюмку минералки без газа и спокойно глотаю ее. Со стороны кажется, что я глушу водку, и никто из присутствующих не пристает ко мне, повторяя:

— Эй, не сачкуй! Выпей!

Но сегодня я опростоволосилась и теперь наказана за это.

Водка пронеслась по пищеводу и упала в желудок. Я удивилась. Что это я выпила? Пахнет вроде водкой, но не сильно, и на вкус не горькая...

— Это что за напиток? — тихо спросила я у Костина.

— «Довгань дамская легкая», — ответил майор.

— Это водка? — удивилась я.

— Ага, — кивнул Вовка, — мы ее с ребятами давно открыли. Мягкая очень, лично мне она больше других нравится!

«Довгань дамская» пришлась по вкусу и Тане. Она быстро налила себе еще порцию, осушила рюмку до дна и с жадностью набросилась на еду. Я с сочувствием поглядывала на подругу Светланы. Похоже, она не слишком обеспечена. На ней выцветшее от многочисленных стирок черное платье и разбитые полусапожки. Да и стройная фигура Тани получила свои модельные очертания не вследствие занятий фитнесом, сеансов массажа и диеты, а в результате элементарного недоедания.

Общей беседы не получилось. Посидев некоторое

время молча, каждый потихоньку заговорил о своем. Спустя полчаса Юлечка с Сережкой убежали по делам, Лизавета с Кирюшкой тоже ушли, а Катя извиняющимся тоном пробормотала:

— Я консультацию назначила на пять.

— Да и мне пора, — встал из-за стола Костин.

В результате мы с Таней остались вдвоем, потому что Ася, схватившись за виски, простонала:

— Голова заболела.

Потом она помолчала и добавила:

— Пойду аспирин раздобуду.

Таня не обратила никакого внимания на массовый исход участников поминок. Ее рука снова потянулась к рюмке, уж не помню, какой по счету. Мне не хотелось ухаживать за опьяневшей женщиной, поэтому я быстро спросила:

— Танечка, не желаете кофе?

— Пока нет, — спокойно ответила она и снова ловко осушила стопку.

— Съешьте котлетку, — заботливо предложила я.

Насколько я знаю, тех, кто закусывает жирной тяжелой пищей, алкоголь меньше бьет по мозгам. Не надо говорить, глядя на пьяного: «Все водка виновата!» Вовсе нет, выпивший сам дурак! С какой стати влил в себя ведро? Даже хлебом можно отравиться, если слопать несколько батонов за раз!

— Котлету... — протянула Таня, — а... вон ту?

Лицо ее раскраснелось, глаза заблестели, речь стала невнятной, и я с тоской констатировала: она таки напилась. Народ разбежался, и мне предстоит в одиночку справляться с нетрезвой особой.

— Все-таки я приготовлю вам кофе, — решительно

сказала я, — сварю его с корицей, кардамоном и щепоткой какао.

— Ну-ну, — скорчила гримасу Таня, — понимаю, в такой бурде легче яд спрятать.

— Яд?

— Агушеньки, — кивнула Таня, — чем ты Светку траванула, а? Думаешь, я не догадалась! Ой-ой-ой! Кто бы сомневался, но не я. Ты, Олечка, давно мою подружку извести хотела, как Нину! Ну чего остолбенела? Глазки-то повылупились! Думала, я про Нинку не знаю? Ха-ха-ха! Вот оно как случается, сколько правду ни закапывай, а она вылезет наружу. Дура ты, Ольга! Знаешь, кем Светка Нинке приходилась? Ни в жизни тебе не догадаться! Сестрой! То-то! Совсем я тебя прихлопнула? Ха-ха-ха!

Поняв, что Таня за короткое время успела нализаться до поросячьего визга, я быстро подошла к плите и принялась варить кофе, самый обычный, но крепкий и сладкий. А Таня тем временем схватила еще одну рюмку.

— Поставь на место, — велела я, — хватит.

— Э, нет!

— Тебе больше не следует пить.

— Кто сказал?

— Я.

— Заткнись! Хуже будет, если я завтра заговорю. Знаешь, где ты, Олечка-кралечка, окажешься! За ре... ре...решеткой!

Я поднесла потерявшей человеческий облик Тане кофе:

— Пей.

— Не хочу.

— Лучше глотни, и легче станет.

— Пошла вон! Напихала яду! Химик ты наш! А то я не знаю, чем ты занимаешься! Ну-ка, сама отхлебни.

Было бесполезно взывать к разуму Тани и говорить, что она приняла меня не за ту. Оли не было ни на похоронах, ни на поминках. Я быстро сделала небольшой глоток кофе и сказала:

— Ну, убедилась? Напиток безвредный.

— Хитрюга! — взвизгнула Таня. — Верхний слой слизала, а нижний, с отравой, мне подсовываешь, химичка. Ну-ка, допивай сама.

В следующую секунду она трясущейся рукой схватила фарфоровую чашку с изображением собачек и опрокинула ее на пол. Пара капель попала на Мулю, мирно спавшую около стула. Испугавшись, мопсиха взвизгнула и унеслась прочь.

— А ну прекрати безобразничать, — окончательно рассвирепела я. — Если меры не знаешь, нечего за водку хвататься.

Таня икнула. Ну погоди, пьянчужка! Сейчас выставлю тебя на крыльцо и суну носом в остатки сугроба, до сих пор, несмотря на начало апреля, не растаявшего у входа в дом.

Но когда я посмотрела на Таню, моя злость куда-то испарилась. Девушка спала, откинувшись на спинку стула. Я посмотрела в ее бледное, худое личико, украшенное черными синяками под глазами, и ощутила острый приступ жалости. Вот бедняжка, похоже, она впервые за долгое время поела досыта. Ну не рассчитала чуток с выпивкой, в конце концов, подобный казус может случиться с любым человеком.

— Эй, — потрясла я Таню, — пошли, уложу тебя спать.

Она встала и покорно двинулась к двери. У себя в

спальне я стащила с Тани платье, увидела под ним старое, застиранное, зашитое бельишко и поняла, что была права в своих предположениях: подруга Светы прозябала в кромешной нищете. Только катастрофическое безденежье может заставить молодую женщину нацепить на себя такой лифчик. В первую очередь, получив хоть пару лишних копеек, нормальная баба купит себе приличное белье. Если унитаз — это лицо дома, то нижнее и постельное белье характеристика своей хозяйки. Ничто красноречивее не расскажет о женщине, чем интимные детали ее туалета. Порой под строгими деловыми костюмами прячутся откровенный бюстгальтер, сексуальные танга и пояс для чулок. Жаль, что окружающие мужчины видят лишь внешний облик дам, ей-богу, в противном случае сделали бы для себя много интересных открытий. Трусики моментально расскажут о многом: материальном положении хозяйки и чертах характера, таких, как надежность, ветренность, хозяйственность, пофигизм...

Белье Тани кричало о ее безденежье. Сейчас простые трикотажные плавочки, так называемые «недельки», можно купить на рынке совсем недорого, буквально за пару десятков рублей. Но, видно, даже столь жалкой суммы у несчастной не нашлось.

Натянув на спящую свой тренировочный костюм, я села в кресло и задумалась. Кто же убил Васю? Отчего рядом с ним в постели оказалась Неля? Лора уверяла меня, что ее сестра ни под каким видом не вошла бы в квартиру к бывшему любовнику. Тела лежали рядом в кровати, из-за чего у всех, занимавшихся этим делом, сразу возникли мысли о предшествующей смерти интимной близости. Ася постаралась замять дело, ей, очевидно, пришлось расстаться с немалой суммой, чтобы милиционеры, допрашивавшие Свету, не сообщили той пикантных подробностей гибели мужа.

Ася так любила невестку? Думаю, она боялась навредить нерожденному младенцу, продолжению погибшего Васи. Только будущая бабушка не знала, кто на самом деле отец ребенка. Да и Света не сильно бы расстроилась, узнав об измене Василия, похоже, она не любила мужа. Есть еще пара смущающих меня деталей. Если верить Лоре, то Василий, выпив малую толику виски, делался неуправляемым и принимался истязать партнерш по сексу, именно это и послужило Неле поводом для разрыва с ним. Но я очень хорошо помню, как Ася, рассказывая об обстоятельствах гибели Васи, обронила фразу:

— Они выпили и крепко заснули. На тумбочке осталась полупустая бутылка из-под виски.

Василий изменил своим привычкам? Ох, маловероятно. Может, Неля была прикована к спинке кровати, а на ее теле остались следы побоев, просто Ася постеснялась сообщить мне столь щекотливые подробности.

И кто решил убить Васю? За что? С какого боку тут Неля? Может, и правда, что в смерти Курочкорябского нет ничего загадочного? Неизвестна личность, решившая нанять меня в качестве сыщика. Что за мужчина пугал меня? Его намерения серьезны, ведь, чтобы убедить строптивую госпожу Романову принять предложение, ему пришлось подстроить ДТП для Сережки...

— Где я? — прошелестело с кровати.

— В моей спальне.

Таня осторожно села и схватилась за лоб.

— М-м-м.

— Голова болит?

— Невероятно. Череп просто раскалывается.

— Пить много не надо, — укоризненно сказала я.

Таня с трудом встала и изумилась:

— Во что это я одета?

— Ну... Мне пришлось снять с тебя платье и натянуть спортивный костюм, он абсолютно чистый.

— Ужасно, — прошептала женщина.

— С каждым могло случиться.

— Понимаете, я давно не пила...

— Похоже, и не ела тоже, — весьма бестактно брякнула я.

Таня покраснела:

— Не люблю нажираться.

Я вспомнила, с какой жадностью она запихивала в себя салаты, но промолчала.

— Тебе ведь уже легче?

— Да, спасибо.

— Кофе выпьешь?

— Нет-нет, лучше я уеду. — Таня поспешно скинула с себя спортивный костюм и натянула свое старенькое черное платье. Ей было, вероятно, не по себе.

— Отвезу тебя.

— Не стоит, я на метро поеду.

— Его тут нет, мы в поселке.

— Действительно, — пробормотала Таня.

Выехав на МКАД, я приступила к допросу:

— Ты назвала меня Олей, спутала с дочерью Аси?

— Ничего не помню, — призналась Таня, — в крематории было так холодно, я продрогла до костей, вот сдуру и решила выпить, согреться надеялась. Ну и понесло с первой рюмки. Очень стыдно, поверьте, такое со мной впервые случилось.

— А еще ты обвинила Олю в убийстве Светы.

Таня шарахнулась:

— Я?

— Ну да. Отказывалась пить кофе, уверяла, что в нем отрава.

— Вот бред!

— Ну почему? Весьма убедительно звучало. Кстати, что это за история с Ниной? Сестрой Светы?

Таня покраснела так, что на ее коже не осталось ни одного светлого пятна.

— Откуда вы знаете?

— Слухами земля полнится, — загадочно ответила я. — Так кто такая Нина?

— Понятия не имею, — быстро ответила Таня, — вот здесь налево, спасибо, до свидания.

— Провожу тебя до квартиры.

— Спасибо, сама дойду.

Таня выскочила из машины и бросилась за дом. Я понеслась за ней, забыв запереть автомобиль.

Татьяна петляла, как заяц, заворачивая за ларьки и протискиваясь в узкие проходы, на пути встал высокий забор, состоящий из железных пик. Таня ловко пролезла между прутьями. Будь я чуть потолще, пришлось бы кусать от досады локти, прыгая возле непреодолимой преграды. Но мой вес не намного больше Таниного, поэтому, сняв куртку, я сумела просочиться следом за ней и нагнать ее уже в подъезде, возле квартиры.

— Очень глупо, — задыхаясь, сказала я, — думаешь, большая проблема выяснить твой адрес?

— Что тебе надо? — прошептала Таня, возясь с замком.

— Всего лишь честный ответ на пару вопросов.

— Каких?

— Ну, кто такая Нина?

Таня распахнула створку:

— Входи.

Я вошла в крошечный коридорчик. Роль вешалки тут выполняли деревянные крючки, прибитые прямо к стене.

— Ступай на кухню, — велела хозяйка, — там и побалакаем. Извини, угостить тебя нечем.

Сев на табуретку, Таня сгорбилась, потом тихо сказала:

— Нина — первая жена Васи, она умерла.

Я постаралась спокойно воспринять совершенно неожиданную информацию.

— Светлана не единственная супруга Василия?

— Нет. Она сестра Нины, правда, не родная. Я лучше по порядку все расскажу, — вздохнула Таня, — но только хочу предупредить, знаю лишь то, что мне Светка наболтала. В общем, дело обстояло так!

У Курочкорябских в свое время имелась домработница, мрачная, малоразговорчивая Надежда Петровна. Она жила в их доме, убирала, готовила, стирала, гладила — в общем, тянула воз домашнего хозяйства. Прислуга у Курочкорябских долго не задерживалась, потому что Оля вела себя безобразно. Ася платила бабам хорошие деньги, но даже за большие рубли они отказывались оставаться в семье. Оля шпыняла домработниц как могла. Обращалась она к ним так: «Эй, кретинка», или: «Идиотка, поди сюда». Еще она совершенно не считалась с тем, что у людей рабочий день имеет обыкновение заканчиваться. Ася пыталась объяснить дочери:

— После восьми вечера не трогай горничную.

Но Оля злилась и сердито восклицала:

— С какой стати? Нанялась — пусть пашет!

Дочка Курочкорябских могла в час ночи потребовать в постель какао, а в три утра велеть поменять постельное белье, все это с руганью, никогда не благодаря. Естественно, тетки убегали.

Дольше всех задержалась Надежда Петровна, хмурая, даже угрюмая особа, никогда не раскрывавшая рта. Велит ей Оля ночью срочно помыть в своей комнате окна, Надежда Петровна кивнет и спокойно выполнит указание. Прикажет капризная девица почистить бронзовые люстры, сделать генеральную уборку, постирать, погладить, вышить крестиком картину, вскопать грядки, помыть машину, и все за три часа, Надежда Петровна спокойно примется за дело, не заламывая рук и не восклицая:

— Но как же я успею! Такое просто невозможно.

А еще Надежда Петровна отлично готовила, сваренный ею борщ ел даже весьма капризный Лев Яковлевич.

Ася очень дорожила Надей и робко просила Олю:

— Милая, ну пожалуйста, не дергай домработницу после восьми. Если тебе требуется погладить после полуночи юбку, позови лучше меня.

— Значит, Надька тебе дороже дочери, — наливалась злобой Олечка.

— Нет, конечно, — бормотала несчастная Ася, — но, сама знаешь, хорошего, честного человека найти трудно, еще уйдет!

— Скатертью дорога! — рявкала Оля. — Я не собираюсь перед кухонной тряпкой приседать. Что же, я, по-твоему, должна ей ботинки чистить?

Ася только вздыхала, но Надежда не обращала внимания на тычки со стороны Оли. И, что интересно, в конце концов девушка перестала пинать домработницу и даже стала испытывать к той нечто вроде уважения.

Увидав, что все устаканилось, Ася слегка успокоилась. Слава богу, наконец-то после многих безуспешных попыток ей удалось-таки найти хорошую горничную. Но потом случилось непредвиденное. Однажды вечером Вася явился домой вместе с девушкой, вполне симпатичной, нормально одетой, и сказал маме:

— Это Нина.

Ася улыбнулась и повела подругу сына в гостиную.

Курочкорябские московской квартирой практически не пользовались. Пока дети были маленькими, апартаменты стояли закрытыми, раз в неделю Ася просто наведывалась туда, проверяла газ, воду, проветривала помещение и уходила. Но когда Вася поступил в институт, он сказал:

— Мама, я иногда буду ночевать в Москве.

Ася кивнула. Она хорошо понимала: мальчик вырос, не встречаться же ему с девочками в подъезде! Беспокоиться ей было не о чем. Сын не дочь, в подоле не принесет. Ася полагала, что Вася будет собирать в квартире компании, устраивать там гулянки, шумные сборища, но сын вел себя на редкость тихо, никаких жалоб на него от соседей не поступало, а свою девушку он сразу привел к маме.

Глава 16

Беседа не клеилась. Ася попыталась разговорить девицу. Для начала она стала угощать ее:

— Ниночка, вам чай или кофе?

— Хи-хи.

— Чай?

— Хи-хи.

— С лимоном?

— Хи-хи.

— Возьмите вот эти конфеты...

— Хи-хи...

Решив, что дурочка стесняется и поэтому совершенно по-идиотски хихикает, Ася попробовала завести беседу на другую тему:

— Ниночка, вы учитесь вместе с Васенькой?

— Не-а.

— А какой институт посещаете?

— Никакой.

— Работаете?

— Ага.

— И кем?

— Стеклопротирщицей.

— Кем?! — подскочила Ася. — Простите, я не поняла.

— Стекла людям мою, — неожиданно разговорилась Нина, — на фирме оформлена.

Повисло молчание, весьма неловкое, потом Ася быстро взяла себя в руки:

— Отличная профессия! Очень нужная людям, благородная! Вы делаете жизнь человека чище.

— Отстой, — обронила Нина, — платят копейки, а хозяева выдрючиваются, ненавижу свою работу!

Ася снова на мгновение растерялась, но тут же нашлась:

— Ну можно службу поменять. У вас какое образование?

— Девять классов.

— Очень хорошо! Закончите десятилетку...

— Куда мне! — равнодушно обронила Нина. — Я буду как мама.

— А где служит ваша матушка? — машинально поинтересовалась Ася.

— Так у вас.

— У нас?

— Ну да, Надеждой Петровной ее звать.

Ася изумилась до крайности:

— Надя?

— Угу, — кивнула Нина.

Курочкорябская окончательно растерялась, и тут подал голос Вася:

— Мама, мы поженились!

Ася схватилась за сердце, но уже через секунду обрела способность улыбаться. Она решила, что ослышалась.

— Понимаешь, Васенька, — ласково завела она, — я больше всего хочу, чтобы ты был счастлив. Если вы с Ниночкой полюбили друг друга, то я очень рада. Но женитьба дело серьезное. Боюсь, ты пока не сумеешь содержать семью. Сначала следует стать на ноги, а потом думать о свадьбе...

Нина фыркнула:

— Намекаете, что я его старше и ваще вам не подхожу? Нищая, да?

— Как тебе это в голову пришло? — улыбнулась Ася. — Главное, чтобы вы жили счастливо. Дело не в твоем возрасте и материальном положении! Речь идет о Васе. Мужчина обязан сначала реализоваться, ты же сама перестанешь его уважать. И потом, Васе еще учиться надо, он институт не окончил... Если хотите жить вместе, никто не против, места в доме полно. Не желаете с нами, селитесь в городе, там квартира пустая стоит, но оформлять отношения, на мой взгляд, рано, и с детьми следует подождать...

Наверное, у Аси нашлось бы еще много веских аргументов, но тут Нина расстегнула сумочку, достала из нее тоненькую книжечку, положила на журнальный столик и заявила:

— Поздно пить боржоми, когда почки отвалились. Мы так и знали, что возражать станете. Поженились уже!

Ася лишилась дара речи. На беду, именно в этот момент в комнату влетела Оля и спросила, оглядывая присутствующих:

— Что случилось?

— Знакомься, Олечка, — пролепетала Ася, до которой только что дошел смысл происходящего, — это Нина.

— Привет, — махнула рукой девушка.

— Васина жена, — простонала Ася, плохо понимавшая, что делать.

Больше всего несчастной Курочкорябской хотелось заорать, затопать ногами, надавать пощечин глупому сыну и оттаскать за волосы наглую девку, воспользовавшуюся наивностью мальчика.

— Жена? — изумилась Оля и схватила свидетельство о браке. — Ну я просто офигеваю! Ваще!

— Ниночка — дочка Надежды Петровны, — сообщила Ася и вжала голову в плечи.

Ну сейчас Ольга покажет всем небо в алмазах. Но та сначала разинула рот, а потом, пару секунд обалдело поморгав, ушла, не издав ни звука. От этого Ася испугалась еще больше и забилась в самый угол дивана. В гостиной стало очень тихо, воздух сгустился до такой степени, что его, казалось, можно резать ножом.

— Если я вам ко двору не пришлась, то могу уйти, — насупилась Нина.

— Ни в коем случае, деточка, — дрожащим голосом завела Ася, — просто это так неожиданно получилось...

И тут в гостиную вихрем влетела Оля.

— Это что? — заорала она. — Теперь Надька станет нашей родственницей? Будет сидеть со всеми за столом во время праздников? И мне придется объяснять друзьям, что брат взял в жены чмо?

— Олечка, — залепетала Ася, — тише!

Нина вскочила:

— Вася, пошли!

— Нет уж, — вцепилась сестра в брата, — ты тут останешься, пусть она одна убирается!

— Олюшка, — попыталась вмешаться Ася, — так нельзя.

— Мама! — заорала Оля. — Уйди в свою комнату и молчи, иначе хуже будет!

Ася очень хорошо знала, что с Олей, если та впала в ярость, лучше не спорить. Поэтому госпожа Курочкорябская быстро ретировалась, оставив на поле битвы дочь.

Спустя часа два Оля, красная, потная, с горящими глазами, влетела в комнату к матери и плюхнулась на кровать.

— Скажи мне спасибо! — выкрикнула она. — Я все уладила. Надька уволена, Нинка выгнана с позором, свидетельство о браке я у нее отобрала, Васька сидит в своей спальне. Я объяснила дураку, что на первой встречной, которая тебе дала, не женятся! Ты бы, мама, присмотрела ему подходящую партию, а то опять вляпается.

Ася молча смотрела на дочь. Здесь уместно упомянуть, что Оля младше Васи и, по идее, должна была сейчас сидеть тихо. Но нет! Голову под панцирь втянула Ася, а Оля совершенно не испугалась и сделала то, что постеснялась сделать мать.

Дальше события развивались следующим образом: Надежда Петровна, естественно, больше никогда не появлялась в доме Курочкорябских. Сына Ася быстро отправила за границу, оплатив учебный семестр в первом попавшемся заведении. После этого Ася поехала к Надежде Петровне и предложила той: «Давайте не будем конфликтовать».

— Согласна, — угрюмо кивнула бывшая домработница, — чай, теперь мы родственники.

Асю это покоробило, но она нашла в себе силы улыбнуться и продолжила:

— Ваша дочь старше моего сына, у молодых разные образование, происхождение и полярные жизненные приоритеты. Брак в этом случае обречен. Может, лучше не устраивать скандал, а расстаться, не афишируя совершенной глупости? Тихо сошлись, молча разошлись, Нина найдет себе более подходящего супруга. Кстати, Вася уехал за границу, на год. Ну сами подумайте, о какой семейной жизни может идти речь?

— Похоже, не полюбилась вам моя девочка, — процедила сквозь зубы Надежда Петровна.

Ася стоически промолчала.

— Раз женился, пусть обеспечивает! — рявкнула прислуга. — Я знаю, у вас денег много, а Ниночка моя нищая. Вася ее силой взял, пришлось ему жениться, чтобы я в милицию не пошла!

Тут только до Аси дошло, что вся афера была организована тихой, молчаливой Надеждой. Домработница довольно долго жила с Курочкорябскими, изучила хозяев вдоль и поперек и решила нажиться на них. Поняв, в чем дело, Ася разозлилась: конечно, она добрая женщина, охотно помогающая людям, но не идиотка же!

— Нет, — решительно сказала Ася, — ни о каких ежемесячных платежах и речи быть не может. Впрочем, я готова откупиться.

Начался торг. В конце концов в карман Надежды перекочевала довольно крупная сумма, взамен Вася должен был получить свободу. Но шли дни, а Нина все никак не могла пойти в загс. Адвокат, который имел на руках нотариально заверенное согласие Васи на развод, постоянно слышал от супруги клиента:

— Я больна, недели через три оклемаюсь.

Или:

— Ой, а меня в Москве нет, нахожусь во Владивостоке, у родственников. Вернусь спустя месяц.

В конце концов даже у Аси лопнуло терпение, и она позвонила невестке.

— Мы же договорились! — воскликнула Курочкорябская. — Деньги вы взяли!

Но Нина сразу перебила свекровь и объяснила ей, что сумма откупных мала, ее следует увеличить по крайней мере вдвое, а еще лучше — втрое.

Ася зарыдала, прибежала Оля, естественно, мать рассказала дочери о наглых притязаниях Нины.

Через неделю адвокат отправился к Надежде, чтобы еще раз попытаться побеседовать с нахалкой. Дверь в квартиру оказалась опечатанной, а соседи рассказали ему, что сначала умерла Надежда, а потом и Нина. У женщин очень болели животы, их тошнило. Нина успела рассказать врачам, что накануне они с матерью открыли банку с домашней тушенкой. Очевидно, консервы были заражены ботулизмом.

Вот так Вася стал свободным мужчиной.

Таня глянула на меня:

— Ну и как вам эта история?

Я пожала плечами:

— Многократно читала о том, что домашнее консервирование способно нанести вред здоровью. Даже в тех банках, которые закатывают на заводах, и то встречаются всякие бактерии и микробы. Чего же ждать от мяса, приготовленного на обычной кухне? На мой взгляд, курятину, свинину, грибы очень опасно хранить в кладовке. Ладно, овощи с фруктами, всякие там огурцы, помидоры, сладкие перцы... Хотя и ими можно запросто отравиться.

— Это Оля убила Нину, — мрачно заявила Таня и принялась мять в руках край старой, потертой клеенки, которой был покрыт колченогий стол.

Я замахала руками:

— Не говори ерунду.

— Да, именно она! Знаете, чем Оля занимается?

— Ну... вроде химиком работает.

— Ага, — кивнула Таня, — в клизме.

— Где?

— В Институте разработки новых лекарств и методов лечения[1]. Ясно теперь?

— Ну...

— Вот тебе и «ну», — вздохнула Таня, — она знает всякие яды, может их достать.

— А что сказала милиция по поводу смерти Нины и ее матери?

---

[1] Подобного НИИ в Москве нет. Учреждения, сотрудники которых придумывают новые лекарства, называются по-иному. К описываемым событиям они отношения не имеют.

Таня отмахнулась:

— Отравление домашними консервами. Ася, когда о смерти «родственников» узнала, мигом бешеную активность развила. Небось заплатила кому надо, вот дело и прикрыли.

— Думается, Ася не такая, — пробормотала я.

— Она-то блаженная, — скривилась Таня, — только Олю ей спасать надо было. И ведь она не остановилась!

— Кто?

— Оля. Светку тоже она убила. Ну с чего у той вдруг инфаркт случился?

— Таня, я не поняла, вы сказали, что Нина и Света сестры?

— Да, — кивнула та, — двоюродные. Надежда и мать Светланы дети одних родителей. Нинка и Светка дружили, хоть первая и была старше второй. Света знала про Васю, слышала о его привычках...

В голове у нее постепенно сложился план, как познакомиться с перспективным женихом.

Когда Вася вернулся в Москву, Ася попыталась свести его с соседкой Нелей, но любви у них не вышло, и тогда пробил час Светы. Она поступила очень хитро. Подкараулила Васю около подъезда, а когда тот появился, воскликнула:

— Ой, пожалуйста, подождите! Я потеряла тут сережку, не раздавите ее ненароком.

— Я слышала другую версию их знакомства, — насторожилась я, — про детский сад, и девочку, которую следовало отвести домой.

— Мне-то сама Света рассказывала, — перебила меня Таня, — вот так она Васю и окрутила. Хитрая была очень.

— Однако странно.

— Что?

— Ну с Ниной Ася не захотела родниться, а со Светой свадьбу сыграли.

Таня перестала мять клеенку.

— Светка-то никому не рассказала про родство с Надеждой, и матери молчать велела. А потом... Ладно, слушайте уж все! Знаете, на что Света Васю взяла?

— В общем, наверное...

— На постель, — откровенно заявила девушка, — у него имелись специфические привычки. Нинка о них Светке растрепалась, ну а та не растерялась. Я бы лично не вытерпела, но Свете жутко хотелось из грязи вылезти, вот она и делала вид, что от секса с ним в восторг приходит. Но с каждым днем ей все тяжелей и тяжелей приходилось. Мы с Машкой Теткиной...

— Это кто?

— Машка?

— Да.

— Светкина самая лучшая подруга. Вот она может такого порассказать!

— Я считала, что у Светы ближе тебя и Вики Костенко никого нет.

— Вика, — вздохнула Таня, — да, точно, только Вику-то не достать!

— С ней что-то случилось?

— Нет, — ответила Таня, — Жорка, брат ее, недавно женился очень удачно, у его супруги папа такая шишка! Вот он Жору со своей дочерью в загранку и отправил. В Германии они теперь живут, и Вика с ними.

— Вы мне можете дать телефон?

— Чей? — вытаращилась Таня.

— Костенко.

— Не знаю его.

— Тогда Маши Теткиной.

— А зачем?

— Это тайна?

Таня пожала плечами:

— Не секрет вовсе, пишите!

Я вытащила из сумочки ручку и блокнот.

— Странно как-то!

— Что именно? — поинтересовалась Таня.

— Что Жора уехал!

— Вовсе не странно, — пожала плечами Таня, — он давно мечтал отсюда убраться. А тут случай представился!

— Знаете, где он живет, город, улицу?

— Нет, — воскликнула Таня, — мы не переписываемся!

Я попыталась переварить информацию.

— Давно он уехал?

Таня призадумалась:

— Ну... Сначала Вася сгорел, у Курочкорябских пожар на городской квартире случился. Затем у Светки выкидыш произошел, ну а потом Жорка женился, и адью.

— Послушайте, откуда вы все знаете? — не выдержала я. — Про Нину, свадьбу, Светлану...

Внезапно Таня покраснела.

— Мы же дружили со Светой!

— И она вам все откровенно рассказала?

Таня замялась:

— Ну, в общем, не совсем мне... но я знаю все!

— От кого?

— От Вики! Она... ну да это неважно!

— А почему Теткиной на поминках не было? Ей не позвонили, не предупредили о несчастье?

Таня снова схватилась за клеенку.

— Машке же звонить бесполезно, все равно не придет.

— Почему?

— Она практически никуда не выходит, дома работает.

— Понятно, — протянула я.

Внезапно Таня встала, подошла к мойке, открыла кран и стала пить взахлеб.

— Вы бы фильтр купили, — посоветовала я, — самый обычный, пластмассовый, стоит недорого, а хорошо работает. Не следует прямо из трубы воду в себя заливать.

— Ничего, — пробормотала Таня и ушла.

Я осталась на кухне одна, время тянулось томительно долго. Прошло около четверти часа, прежде чем вернулась Таня. Ее волосы были мокрыми, похоже, она либо принимала душ, либо просто сунула голову под струю.

— Вы уж извините, — совершенно трезвым голосом сказала она, — стоит мне чуть-чуть выпить — и все, несет по кочкам. Потом только диву даюсь, какие глупости болтала. Мне, честно говоря, верить в такой момент нельзя, набрешу и забуду. Знаете, сколько раз я в идиотские ситуации попадала. Но это еще не самая главная беда, хуже другое! Я, когда нажрусь, нормальной всем кажусь, не мямлю, не заикаюсь, просто лабуду несу. Вот многие мне и верят, а не надо! Я всех друзей из-за этого потеряла! Вы бы забыли наш разговор! Ни слова правды-то в нем нет!

Я улыбнулась:

— Конечно. Кто же поверит пьяной девушке?

Глава 17

На улице неожиданно оказалось светло. Я глянула на часы, надо же, еще совсем не поздно. День выдался суматошный, начался он с похорон, процедура была назначена на девять утра, потом тягостные поминки... Вот отчего мне показалось, что сейчас уже ночь, а на самом деле вечер только начинается.

Рука полезла за мобильным. Значит, Оля, проявив решительность, выгнала домработницу и ее дочь. Что ж, насколько я успела узнать Ольгу, это вполне в ее духе. Она груба, эгоистична и абсолютно не считается с другими людьми. Все-таки странная вещь — генетика. Похоже, дочь пошла в отца. Она презирает чудаковатого Льва Яковлевича, но унаследовала папины черты характера. На первый взгляд у Оли нет ничего от Аси. Но способна ли девушка на убийство?

Некоторые могут отнять у малыша вкусную конфету, чтобы съесть самому, другие спокойно предают друзей, не счесть на земле индивидуумов, которые терпеть не могут собственных братьев, сестер и родителей, но лишить жизни себе подобного способны, к счастью, лишь единицы.

Поеживаясь от прохладного ветра, я набрала номер Маши Теткиной. Да, большинство нормальных людей не станут убивать врагов, побоятся наказания, кто божьего, а кто людского суда, с неизбежными последствиями в виде отправки на зону. Но если нам пообещают, что никто и никогда не узнает о совершенном преступлении, тогда как? Сколько людей перешагнет через моральные запреты?

— Слушаю вас, — раздался звонкий голос.

— Можно Машу?

— Я у телефона.

— Вы меня не знаете...

— Вполне вероятно, — бодро ответила двевушка. — Со всеми познакомиться невозможно.

— Вы дружили со Светланой...

— Какой?

На секунду я растерялась, но потом быстро ответила:

— Женой Василия, Курочкорябской.

— Да, — подтвердила Маша, — верно.

— Вы знаете, что она умерла?

— Мне звонили.

— Что же вы не пришли на похороны? — не утерпела я. — Если были близки, то, ей-богу, это странно!

— Понимаете, — спокойно ответила Маша, — такси не приехало! Я вызывала специально, долго ждала, а потом из диспетчерской позвонили и сообщили, что накладка получилась, машина не придет!

Я ожидала услышать от Маши что угодно: заболела, не отпустили с работы, муж воспротивился поездке на кладбище, не с кем оставить ребенка, только-только вернулась из командировки, но такси...

— Можно было бомбилу поймать или на метро до морга доехать, — рявкнула я, — а еще подругой называетесь!

Внезапно Маша воскликнула:

— Метро! Ну это не для меня!

Понятно, еще одна Оля, превыше всего ставящая собственные удобства. Кто бы спорил, конечно, в подземке душно, ходят попрошайки, но если учесть, что умерла ее подруга, которую нужно проводить в последний путь...

— Собственно говоря, что вам от меня надо? — спросила Маша.

Я была настолько потрясена ее поведением, что, не задумываясь, рявкнула:

— С вами говорит майор Романова. Мне поручено расследовать дело об убийстве Светланы Курочко-рябской. Я знаю, что вы тесно общались с погибшей. Ваш долг ответить на мои вопросы.

Маша кашлянула:

— Приезжайте. Только я живу далеко, в Красногорске. Это уже за МКАД.

Я обрадовалась: надо же, как удачно. Наш дом расположен совсем недалеко от Красногорска. Пообщаюсь с Теткиной и поеду к себе.

Позвонив в дверь, я улышала из-за створки:

— Входите, открыто.

Я вошла в темную прихожую. Тусклая лампочка освещала помещение, очень смахивающее на коридор в районном отделении милиции. Стены были выкрашены блестящей масляной краской, низ темно-синий, верх голубой. Пол покрывал потертый, местами рваный линолеум. В углу висела самая простая, дешевая вешалка из некрашеной сосны. Никакой обуви или верхней одежды не было видно. Прихожая выглядела нежилой и безликой, ни зеркала, ни столика или тумбочки, куда вошедшие обычно бросают шапки, перчатки, шарфы, ни кашпо с цветами, ни картины, ни календаря...

Я поискала хоть какие-нибудь тапки и не нашла. Идти в квартиру в уличной обуви, конечно, неприлично, но снимать сапожки и топать в чулках по грязному полу мне совершенно не хотелось.

Я сразу обозлилась на хозяйку. Хороша Маша! Даже не вышла встретить человека! А раз так, то получай фашист гранату.

Прямо в сапогах я шагнула в комнату. Она тоже оказалась почти пустой. Из мебели здесь были стол, большой диван и два разномастных кресла, одно из них стояло спиной к двери. Я возмутилась. Первый раз встречаю подобную девицу. Сидит в кресле, вон, над спинкой торчит голова, и даже не собирается встать, чтобы поздороваться.

— Добрый вечер, Маша! — гаркнула я.

Кресло стало медленно разворачиваться, я увидела большие колеса, потом существо, сидящее на клетчатом пледе, и едва сдержала крик.

Тщедушное тельце скрючилось между подлокотниками. Слишком тонкая шея поддерживала несуразно большую голову, покрытую редкими волосами. Длинные худые руки походили на корявые ветки.

— Здравствуйте, — веселым голосом сказала Маша, — садитесь. Могу угостить вас чаем, но для этого нам придется перебраться на кухню.

— Э... э, — промямлила я.

Маша улыбнулась и, толкая руками колеса, ловко вырулила в длинный мрачный коридор. Я покорно пошла за ней, пытаясь скрыть ужас и сострадание.

Кухня неожиданно оказалась огромной. Очевидно, когда-то помещение перегораживала стена, но жильцы снесли ее и получили столовую, совмещенную с блоком для приготовления пищи. Вот тут все было новеньким, сверкающим, чистым, только что купленным, а на большой доске, прикрепленной у окна, высился дорогой компьютер с современным плоским экраном и беспроводной мышкой.

Маша неожиданно ловко принялась хозяйничать. Наливая воду в чайник, она сказала:

— Делаю ремонт потихоньку. Сразу во всех помещениях не получается. Кухню уже в божеский вид привела, а теперь спальня и коридор на очереди. Времени не хватает, работы навалилось выше крыши.

— Вы работаете? — я разинула рот.

Маша подъехала ко мне, поставила на стол чашку и ехидно поинтересовалась:

— Почему же нет? Я молодая, здоровая, с какой стати баклуши бить, а?

Я закивала головой, как китайский болванчик, потом от растерянности глупо спросила.

— И где же вы трудитесь?

Маша отъехала к шкафчикам, достала с полки коробку дорогих шоколадных конфет и с сарказмом сказала:

— В Большом театре. Танцую ведущие партии Одетты, Одилии, Жизели...

— С ума сошла! — вырвалось у меня.

Маша расхохоталась.

Мне сразу стало стыдно.

— Бога ради простите, я...

— Ничего, — оборвала меня Маша, — вы не первая. Даже деликатно держались. Другие вообще обалдевают и такое несут! Я работаю веб-дизайнером. Оформляю частным лицам и организациям сайты, вполне прилично зарабатываю, общаться предпочитаю через Интернет. Никаких сложностей тогда не возникает! Но вы бы видели, какие у заказчиков делаются лица, когда они мне на дом деньги привозят! Отчего-то народ полагает, что если у вас с телом беда, то и с мозгами кирдык. Вовсе нет. Я очень хорошо соображаю, денег хватает не только на хлеб с маслом, у меня довольно большой круг друзей, и я вполне счастлива. Вам это кажется странным?

— Нет, — робко ответила я.

— Кстати, — улыбнулась Маша, — мне многие завидуют. Та же Света, например. Правда, странно? Руки-ноги у нее отлично работали, да и внешне она была ничего, а мне, убогой, завидовала.

— Вы не производите впечатления убогой, — сказала я.

— Надеюсь, что нет, — усмехнулась Маша, — больше всего на свете пугаюсь слова «инвалид». Так зачем вы ко мне пришли? Извините, но вы совершенно не похожи на милиционера.

Я молча вынула из сумочки удостоверение. Маша взяла его тонкими бледными пальцами, внимательно изучила и сказала:

— Все ясно, говорите!

Большие карие глаза девушки в упор уставились на меня. На секунду мне показалось, что они прожгут в моей одежде дыру. Внезапно я сказала правду:

— После родительского собрания в школе, я шла домой через стройку...

Когда я закончила рассказ, Маша спокойно произнесла:

— Ладно, хоть я и не привыкла раскрывать чужие секреты, но, думаю, в данном случае это оправданно. Однако мне придется начать издалека.

Я кивнула.

Маша стала инвалидом не из-за каких-то форсмажорных обстоятельств, она родилась полупарализованной, почти беспомощной. Ошибка природы, злая насмешка судьбы. Врачи в родильном доме уговаривали молодую мать избавиться от младенца.

— Сдай девочку в специнтернат, — советовали они, — мы тебе же добра желаем. И потом, имей в виду, такие дети, как правило, еще и умственно недоразвитые. Представляешь свои мучения? Не факт, что ты научишь дочь даже пользоваться горшком.

Но Зина, мама Маши, твердо отвечала всем «доброжелателям»:

— Ничего. Это моя девочка, какая получилась, такая и уродилась. Проживем как-нибудь.

Когда Зина оказалась дома, к ней пришла патронажная сестра из детской поликлиники. Увидев Машу, пожилая женщина воскликнула:

— Отдай уродку в интернат!

— Нет, убирайтесь прочь, — велела Зина.

— Без мужа останешься, — предостерегла медсестра, — уж поверь моему опыту! Мужики инвалидов не переносят, редко кто год выдерживает, уходят, да еще заявляют: «У меня не могла кретинка получиться. Это твоя дурная кровь!» Так что послушай умный совет: сдай девку, такие долго не живут, родишь себе другую, здоровую. И семью сохранишь.

— Пошла на!.. — ответила Зина и захлопнула за доброхоткой дверь.

Каково пришлось женщине, поймет лишь тот, кто поднимал безнадежно больного ребенка. Конечно, всем матерям приходится тяжело, когда малыш нездоров. Но даже если у ребенка серьезная болезнь, в душе у родительницы теплится надежда: вот сейчас ему сделают цикл уколов, операцию, и дитя снова встанет на ноги.

У Зины подобной перспективы не было вовсе. Но она научилась радоваться и маленьким победам. Вот Маша улыбнулась, заметив мать, вот сумела пошевелить рукой...

А потом ушел муж, сказав именно те самые слова,

которые произнесла патронажная медсестра: «У меня не мог родиться урод!»

Зина осталась с Машей. Жизнь этих женщин яркая иллюстрация к фразам: «Все зависит лишь от тебя» и «Если хочешь быть счастливым, будь им». Зина не стала рыдать, заламывать руки и жаловаться на несправедливую судьбу. Для начала она забыла про свою профессию учительницы, пошла на курсы кройки и шитья, взяла в кредит швейную машинку и принялась обшивать соседей. Очень скоро о хорошей и недорогой портнихе узнала вся округа. Зина не отказывалась ни от одного заказа. Сшить выпускное платье? С радостью. Перелицевать брюки отца для сына? Не проблема. Сварганить костюм для карнавала в детском саду или комбинезон для собачки? Подшить занавески, накидки на мебель, постельное белье, укоротить джинсы, подогнать по фигуре юбку... Мало ли что могут попросить люди!

И еще, в доме у Зины никогда не было скучно. Приходившие заказчики, как правило, задерживались, пили чай, болтали. Увидев в первый раз Машу, кое-кто вздрагивал, но уже через десять минут забывал о том, что перед ним калека. Машеньку господь лишил здоровья, но наградил острым умом, великолепной памятью и чувством юмора. Среди клиентов Зины было много самых разных людей, и почти все они помогали Маше.

В школу девочка не ходила, обучалась на дому. От недостатка общения она не страдала, в квартире постоянно были люди, но со сверстниками Маша почти не общалась. Потом учительница, объяснявшая ей азы науки, собрала свой класс и рассказала о больной девочке. Несколько ребят вызвалось прийти к ней в гости.

Взглянув на Машу, они поначалу испугались, но спустя полгода в просторной квартире Зины стало тесно от детей. Ребят тянуло сюда словно магнитом. Во-первых, как выяснилось, Маша великолепно делала домашние задания и давала списывать всем желающим, во-вторых, у Теткиных было весело. Тут бродило три кошки, бегало несметное количество котят и периодически появлялись собаки, которых сердобольная Зина подбирала на улице, мыла, лечила и раздавала в хорошие руки. Еще в доме имелась шикарная библиотека. Одна из клиенток Зины работала главным редактором крупного издательства и приносила своей любимой Маше эвересты самой разной литературы. У Маши первой из всех приятелей появился компьютер, подключенный к Интернету. Дорогая игрушка, редкость в те годы, мало кто из взрослых мог тогда позволить себе иметь «умную» машину, но Зина для дочери не жалела ничего.

Глава 18

Одной из одноклассниц Маши была Светлана, и очень скоро больная, редко выезжающая из дома девочка стала для здоровой подруги всем: жилеткой, утешительницей, поддержкой и психотерапевтом.

— Хорошо тебе, — ныла каждый раз Света, — все имеешь! А я! Ну что у меня есть?

— То, чего нет у меня, ноги! — улыбалась Маша. — Здоровое тело, красота...

— Ерунда, — стонала Света.

— Ты можешь получить любое образование, — увещевала подругу Маша, — выучить иностранные языки.

— Мне никогда не говорить по-английски так, как ты!

— Но я же не родилась в Лондоне, — терпеливо объясняла Маша, — нас с тобой, кстати, учит один педагог.

— Ага, Елена Ивановна к тебе ходит, а я в группе парюсь, — не успокаивалась Света.

Не правда ли, странная ситуация? Совершенно здоровая девица завидует инвалиду! Но ни Машу, ни Светлану это не удивляло. В их паре главную скрипку играла Теткина. Из школы Света ушла в девятом классе.

— В институт мне не поступить, — заявила она Маше, — да и незачем. Лучше освою какую-нибудь профессию. Мне не повезло, как некоторым. Тебя-то без экзаменов в любой вуз возьмут!

К тому времени Маша настолько привыкла к эгоизму и пещерной бестактности подруги, что не обращала никакого внимания на ее высказывания.

Поныв и поохав, Света пошла в нянечки в детский сад, никакую профессию она осваивать не стала. Приходила к Маше, ныла, жаловалась на бедность.

Один раз Теткина не выдержала и в несвойственной ей резкой манере заявила:

— Ты бы хоть что-то делать научилась, может, тогда деньги появятся! Купи справочник для поступающих в вузы и почитай. Впрочем, моя мама может тебя научить шить.

— Я богатства хочу, — призналась Света, — ездить на машине, не считать копейки, шикарно одеваться...

— Без труда не вытащить и рыбку из пруда, — усмехнулась Маша, — просто так никто платить не станет.

— А муж?

— Ты о чем? — удивилась Маша.

— Замуж надо хорошо выйти! За богатого!

— Знаешь место, где зажиточные женихи сидят на диване, поджидая невест?

— Нечего смеяться, — нахмурилась Света, — слушай.

Маша лишь удивлялась ее речам. Интересно, это правда или Света пересказывает невесть кем написанный роман?

Маша, конечно, знала, что у подруги есть двоюродная сестра. Но Нина никогда к Теткиным не приходила, она была старше Светланы, работала в фирме, которая занималась уборкой квартир, и иногда делала своей кузине подарки. То платье купит, то туфли. Светлана, показывая Маше обновки, не забывала отметить:

— Во! Дрянь принесла! На рынке взяла, не в фирменном магазине. А ведь могла что-нибудь приличное купить, она хорошо получает, не то что я, полторы копейки.

Потом Нина вышла замуж, разошлась и внезапно умерла вместе со своей матерью, вроде обе отравились домашними консервами. Подробностей Маша не знала.

Но сейчас подруга рассказала ей невероятную историю. Мать Нины, Надежда, работала домработницей в богатой семье. Люди, которые нанимают прислугу да еще хотят, чтобы она постоянно жила у них в доме, сильно рискуют. Очень скоро горничная становится человеком, от которого нет тайн. Хозяева не обсуждают при ней свои дела, но многое ведь ясно и без слов. Женщина, которая меняет постельное белье, стирает вещи и убирает в шкафах, волей-неволей узнает о работодателях всю подноготную.

Надежда не являлась исключением, и через некоторое время она поняла, каким образом может устроить счастье своей кровиночки. Собственно говоря, уловка была не новой. Дождавшись, когда хозяева вместе с дочерью уедут отдыхать, Надежда под предлогом того, что требуется помыть окна, привела в дом свою Нину. В Москве остался тогда лишь сын Курочкорябских, Василий. Можно, я не стану вам описывать процесс «окучивания» парня? Ей-богу, ничего оригинального Надежда с Ниной не придумали. Машу, хорошо знакомую с классикой как русской, так и зарубежной литературы, эта история совершенно не удивила. Во многих книгах описано, как богатый глупый наследник попадается на удочку к ушлой нищей девице, а потом родители юноши, чтобы избежать позорного мезальянса попросту выплачивают оборотистой дамочке отступные. Поэтому ничего ошеломляющего Маша в первой части рассказа не услышала.

Зато вторая изумила ее до остолбенения. Света задумала выйти замуж за Васю.

— Он очень богат, — загибала она пальцы, — мамаша у него просто дура, Нинка говорила, такую облажать, как два пальца об асфальт, отец ваще ничего не воспринимает, книги по истории пишет, он и не заметит, что невесткой обзавелся! Там только Оля, сестра Васи, опасность представляет, но с ней я справлюсь.

Маша покачала головой:

— И как ты своей цели добиться решила?

Света прищурилась:

— Нинка мне много чего рассказала. Знаешь, за

какое место мужиков берут? Хотя откуда тебе это знать!

Маша покраснела. Увы, о некоторых сторонах жизни она понятия не имела.

— Так вот, — в очередной раз не замечая своей бестактности, вещала Света, — Васька ненормальный!

— В каком смысле?

— В обычном, — радовалась Света, — псих он, импотент, способный спать с девушкой лишь при определенных условиях!

Узнав правду, Маша испугалась:

— Но это ужасно! Он же над тобой будет всю жизнь измываться!

— Ерунда, — отмахнулась Света, — зато я богатой стану.

Поняв, что подруга плохо представляет, какую цену придется заплатить за материальное благополучие, Маша попыталась образумить Свету, но та лишь твердила:

— И машину мне купит, и шубу, и золотой браслет.

Потерпев поражение, Маша заехала с другой стороны:

— Лучше даже не начинай аферы, она обречена на провал.

— Почему? — возмутилась Света.

— Да как только твоя предполагаемая свекровь узнает о вашем с Нинкой родстве, она схватит сыночка и упрячет подальше.

— Кто ж ей про это расскажет? — уперла руки в бока Света.

— Ну...

— Не нукай! Нинка умерла, тетка тоже, — резко

оборвала подругу Светлана, — моя мать молчать будет, ей тоже охота в достатке пожить.

— А твои подруги? Развяжут небось языки!

— Не будет у меня знакомых, — рявкнула Света, — всем от ворот поворот дам!

Так и вышло. Добившись своего, Светлана мгновенно забыла и Машу. Целый год она не звонила Теткиной, но потом вдруг приехала и, рыдая, принялась жаловаться.

Жизнь ее ужасна. Василий садист, его сестрица основной своей целью считает уничтожение жены брата. Свекр придурок, называет невестку «Марфа» и держит ее за домработницу.

— Зато денег у тебя много, — съязвила Маша, — и машина есть, и парочка золотых браслетов.

— Хорошо тебе, — заныла Света, — а я...

Отношения их возобновились и стали прежними. То есть Светлана жаловалась, а Маша ее утешала. Но несмотря на жалобы и стоны, Света не собиралась покидать семью Курочкорябских, потому что свекровь выполняла любые прихоти невестки.

— Вон как она тебя любит, — сказала один раз Маша.

Светлана ухмыльнулась:

— Ага, а куда ей деваться? Васька без меня никуда. Приходится Аське меня баловать.

Шло время, Маша превратилась в отличного веб-дизайнера, а Света вела жизнь праздной богатой женщины и снова была недовольна.

— Ребеночка им надо! — сообщила она, придя в очередной раз.

— Так роди, — посоветовала Маша, — дети — это счастье.

— Спиногрызы, одна докука от них и трата денег, — мрачно ответила Света, — слава богу, у меня какой-то дефект имеется, мелкий, но забеременеть я не могу.

Потом Ася повела невестку к доктору и заставила ее пройти курс лечения. Светлана мрачнела день ото дня. Затем вдруг резко повеселела и сообщила Маше:

— Я беременна!

— Поздравляю, — совершенно искренне обрадовалась Маша.

Света скривилась, но промолчала.

Целых четыре месяца девушки не общались, потом Светлана заявилась к Теткиной и с ходу сказала:

— Слышь, Машка, ты у нас ученая, ну-ка ответь: если отец и мать блондины с голубыми глазами, может ребенок уродиться черноволосым и смуглым?

— В принципе да, — кивнула Маша.

— С какой стати?

— Предположим, у одного из родителей бабушка цыганка или дедушка индеец, — Маша попыталась объяснить Свете азы генетики, — или, например, муха дрозофилла, родилось у нее потомство...

— Пошла ты на фиг со своей мухой! — заорала Света, а потом упала на диван, зарылась лицом в подушки и принялась, плача, причитать: — Так лажануться! О внешности не подумать!

Маша с трудом привела Свету в чувство и узнала, что та забеременела не от мужа, а от Жоры, брата своей знакомой.

— Как народится головешка, — заламывала руки Света, — меня Курочкорябские выгонят, ни в какую бабку не поверят, а еще, не дай бог, на анализ пошлют! Я всего лишусь! Ну не дура ли!

— Сделай аборт потихоньку, — посоветовала Маша.

— Поздно, — завизжала Света, — уж вся семья в курсе, что я им потом скажу? Куда ребенок подевался!

— Очень глупо было с твоей стороны беременеть от любовника! Умные женщины крутят хвостом сколько угодно, но отпрысков рожают от законных супругов, — тихо сказала Маша.

И тут Свету прорвало:

— Не хотела я от Васьки рожать. Он сумасшедший! Я проверила! Ходила к Лаврентию Сергеевичу.

— К кому?

— К доктору. Фамилия его Заперанский, в клинике работает, психиатрической. Все мне растолковал. От такого детей рожать не надо. Он урод. И ребенок почти стопроцентно кретином получится, буду всю жизнь потом мучится. А этот псих сына хотел, грозил выгнать меня. Вот я и нашла Жорку, тот был совсем даже не прочь трахнуться. Здорово вышло! И ребенка зачала, и не от кретина! Только Жорка вылитый чечен! Ну как я лажанулась! Что делать?

Маша молча слушала Свету.

— Помоги мне! — потребовала та.

— Как?

— Не знаю! Придумай что-нибудь!

— Право, я не понимаю, чего ты хочешь!

— Вот ты какая, — заорала Света, вскакивая, — а еще подругой называешься, я один раз всего тебя попросила!

Топнув ногой, она выскочила вон и пропала из Машиной жизни. Теткина не знала, родила ли бывшая одноклассница смуглого ребенка, или природа над ней сжалилась.

Светлана, очевидно обидевшись на Машу, вычеркнула ее из своей жизни. Нельзя сказать, что Теткина сильно горевала. Последнее время общение с подругой стало ее обременять. Света казалась Маше курицей, которая старательно подгребает к себе лапами все, что находит на дороге. Иногда Теткина вспоминала про Светлану и радовалась, что та наконец оставила ее в покое.

Но вот несколько дней назад, ночью, раздался телефонный звонок. Маша взяла трубку и услышала голос Светы:

— Маша, помоги!

— Что на этот раз? — весьма невежливо отозвалась Теткина. — Ты хоть на часы посмотрела?

— Меня хотят убить!

— Кто?

— Оля, сестра Васи.

— За что?

— Долго рассказывать. Можешь меня спрятать?

— Приезжай, — велела Маша, — жду.

— Не могу.

— Как же я спрячу тебя?

— Не меня.

— А кого?

— Ну, кое-что!

— Что именно?

— Важное!

И тут Машино терпение лопнуло.

— Говори нормально, — прошипела она, — или оставь меня в покое.

Света страстно зашептала в трубку, Маша слушала бессвязную речь. Мало-помалу ей стал понятен ее смысл. Василий умер. Светлана сделала аборт. Она очень боялась рождения «цыганенка». Покидать богатую семью Курочкорябских невестка не намеревалась, хотела жить в достатке. И на первых порах ей это легко удавалось, Ася Михайловна очень жалела вдову сына, осыпала ее подарками, и Света чувствовала себя наверху блаженства. Настроение портила Оля. Она просто изводила вдову брата. Могла ударить исподтишка, ущипнуть, наговорить гадостей. Света терпела, а потом решила отомстить. В общем, каким-то образом Светлана узнала об Ольге что-то неприглядное и решила заткнуть наглой девице рот. Выждала момент и заявила ей:

— Либо оставляешь меня в покое, либо рассказываю всем о том, что знаю!

Ольга фыркнула, повертела пальцем у виска и ушла. Но через два дня Светлана поехала на своей машине по магазинам и́ едва не попала в аварию. Огромный грохочущий грузовик, выскочивший внезапно на дорогу, чуть не превратил новенькую иномарку в груду железа. Света, малоопытный водитель, была, казалось, обречена, но каким-то звериным чутьем девушка ощутила опасность и направила машину на тротуар. К счастью, никто из прохожих не пострадал. Света отделалась истерическим припадком.

— Думается, это просто случайность, — Маша попыталась привести подругу в чувство, — совпадение.

— Нет, — шептала Света, — господи, я теперь все знаю!

Потом девушка заплакала и понесла откровенную чушь:

— Надежда... Нина... все умерли.

У Маши заболела голова.

— Ты, случайно, не напилась? — спросила она у подружки.

В ответ послышались сдавленные рыдания.

— Прими валокордин.

Снова хлюпанье.

— Если по какой-то причине ты опасаешься за свою жизнь, то немедленно уходи прочь из этого дома, — велела Маша.

— Нет. Не хочу нищей остаться, — пробормотала Света, — и потом, ты, наверное, права. Авария — это случайность. Знаешь, я ведь поворотник не включила и резко вправо пошла. Ну чего я испугалась?

Последняя фраза успокоила Машу. Значит, все верно, ничего страшного Светлане на самом деле не грозит, у той очередная истерика, припадок энергетического вампиризма, вот она и решила попить крови у Маши. И потом, ну что за страшные тайны могут быть у Оли Курочкорябской? Что такое выяснила Света?

— Ложись спать, — велела Маша, — завтра приедешь и все расскажешь.

— Нет, погоди!

— Ну что еще!

— Папка лежит в банковской ячейке, пиши адрес.

— Хорошо, — сдалась Маша, понимая, что иначе Света не оставит ее в покое.

— Ключ спрятан в саду, — бубнила Светлана, — зарыт в клумбе, под гномом, повтори! Я до конца все не выяснила, а ты попробуй! Дай честное слово, пообещай!

Маша покорно сказала:

— Да, конечно.

— Хорошо, — вздохнула Света и отсоединилась.

Маша выключила свет, накрылась одеялом и мгновенно заснула.

Через день ей вновь позвонила Света и весело сказала:

— Забей!

— Ты о чем? — удивилась Маша.

— Забудь про мой ночной звонок! Сама не знаю, что на меня нашло!

— Я сразу поняла, что ты чушь несешь, — вздохнула Маша.

— Меня на антидепрессанты посадили, — сообщила Света, — а то я все плачу, Вася мерещится, ужасно переживаю. Думаешь, легко любимого мужа потерять?

Маша подавила вздох. Светлана, очевидно, забыла, как жаловалась подруге на невыносимую супружескую жизнь, и теперь изображает безутешную вдову.

Маша замолчала, затем подвигала по столу чашки и сказала:

— Вот я и думаю теперь, может, эта Оля и впрямь убила Светлану? Но каким образом? Мне сказали, что у Светки инфаркт случился. Если бы авария на дороге или самоубийство... Но разрыв сердца! Как подобное подстроить можно, испугать? Знаете, я иногда думала, ну с какой стати Светка мне свои тайны выбалтывает? Потом поняла. Я из дома очень редко выхожу, живу в четырех стенах. Ездить к ней в гости не стану, трепать на всех углах об услышанном не буду, а любому человеку требуется облегчить душу. У Светки еще, кроме меня, были подруги, я их знала, но между собой мы не дружим, так, поздравляем друг друга с праздниками. Света и Тане, и Вике много чего рассказывала, но меня считала самой преданной. И вот сейчас меня мучает вопрос. Что там, в банковской ячейке? Вдруг и впрямь нечто, простите за дурацкий каламбур, убийственное для Курочкорябской, а?

Глава 19

Чуть поодаль от дома Маши Теткиной я увидела здание с вывеской «Кафе», толкнула дверь и очутилась в маленьком зальчике, в котором почти впритык стояло с десяток столиков. Очевидно, в заведении вкусно кормили, потому что ни одного свободного стула не нашлось.

Я пошарила глазами по крохотному помещению и приметила в самом углу пустой стул. В советские времена никого не удивляло, если к вашей компании в ресторане метрдотель подводил чужого человека и объявлял:

— Устраивайтесь, других мест нет.

Но нынче подсесть за столик к постороннему считается крайне неприличным. Следовало либо подождать, либо поискать другую кафешку. Но я нахожусь сейчас в Красногорске, от дома Маши Теткиной рукой подать до МКАД, а там и наш поселок рядом. По дороге мне не попадется никакой харчевни, а капуччино хочется просто до озноба. Поколебавшись, я решительным шагом подошла к столику и спросила у сидевшего за ним дядьки:

— Здесь свободно?

Мужик поднял глаза. Я приветливо улыбнулась. По внешнему виду он типичный бюджетник, решивший вознаградить себя ужином в дешевой забегаловке после тяжелого рабочего дня. Похоже, ему лет пятьдесят, и он не сильно преуспел в жизни: залоснившийся пиджак, очки в дешевой оправе.

— Так здесь свободно? — повторила я вопрос.

Дядька кашлянул, потом закивал:

— Да, да. Стул хотите взять?

— Можно к вам подсесть?

На секунду мужичонка замер, потом, порозовев, ответил:

— Буду польщен столь приятным соседством.

Я опустилась на жесткое сиденье. Только бы этот престарелый, поеденный молью Аполлон не начал ко мне приставать! Хотя опасаться нечего. Кафе битком набито народом, вряд ли сей лысый Казанова станет распускать руки. Небось побоится скандала. Если же потащится за мной, то нервничать не стоит. Прямо у входа припаркованы мои «Жигули», вскочу внутрь, заблокирую двери и уеду, оставив «кавалера» с носом.

Впрочем, сосед по столику не был назойливым, он уткнулся в тарелку, на которой лежало нечто в сухарях, и не понять с первого взгляда, что это за продукт был до того, как попал в лапы местного повара: мясо, рыба или дичь?

Я взяла меню, торчавшее в салфетнице, и стала изучать мелко напечатанный текст. Цены радовали глаз: капуччино — тридцать рублей, торт — двадцать целковых. Хорошо бы еда и питье оказались вкусными. Но это было бы уж слишком!

Вдруг у меня зачесалась лодыжка. Я поерзала на стуле, наткнулась коленкой на ножку стола и стала осторожно чесать о нее свою конечность. Раз, другой, третий... Похоже, меня укусил комар. Интересно, откуда он взялся? На календаре самое начало апреля. Хотя сейчас возможно все, зимой мы открываем купальный сезон, летом вынимаем коньки, климат просто взбесился, а вместе с ним и насекомые.

Внезапно я ощутила на себе чей-то взгляд, оторвала глаза от меню и увидела, что сосед самым внимательным образом разглядывает меня сквозь съехавшие на кончик носа очки.

— Что закажем? — спросила, подлетая, бойкая официантка.

— Каппучино с пирожным «Лесная быль», — попросила я и снова стала чесать ногу.

— Простите, — ожил дядька, — как вас зовут?

Ну вот! Начинается! Все-таки мужчины дикие существа. Если женщине пришлось из-за отсутствия места и резко обострившегося голода приземлиться за столик кафе, то совсем не нужно к ней приставать!

Я снова яростно почесала ногу.

— Разрешите представиться, — робко проблеял бюджетник, — меня зовут Коля!

— Евлампия Андреевна! — рявкнула я в надежде, что назойливый кадр отвяжется.

Ну и времена настали! Одной никуда не пойти. Все особи мужского пола обчитались идиотских журналов и считают, что у женщин есть лишь два желания: секс и деньги, деньги и секс! Право, смешно! Впрочем мне сейчас тоже хочется двух вещей: выпить каппучино и убить того комара, который укусил меня за ногу. Господи, лодыжка невыносимо зудит.

Сохраняя на лице суровое выражение, я снова принялась сладострастно скрестись о столик. Ох, не зря Козьма Прутков написал в свое время: «Нельзя перестать чесать там, где чешется».

— Евлампия Андреевна, — тихо заныл Коля.

— Что? — рявкнула я.

— Извините, но у меня есть жена, Леночка!

— И слава богу.

— Мы очень любим друг друга, — зудел Коля, — живем почти двадцать лет вместе.

Я хотела было поинтересоваться, с какой стати он решил рассказать незнакомке о своей непростой судьбе, но тут перед носом возникла чашка с высоко взбитой пеной. Я отхлебнула глоток и пришла в полнейший восторг. Тридцатирублевый напиток оказался просто восхитителен на вкус. Жизнь стала прекрасной. Какое замечательное кафе, милая официантка, цены смешные. Ей-богу, я ощутила бы себя почти счастливой, если бы не свербящая нога. Я попыталась кое-как утихомирить чесотку.

— Еще у нас трое взрослых детей, — бубнил Коля с остановившимся взглядом.

— И что? Они вам мешают? — Я начала злиться.

— Нет, но вы...

— Я? С какой стати мне могут послужить помехой ваши дети!

— Действительно, — вздохнул Коля, — впрочем, я справил недавно пятидесятилетие. Старый уже!

Я снова самозабвенно почесалась, откусила кусочек торта и застонала от наслаждения. Господи, тут работает гениальный кондитер. Такой вкуснятины я не ела нигде и никогда!

— Ой! — испуганно протянул Коля.

Неожиданно мне стало жаль дядьку. Вот бедолага! Видно, ему совсем плохо живется, если он рассказывает о своем семейном счастье каждому встречному.

— Не переживайте, — улыбнулась я, — пятьдесят лет самый расцвет мужчины.

— Вы полагаете? — с легким испугом воскликнул Коля.

— Твердо знаю, — покривила я душой, почесываясь о ножку, — лично мне кавалеры, перешагнувшие за пятый десяток, больше по душе.

— Вы замужем?

— Нет.

— А-а-а... а я вот женат, и счастливо!

Разговор пошел, похоже, по кругу. Следовало уйти, но я решила растянуть удовольствие, только не подумайте, что имею в виду беседу с Колей. Нет, я подозвала официантку и попросила:

— Повторите заказ.

— Сей момент, — услужливо ответила девица и унеслась.

Я снова поелозила ногой под столом. Может, сходить в туалет и посмотреть, что там, на лодыжке? Думаю, надо заехать в аптеку, купить антигистаминное средство, скорей всего, у меня началась аллергия, никакие комары в апреле не летают.

— Мне вас жаль, — брякнул Коля.

— По какой причине? — удивилась я.

— Ну... одна, в кафе, наверное, обидно, вот так...

— Вовсе нет, — улыбнулась я, — вокруг много милых людей, вы, например.

Коля закашлялся с такой силой, что на его глазах выступили слезы.

— Ну да, — забормотал он, — верно, понятно, но все же... Не переживайте, вы обязательно найдете любимого человека. Надо только терпеливо ждать, не навязываться первому встречному!

Я захлопала глазами. С какой стати Николай решил читать мне проповеди? Может, он какой-нибудь вербовщик и сейчас всучит мне брошюрку, а потом предложит вступить в секту? Но тут передо мной возникла новая чашка с капуччино, и настроение мигом исправилось. Я снова почесалась и сказала:

— Любовь такая штука... Может настигнуть вас в любой момент, когда и не ждешь! В трамвае, например, или вот в этом кафе.

Коля стал пунцовым.

— Э... ну... да... Леночка, дети... подождите!

Внезапно он вскочил и кинулся вбок, туда, где располагался гардероб. Я покачала головой. Бедный дядька! Совсем плохой!

Нога опять зачесалась, я слегка сдвинула ее вправо, ожидая ощутить часть стола, но коленка встретила пустоту. Я подвинула конечность правее, еще, еще, еще... Вы не поверите, но опора, на которой только что держался столик, исчезла! Я, страшно заинтригованная, заглянула под него и пришла в еще большее удивление. Столешница выступала прямо из стены, внизу не было ничего: ни тумбы, ни столбика, ни штатива...

— Не желаете еще кофейку? — заботливо спросила официантка.

— Ага, — машинально кивнула я, — вместе с тортом. Очень вкусно, лопну, но съем.

— К нам народ со всего города ездит, — улыбнулась девушка, — мы и на вынос торгуем!

— Здорово! — обрадовалась я. — Положите-ка в коробочку несколько вот этих пирожных...

Не успела официантка уйти, как появился Коля. Он был тщательно причесан и благоухал мятой.

— Вот, — заявил он, — теперь я совершенно свободен, позвонил Леночке и предупредил, что задержусь. Очень не люблю врать жене, поэтому сказал правду: сижу в кафе, ужинаю. Леуся сегодня ничего не приготовила, она квартиру перед приездом тещи мыла. Видите ли, я всегда считал, что следует помогать другим, а вы чем хуже?

Вопрос застиг меня в момент уничтожения второго куска торта. Решив, что болтливый Коля задает его, так сказать, риторически, я промолчала, но он проявил настойчивость.

— Так как, — назойливо зудел Коля, — я правильно поступил, а?

Я собрала последние крошки и, ощущая себя удавом, заглотившим трехтонный грузовик, расслабленно ответила:

— Ну, если речь идет о вашем желании всегда говорить правду, то, на мой взгляд, супруге иногда следует оставаться в блаженном неведении. И вообще, привычка никогда не врать может довести до беды. Надеюсь, слышали, что бывает ложь во спасение? Неужели вы ни разу не солгали своей Леночке?

— Нет, — гордо заявил Коля.

— Жена никогда не спрашивает вас: «Милый, как я выгляжу?»

— Постоянно интересуется, — кивнул Коля.

— И что вы отвечаете?

— Только истину!

— Какую?

— Смотря по обстоятельствам. Вот позавчера мы собрались в гости, Леночка надела красное платье и попросила оценить ее внешний вид. Естественно, я сказал: «Знаешь, милая, для такого наряда следует похудеть килограммов на пять-семь. Валики жира никого не украшают. Да и красный цвет к лицу лишь молодой женщине, у тебя от него все морщины на лице видны».

Я вытаращила глаза.

— А она? Ваша супруга? Чем вас стукнула?

— Ну что вы! — засмеялся Николай. — Леночка поблагодарила меня и переоделась.

Я вздохнула. Очевидно, незнакомая мне супруга

болтливого Коли просто святая. Ну-ка признайтесь, как бы вы поступили на ее месте? Лично я...

— И сегодня не солгал, ведь сижу в кафе! — закончил Коля. — Я решил: мой долг помочь вам!

Я машинально почесалась о ножку и тут же изумилась. Минуточку, с какой стати он решил помогать мне, в чем я, по его мнению, нуждаюсь и откуда у стола взялась нога? Только что же ничего не было!

— И далеко ехать? — вдруг спросил Коля. — Хочется к полуночи домой вернуться. По телику будут бокс показывать! Очень люблю на бои смотреть!

Я принялась судорожно оглядываться по сторонам. Куда подевалась официантка? Этот Коля явно не вполне адекватный человек, на улице начало апреля, самый разгар обострения у шизофреников. Может, уносить, пока не поздно, ноги? Но не могу же я удрать, не заплатив!

— Запах мяты не раздражает? — заботливо поинтересовался Коля.

— Нет-нет, — ответила я, нервно почесываясь.

— Я не слишком люблю средства для освежения дыхания, думаю, зубы надо вовремя чинить и регулярно чистить, а не грызть мятные пастилки, — пояснил Коля, — но сейчас я ел рыбу, вам это может не понравиться. Или я не прав? Рыба, которую я съел, вам она по вкусу?

— Рыба? — в изнеможении спросила я. — Как мне может понравиться рыба, которую ели вы? Я-то ее не пробовала.

В голову неожиданно пришло воспоминание. Вот наша семья празднует день рождения Катюши. Поскольку отмечалась круглая дата, то мы собрали безумное количество гостей. Приехали Катюшины кол-

леги по работе, приятели Сережки и Юли, «однопол-
чане» Костина, соседи... Естественно, принять всех
на городской квартире мы не могли, поэтому устроили шашлык на природе, организовали пикник в Аля-
бьеве, там у нас была дача. Накрыли шведский стол,
расставили мангалы. Кате, естественно, запретили
даже думать о готовке, обслуживать пирушку поручи-
ли мне и детям. Кирюшка жарил шашлыки. Пробегая
мимо печки с углями, я услышала замечательный
диалог.

— Вы какие больше любите? — вопрошал мальчик
у Татьяны Михайловны, Катиной коллеги. — На этом
мангале шампуры со свининой и курицей. А на ре-
шетке с осетриной и овощами!

— Право, не знаю, — растерялась Таня, — все
вроде вкусно. Ну... Дай мне то, что ест Костин! У него
на тарелке очень аппетитный шашлык.

Лично я моментально бы крикнула: «Эй, Вовка,
чем лакомишься?», и, услыхав, к примеру: «Свининой», — сняла бы с мангала шампур и подала Тане, но
Кирюшка отреагировал иначе.

— Ох, боюсь не получится, — почесал он макушку.

— Почему? — изумилась Татьяна. — Тебе жаль
угостить меня тем, что лопает Вовка?

— Нет, конечно, — вздохнул Кирюшка, — я могу
попытаться у него отнять, но боюсь, он не отдаст!

Коля моргнул раз, другой, третий. Я продолжала
пребывать в недоумении. Ну откуда под столом взялась опора? Обо что я сейчас чешусь? Чтобы разобраться в ситуации, я уронила на пол салфетку, нагну-
лась и... увидела под столешницей две конечности в
мятых брюках и не слишком чистых ботинках.

Кровь бросилась в голову. Значит, я, попивая кофеек, самозабвенно прижималась к коленке Коли, приняв ее за ножку, на которой покоится столешница! Вот почему он сначала пугливо смотрел на меня, а потом завел нудный разговор о своем семейном счастье. Он-то полагал, что нахальная нимфоманка, бесцеремонно подсевшая к одинокому мужику, сейчас поймет тщетность своих попыток и уйдет, перекинется на кого-нибудь более сговорчивого. Но я настойчиво продолжала чесаться. И тогда верный муж сносился в туалет, пригладил шевелюру, сунул в рот мятные пастилки и теперь готов, как он выразился, помочь несчастной. Нет, просто с ума сойти можно! Каков кретин! Он когда в последний раз в зеркало смотрелся? Или мужчины вообще не способны себя объективно оценивать?

Отвратительная ситуация, и, как назло, официантка никак не принесет счет!

Я вынырнула из-под столика, Коля продолжал улыбаться.

— Вы ошибаетесь, я совершенно не хотела ничего такого! Даже в мыслях не держала. Лучше идите домой, к своей Леночке, — пробормотала я.

— Не волнуйтесь, я предупредил жену, — возразил Николай, — в конце концов, как порядочный человек, готов облегчить ваши страдания.

— Э... — залепетала я, тыча пальцем в столешницу, — нога... она... не ваша... в общем, не моя... чужая...

Коля разинул рот.

— Нога не ваша? Чья же?

— Ну... я думала... того... в общем, полагала... она деревянная!

— Боже! Вы на протезах, — подскочил Николай, — теперь мне понятно, отчего вы по кафе таскаетесь!

А я-то все думал: вроде уж в возрасте, с какой стати ей так себя вести! Бедняжка! Знаете, теперь я еще с большей охотой помогу вам. Из чистого милосердия.

— Идиот, — прошипела я, — похоже, у тебя у самого протез, только вместо мозгов! Отстань! Что значит «в возрасте»? Я молодая женщина!

— Сама ко мне пристала, — обиделся Коля, — между прочим, я изменяю жене лишь в особых случаях...

Не в силах больше продолжать беседу, я вскочила, положила на стол купюру и убежала, не оглядываясь, прочь. Уже на улице мне пришло в голову, что я не дождалась коробочки с пирожными, оставила Лизавету и Кирюшку без вкусного. Наверное, следовало вернуться, но ноги сами собой понесли меня к машине. В конце концов, сладкое вредно, особенно на ночь.

Глава 20

Утром я едва дождалась, пока домашние разбегутся по своим делам. Впрочем, особо задерживаться никто не стал. Сережка и Юлечка унеслись в половине восьмого, прихватив с собой Лизу и Кирюшку. Еще раньше уехала на своей машине Катя. Я как раз проснулась и, зевая, потягивалась у окна, когда подруга выезжала через ворота. Никогда бы я не сумела стать хирургом! Мне ни за какие коврижки не воткнуть скальпель даже в глубоко спящего человека. Впрочем, может, и научилась бы сей премудрости, но вот вскакивать каждый день в пять утра, чтобы в семь сорок пять с приветливой улыбкой начинать обход палат, мне точно слабо. А Катерина живет в таком ритме почти всю свою жизнь, и, если вы думаете, что она ложится спать с петухами, то жестоко ошибаетесь. В нашей семье угомонится раньше полуночи практически невозможно!

Курочкорябские поднимались позже. Оля отправилась на работу в десять, а Ася в одиннадцать.

— Ты будешь дома? — спросила она, беря ключи.

Я замялась:

— Пока не знаю. До обеда, скорей всего, да, а потом поеду по делам.

Ася смущенно улыбнулась и показала мне большую темно-зеленую папку.

— Понимаешь, мне надо обязательно сегодня рукопись в издательство отнести, иначе рублем накажут.

— И когда ты только все успеваешь? — удивилась я.

Ася вздохнула:

— Сама не понимаю. Тут недавно прочитала в газете про одного парнишку, его молнией шарахнуло. Купался, дурачок, в пруду во время грозы, ну и получил соответственно. Повезло ему, жив остался, вот только спать перестал, вообще! Сутки напролет бодрствует и страшно мучается. Шарахается ночами по квартире, не знает, чем себя занять! Эх, мне бы его заботы! Просто обзавидовалась. Уж я бы рыдать не стала! Села бы книги переводить! Все ведь почти купить могу, кроме свободного времени! Ладно, нечего жаловаться. Уж извини, у меня просьба к тебе.

— Говори, — улыбнулась я.

— Лев Яковлевич встает в полдень...

— Замечательно, не стану его будить.

— Ему надо подать завтрак.

— Хорошо.

— Геркулесовую кашу с кленовым сиропом.

— Ладно.

— Смотри не перепутай, он без сиропа не ест. Такая бесцветная жидкость, бутылка в шкафу, у окна.

— Постараюсь найти.

— Еще какао.

— Будет исполнено.

— Но не растворимый, натуральный свари, из пачки.

— Иес.

— Каша должна быть горячей, а какао теплым. Лучше сделай его заранее. Потом, когда услышишь, что Лев Яковлевич зовет, поставь завтрак на поднос и отнеси в спальню. Салфетки не забудь!

У меня с языка чуть было не сорвалась фраза: «А геркулес прожевать не надо?» Но я проглотила ехидное высказывание. Нехорошо обижать Асю, она этого не заслужила.

— Не волнуйся, все сделаю, как просишь, — пообещала я.

— Уж извини, еще...

— Продолжай, пожалуйста!

— Сходи на пожарище и посмотри, приехала ли ремонтная бригада. Прости за доставленные хлопоты.

— Отправляйся спокойно в издательство, — улыбнулась я.

— Спасибо тебе! — воскликнула Ася. Потом сунула руку в карман и вытащила упаковку «Кириешек». — Хочешь?

— Нет, спасибо.

— А я вот просто подсела на эти сухарики, — засмеялась Ася, — грызу целыми днями. Пожую, и настроение хорошее. Смешно прямо, похоже, они для меня вроде антидепрессанта.

— Вполне возможно, — кивнула я, — только сейчас тебе не от чего впадать в депрессуху. Поезжай спокойно, я все сделаю, не волнуйся.

Ася, прижимая к себе толстую папку, побежала к машине, я стояла на крыльце, любуясь теплым солнечным утром. Собаки носились по двору, небо голубело, на деревьях набухли почки.

— Лампа, — крикнула Ася, высовываясь из окна машины, — какао надо процедить, Лев Яковлевич не любит с пенкой!

Я вяло помахала ей рукой, проводила глазами удалявшийся автомобиль и посмотрела на часы: одиннадцать.

Господину почетному члену множества академий оставалось почивать еще шестьдесят минут. Мне вполне хватит времени, чтобы сбегать к сгоревшему дому и поискать в саду клумбу с гномом.

Не знаю, как у вас, а у меня вид пожарища вызывает ужас. Дом Курочкорябских был разномастным. Первый этаж, сложенный из кирпича, уцелел в пламени и сейчас пугающе торчал в середине черного участка земли. Окна отсутствовали, пустые проемы мрачно смотрели на дорогу.

Верх, сложенный из бруса, исчез без следа. Даже трудно себе представить, каким образом можно восстановить здание в его первозданном виде.

Никаких рабочих на участке не было. Заходить в полуразвалившийся остов я побоялась, просто походила вокруг руин, крича:

— Есть тут кто живой? — и, не услыхав ответа, отправилась в сад.

Очевидно, Курочкорябские приглашали к себе специалиста по ландшафному дизайну. Вон тот тихо журчащий ручеек имеет явно искусственное происхождение, течение в нем поддерживалось маленьким моторчиком, а кустарники вокруг вились причудливыми узорами. Нашлись и клумбы, их было пять, похожих друг на друга. Круглые бетонные цоколи, внутри земля, а посередине торчат так называемые садовые скульптуры. У Курочкорябских стояли три гнома, русалка и кошка.

Я подошла к первому цветнику и осторожно принялась тыкать в почву лопаткой для торта, прихваченной из дома. Садового инвентаря у нас пока нет, Катя только собирается его купить.

Стальная лопаточка легко вонзалась в землю и через несколько минут уперлась во что-то. Я удвоила усилия и вытащила... кирпич. Во-второй клумбе оказалось пусто, в третьей тоже.

В полном разочаровании я постояла возле гномов. Потом, решив не сдаваться, перекопала чернозем под русалкой и кошкой, но и там тоже ничего не нашла. Значит, Света соврала Маше: либо никаких документов, запертых в банковской ячейке, не существует вовсе, либо ключик лежит совсем в другом месте. Может, Светлана держала его в своей комнате? И после пожара мне никогда не найти его.

Тяжело вздыхая, я пошла было назад, но тут увидела забор, отделявший участок Курочкорябских от дороги. Между кирпичными столбиками тянулись кованые чугунные решетки, в середине каждой имелся небольшой овальный медальон с выбитым изображением гнома.

Я ринулась к ограде и стала работать со скоростью землеройной машины. Признаюсь, лопатка для торта не лучшее копательное приспособление. Примерно минут через сорок, почти под самой последней секцией, я обнаружила круглую банку из-под печенья. Дрожащими руками схватила ее, открыла, увидела замшевый мешочек, дернула завязочки...

На ладонь выпал маленький плоский ключик, привязанный к слишком большой бирке. «Номер 35» — стояло на ней. Далее шло название банка и его адрес, а еще чуть пониже мелкими-мелкими буквами была сделана надпись: «Нашедшего просьба вернуть в центральный офис».

Отшвырнув банку, я побежала домой. Так, сейчас помоюсь, переоденусь и ринусь по указанному адресу. Значит, Света сказала правду! Я нахожусь в двух шагах от разгадки!

Не успела я вбежать в прихожую, как до уха долетел стук и крик:

— Ася! Ася!!! Ася!!!

Лев Яковлевич! Совсем забыла про него! На часах половина первого, следовательно, ленивый профессор уже тридцать минут зовет жену. Может, наплевать на него и уехать по своим делам?

На секунду решение мне показалось правильным. В конце концов, академик не парализованный, сам может сделать себе завтрак!

— Ася!!!

— Иду! — крикнула я и пошла на зов.

Придется готовить трапезу капризнику, я ведь обещала Асе позаботиться о престарелом младенце.

— Безобразие! — возмутился профессор. — Где завтрак? А, Ася?

— Ваша жена уехала.

— Куда?

— На работу.

— А каша? И мое какао!

— Сейчас принесу.

— Так поторопитесь, — взвизгнул Лев Яковлевич, — бог знает сколько времени уже жду. Мне работать пора. Раннее утро самое плодотворное время! Шевелитесь, любезнейшая Марфа!

Я порысила на кухню и принялась искать на полках геркулес. Однако у Льва Яковлевича оригинальное понятие о раннем утре, стрелки уже показывают час дня. Как назло, овсянки не нашлось. Я вернулась к Льву Яковлевичу.

— Хотите творогу?

— Что?

— Это такая белая вкусная штука, очень полезная, богатая кальцием, ее дает корова, вернее, буренку доят, а уж из молока...

— Марфа, — загремел Лев Яковлевич, — не читайте мне лекций! По утрам я ем кашу.

— Манную будете?

— Ни за что.

— Гречневую?

— В рот не возьму.

— Рисовую?

— Никогда в жизни.

— Пшенную?

— Марфа! Вы с ума сошли! Немедленно подайте овсянку.

Я понуро вернулась на кухню. Очень хорошо помню, что вчера вечером вот тут на полке стояла большая желтая коробка с надписью «Геркулес». И где она сейчас?

Я зачем-то полезла в холодильник, потом пошарила на подоконнике, наткнулась на кастрюлю, в которой мы варим еду собакам, открыла крышку и сообразила: вот он, геркулес. Катя сварганила из него обед для членов стаи.

— Марфа! Кашу! — долетело из-за стены.

— Сейчас! — крикнула я.

— Живее!!! Овсянку!

Поколебавшись мгновение, я схватила ложку, наполнила тарелку и побежала с ней к вопящему Льву Яковлевичу. В конце концов, мы никогда не даем животным просроченных или испорченных продуктов, варим им еду как для себя. А раз она подходит для нежных мопсиных желудков, то и профессору плохо не станет.

— Где сироп? — грозно нахмурился Лев Яковлевич.

Пришлось опять идти на кухню и открывать шкафчики. В одном нашлась бутылка, я схватила ее, плеснула в тарелку похожую на воду жидкость и понеслась в спальню.

Нос уловил легкий аромат, очень знакомый, но мне было не до того, чтобы разбираться, чем у нас пахнет в коридоре. Часы неумолимо тикают, а мне придется еще варить какао, потом умываться, одеваться, заводить машину. Я рискую опоздать в банк.

Поставив тарелку на тумбочку, я ринулась назад.

— Марфа! Это что?! — заорал академик.

— Каша. Геркулесовая. С сиропом! — крикнула я, достигнув кухни.

— Но это...

— Сейчас вернусь и принесу какао.

— Марфа, это...

— Да, да, страшно вкусно! — орала я, мечась между столиком и плитой.

Ну с какой стати надо делать варево из порошка, если люди придумали растворимые напитки?

Естественно, первая порция у меня не получилась. Наверх вспыло великое множество не желавших растворяться комочков. Пришлось взять другую кастрюльку и начать все сначала. На этот раз я не уследила за пенкой, и серо-розовая жидкость вылилась на плиту.

— Марфа! — подал голос академик. — Еще каши! Такой же! Быстро! Мне плохо! Очень! Сделай точь-в-точь как первую порцию! Скорее! Умираю!

До сих пор мне казалось, что, если человеку худо, ему не хочется есть. Согласитесь, мало кто лопает с аппетитом баранью отбивную за две минуты до смерти. Но академики-то не простые люди!

Схватив кастрюльку с какао, я вылила ее содержимое в кружку.

— Марфа! — бесновался Лев Яковлевич, — есть давай! Живо!

Не знаю, как у вас, а у меня, когда торопят, всегда начинают трястись руки.

Я снова схватила собачью кастрюлю, наполнила другую тарелку, не глядя схватила бутылку с сиропом, щедро полила овсянку и тут же уронила приготовленное блюдо.

Тарелка почему-то уцелела, зато каша разлетелась по полу. Сообразив, что сейчас еще придется мыть пол, я чуть не зарыдала, но потом быстро нашла выход из неприятного положения.

— Муля, Ада, Феня, Капа, Рейчел, Рамик!

Стая мигом явилась на зов.

— Кушать хотите?

Шесть хвостов заработали с невероятной скоростью. Двенадцать карих глаз уставились на хозяйку с обожанием.

— Отлично, можете приступать, — велела я, — подбирайте кашу. Вот отнесу тирану его долю, и хочу, вернувшись, найти чистый пол.

Мопсы вдруг стали чихать.

— Давайте, не кривляйтесь, — велела я, — хватит с меня академика с его прибабахами. Каша классная, вперед и с песней! Если не нравится, можете уходить, останетесь без добавки.

Увидав тарелку и чашку Лев Яковлевич неожиданно благодушно заявил:

— Хорошо, Марфа! Теперь раздвинь занавески, включи телевизор и ступай.

Выполнив приказ, я пошла переодеваться и тут как на грех вспомнила, что забыла процедить какао. Сейчас светило науки завопит, как сирена. Но в доме стояла тишина. Может, Лев Яковлевич проглотил какао залпом, не поняв, что оно приготовлено неправильно?

Глава 21

Потратив немалое время на приведение себя в порядок, натянув джинсы и свитерок, я заглянула к академику и сказала:

— Давайте заберу грязную посуду.

Полная тишина послужила мне ответом.

Слегка удивившись тому, что не слышу недовольного брюзжания, я подошла к широкому ложу. Профессор мирно спал. Рот его был приоткрыт, из него вылетало деликатное похрапывание. Усмехнувшись, я прихватила пустую посуду и пошла на кухню. Вот вам и плодотворные утренние часы! Похоже, сегодня музу академика сменил на посту Морфей. Все-таки хорошо быть научным работником, можешь позволить себе покемарить в то время, когда основное население страны стоит у станков!

Держа в руках тарелку, я вошла в кухню и изумилась. Кучки разбросанной по плитке каши исчезли без следа. Пол вылизан до блеска, около стола лежат четыре мопсихи. Муля на боку, Ада уткнулась ей в живот, Капа валяется на спине, задрав к потолку все четыре лапы, Феня деликатно свернулась клубочком. Сначала я слегка испугалась. Ну с чего бы девицам дрыхнуть на плиточном полу? Они большие любительницы комфорта и безошибочно выбирают для сна самые теплые, самые уютные места, а тут вдруг устроились на жестком полу. Может, они заболели? Впрочем, это маловероятно, не бывает, чтобы зараза свалила одновременно всех животных.

Успокоившись, я хотела засунуть тарелки в посудомойку, но тут вдруг заметила Рамика. Двортерьер раскинулся под столом. Тревога змеей заползла в сердце. Я огляделась по сторонам и крикнула:

— Эй, Рейчел!

В ответ не раздалось ни звука.

— Иди сюда, хочешь сыру?

Обычно, услыхав про сыр, стаффордшириха бросается на кухню, проламывая стены, но сейчас вокруг стояла гробовая тишина.

— Рейчуха! — заорала я. — Изюму желаешь?

Наши собаки обладают каждая своим характером и пищевыми пристрастиями. Муля, к примеру, очень любит пряники. Естественно, ей их никто не дает и давать не собирается. Любовь к изделиям тульских кондитеров у Мулечки была замечена совершенно случайно. Как-то она перестала ужинать. Вся стая с упоением сметала гречку с мясом, а Мульяна восседала на диване, не желая подходить к миске. Мы испугались и отвезли потерявшую аппетит мопсиху в ветеринарную клинику, расположенную на Сиреневом бульваре. Наши собаки великолепно знают это заведение, а мы стопроцентно доверяем тамошним специалистам, более того, имея свору псов, перезнакомились почти со всеми сотрудниками, и они нас принимают как родных. Клиентов устраивает здесь все. Ну, во-первых, цены, клиника не частная, а государственная, поэтому никто не требует бешеных денег за укол, во-вторых, она работает круглосуточно, в-третьих, здесь имеется аптечный киоск практически со всеми необходимыми лекарствами, в-четвертых, здесь есть замечательное оборудование для диагностики... Но самое главное: на Сиреневом бульваре работают увлеченные люди, подлинные энтузиасты своего дела, которые хорошо знают и любят животных.

Как-то раз, привезя стаю на очередные прививки, я наблюдала такую картину: главный врач Ольга Дмитриевна, терапевт Роман и хирург Володя в глубокой задумчивости стояли над крысой, которой следовало сделать операцию на лапе. Наркоз для грызуна! Это проблема! В конце концов она была решена. Крысу примотали к доске, а лапу обезболили при помощи «заморозки», которую используют стоматологи. Сами понимаете, ни в каких учебниках такое не описано. Я уверена, если с моими собаками, не дай бог, что-то случится, на Сиреневом бульваре за них будут бороться до конца, днем и ночью.

Поэтому, схватив Мулю, мы рванули по известному адресу и выяснили: мопсиха здорова, даже слишком! Анализы показали: собака в идеальном состоянии.

Прошла неделя. Мульяна упорно ничего не ела, но вопреки всякой логике толстела.

— Может, она пухнет с голоду? — предположил Кирюшка.

Правда выяснилась случайно. У нас на кухне стоит пластмассовая этажерка, на которой лежат всякие продукты, в частности печенье, мармелад и... пряники. Муля преспокойно дожидалась ухода хозяев и шла туда, где глупые люди бросили массу соблазнительных вещей. Вкусные прянички мгновенно исчезали в ее желудке, какая уж тут каша!

Рейчел же никогда не притронется к мучному, она обожает сыр, а сушеный виноград у нее вообще вне конкуренции.

— Иди скорей, изюмчиком угощу, — взывала я.

Неожиданно послышалось шуршание, и из-под диванчика, стоящего у окна, вылезла стаффордшириха. Вид у нее был совершенно безумный, глаза чуть прикрыты. Рейчел попыталась встать, но лапы расползлись в разные стороны. Покачавшись из стороны в сторону, стаффордшириха упала на бок и... захрапела.

Я застыла в полнейшем недоумении. Господи, что с ними? Внезапно из спальни Льва Яковлевича понеслись жуткие звуки, то ли храп, то ли вой. Окончательно потеряв голову, я рванулась в комнату академика и поняла, что тот храпит во сне. Интересно, что могло и псов, и ученого свалить с ног? Каша!

На дрожащих ногах я доползла до кухни. Лев Яковлевич слопал одну порцию овсянки с кленовым сиропом и немедленно потребовал повторения. Я заторопилась, уронила тарелку, позвала псов вылизать пол, потом отнесла академику просимое и отправилась одеваться. Что же попало в кашу?

У нас и раньше случались казусы. Один раз Лиза по случайности насыпала в сахарницу соль, потом был случай, когда я бросила в борщ пищевую соду. А не так давно Юлечка налила в бутылку из-под газировки подсолнечное масло, Костин же, не разобравшись, что к чему, отпил залпом почти половину содержимого. Но сейчас, похоже, в геркулес добавили снотворное.

В полном изумлении я посмотрела на кастрюлю, потом уставилась на бутылку с кленовым сиропом. В овсянке ничего плохого не было, ее варила Катя, человек аккуратный, может, дело в сиропе?

Я схватила бутылку, поднесла ее к носу. Пахло чемто знакомым. Минуточку, а что написано на этикетке? Водка «Дамская легкая».

Я опустилась на стул. Ну не может быть! Любое спиртное отвратительно воняет! Я имею в виду водку. А эта издает лишь слабый, едва различимый аромат. Ну-ка, а на вкус?

Осторожно налив на ладонь примерно кофейную ложку напитка, я рискнула попробовать его. Я уже упоминала, что у меня сложные отношения с алкоголем, ничего крепче пяти градусов просто не выношу. Едва почуяв водочный запах, я моментально вспоминаю детство, проведенное в кровати, и медсестру из детской поликлиники. Вот она входит в комнату, держа в одной руке шприц, а в другой ватку, от которой нестерпимо несет спиртом. Можете сколько угодно смеяться над впечатлительной Лампой, но каждый раз, когда люди наполняют рюмки «огненной водой», у меня сводит челюсти. Но «Дамская легкая» почти не пахнет спиртом, и поэтому я перепутала ее впопыхах с сиропом. И еще она совсем не горькая, а скорее сладкая. Словосочетание «сладкая водка» звучит смешно, но ведь на вкус «Дамская» вполне ничего, даже я могу ее выпить. Небось она некрепкая...

Я продолжала изучать этикетку. Ну надо же! В ней сорок градусов! Теперь понятно, отчего академик и собаки задают храпака! Однако эту водку небось очищают сто раз, если псы преспокойно слопали кашу, сдобренную «Дамской», на то она и легкая, что легко употребляется.

Я поставила бутылку на место в шкафчик. Скорей всего, водку притащил Вовка. Я слышала на днях, как он нахваливал эту «Довгань дамскую».

В банк я приехала около четырех. До этого мне никогда не приходилось пользоваться ячейками, и, честно говоря, я ожидала определенных сложностей. Сейчас потребуют документы, придется выкручиваться...

Но милый парень, сидевший у входа в зал, где располагались сейфы, улыбнулся, взглянул на ключ и сказал:

— Проходите.

Я вошла внутрь, увидела еще одного охранника и, прикинувшись полной кретинкой, прочирикала:

— Представьте, я постоянно забываю, где находится шкафчик и как им пользоваться!

Секьюрити пожал плечами:

— Вы не одна такая! Сегодня тетка вообще пришла с ключом из другого банка. Целый час ей объясняли, что она адрес перепутала, еле врубилась.

— Значит, я не самая безнадежная?

— Вовсе нет, — усмехнулся парень и подвел меня к

стене с дверцами, — вот ваша ячейка, пятая в третьем ряду.

Я осторожно открыла узкую и глубокую нишу, сунула туда руку, нащупала тоненькую папочку, вытащила наружу и спросила у охранника:

— Здесь есть где-нибудь кафе?

— Соседняя дверь с нами, — любезно ответил он, — хорошее заведение, недорого и вкусно.

Стараясь не показывать свое нетерпение, я нарочито медленным шагом покинула зал, вышла из банка, влетела в кафе, плюхнулась на стул и открыла папку.

Внутри лежала ксерокопия какого-то документа.

— Что желаете? — прозвучал ласковый голос.

— Капуччино, — не отрывая глаз от добычи, ответила я, — еще булочку с маком.

— Простите, сладкое не держим.

— Тогда просто кофе, — буркнула я, страстно желая остаться наедине с документом.

— Капуччино не варим.

— Ладно, тащите любой, какой есть, — отмахнулась я.

Ну не говорить же официантке правду: я пришла к вам, чтобы изучить бумаги, мне совершенно все равно, какой напиток окажется на столе!

— У нас пивной бар, — сообщила официантка, — если желаете кофе с десертом, лучше пойти в другое заведение.

— Хорошо, — кивнула я, пытаясь понять, что за лист лежит передо мной, — несите пиво, только немного, двадцать пять граммов!

В конце концов, я просто оставлю бокал нетронутым!

Подавальщица нахмурилась:

— Издеваетесь, да? Самая маленькая порция у нас стакан!

— Ладно, несите.

— Какое?

— Что «какое»?

— Пиво!

— Оно бывает разное?

Девица сначала поджала губы, а потом прищурилась:

— У нас десять сортов представлено!

Встречаются же такие противные особы!

— Несите на свой вкус!

— Мой вкус не ваш.

— Ладно!

Я раскрыла меню и ткнула пальцем в строчку.

— Вот это.

— Темное или светлое?

— Э... э... без разницы!

Официантка закатила глаза:

— Ясно! А закуска?

Поняв, что настырная девица не отстанет, я пробормотала:

— Крабовый салат. Впрочем, скажите честно: в нем есть крабы? А то иногда приносят кашу из риса, консервированной кукурузы и майонеза, без всякого намека на морепродукты!

Девица скривилась:

— Это всего лишь название: «Крабовый салат».

— Но нельзя же обозвать еду тем, чего в нем нет!

Подавальщица хмыкнула:

— Следуя вашей логике, в греческом салате должны подавать нашинкованных греков!

— Нет, конечно! Просто смесь из брынзы и овощей любят коренные жители Эллады, отсюда и название.

— А рис и консервированную кукурузу обожают крабы, — не сдалась девчонка.

— Вместе с майонезом! — рявкнула я. — Морские обитатели просто тащаться от него!

— Может, они и съели бы провансаль, только кто ж им его даст, — отбила мяч официантка.

Внезапно мне стало смешно, потому что я вспомнила произошедший на днях с Костиным казус. Вовкина квартира над гаражом практически не обставлена, и майор решил купить себе мебель. Сказано — сделано. Костин приобрел специальный журнал, внимательно изучил его и наткнулся на объявление: «Делаем столы, стулья, шкафы и кровати. Береза из Карелии».

— Прикинь, Лампа, — заорал Вовка, — карельская береза! Это дико красиво.

— Но очень дорого, — попыталась я вразумить майора.

— Все равно поедем посмотрим, — уперся Вовка.

Мы отправились в салон, где я весьма удивилась. У моих родителей когда-то имелась спальня из карельской березы. Очень хорошо помню огромный гардероб золотистого цвета с темными неровными разводами. В демонстрационном же зале возвышались самые обычные изделия из светлого дерева.

— Это не карельская береза! — воскликнула я.

— Именно она, — заверил меня продавец.

— С какой стати ты утверждала, что цена будет баснословной, — подал голос Костин, — вовсе нет, даже дешево!

У меня в душе возникли смутные подозрения. Ох,

что-то тут не так, нас обманывают! Но неужели столь нагло?

— Не сомневайтесь, — запел менеджер, — мы имеем сертификат качества, вот смотрите: «Береза из Карелии».

И тут до меня дошла суть дела! Ей-богу, гениально придумано. Никто не собирался обводить людей вокруг пальца. Береза и в самом деле из Карелии, только она не карельская береза. Последнее словосочетание обозначает вид дерева, его, так сказать, «породу». «Китайский рис», который подают в ресторанах, вовсе не вырос в Китае, его просто приготовили по рецепту поваров из Поднебесной! Береза, которая повсюду растет в Карелии, не карельская береза, последней осталось очень мало, столы из нее на вес золота. Но для обывателя «береза из Карелии» и «карельская береза» совершенно одно и то же. Хитрые мебельщики, с одной стороны, не обманывают вас, с другой — дурят почем зря. Британский кот не привезен из Британии, итальянский соус не прибыл из Италии, вологодское масло не из Вологды, а тульские пряники сделаны в ближайшем подвале ловкими гастарбайтерами! В греческом салате нет греков, а в крабовом — крабов.

— Вот что, — сердито воскликнула я, — мне недосуг попусту болтать. Стакан пива, и все!

Недовольно вздыхая, официантка ушла. Я наконец-то получила возможность изучить бумагу и сразу поняла: это не документ, а ксерокопия газетной страницы.

«Путешествие в мечту. Не так давно ваш покорный слуга решил отдохнуть от написания всяческих статей и взял двухнедельный отпуск. Сразу встал вопрос:

где провести вырванные зубами у начальства праздные денечки? Поехать на дачу? О нет! Теща не даст спокойно полежать в гамаке, всучит в руки лопату и прикажет вскапывать огород! Надо убраться подальше от любимой мамы, но куда? Впрочем, вокруг столько туристических компаний!

Полный благих намерений, я отправился по разным адресам и вскоре приуныл. Предложения меня не радовали: Египет, Турция, Тунис... Да, путевки стоили совсем даже недорого, однако перспектива лежать на пляже в окружении шумных соотечественников не радовала. Но стоило мне заикнуться об индивидуальном туре, как цена взлетала к небу, словно ракета к звездам. Было от чего пригорюниться. И тут провидение привело вашего покорного слугу в «Шартур». Трудно поверить, но именно здесь мгновенно решились все мои проблемы. Мне предложили удивительную поездку, недорогую, индивидуальную, учитывающую мои желания. Теперь советую всем: хотите качественно отдохнуть, особо не потратившись? Бегом в «Шар-тур».

— Вот пиво! — рявкнула официантка.

Я кивнула.

— И закуска!

Пришлось оторваться от рекламной статьи и посмотреть на столик. Бокал с желтой жидкостью и белой пеной покоился на картонной подставке, рядом возвышалась вазочка, заполненная ржаными сухариками.

— Спасибо, но я не заказывала еду.

— Это наше фирменное блюдо к пиву, подается бесплатно, — пояснила девушка, — сухарики от шеф-повара.

Я кивнула и вновь стала читать заметку, рука потянулась к сухарикам. В конце концов придется платить за невыпитое пиво, так хоть сухариками побалуюсь.

Глава 22

Через десять минут я сделала два вывода. Первый: в статье нет ничего особенного, самый обычный рекламный материал, подобные часто появляются в разных изданиях. Журналисты тоже люди, им хочется пить, есть, ездить отдыхать, поэтому и пишут всякую ерунду. Автору этого материала, некоему Диме Ланскому, небось предоставили путевку со скидкой, вот он и расстарался изо всех сил. Вывод номер два: поданные сухарики очень вкусные!

Я поманила официантку.

— Повторить? — спросила было та и тут же добавила: — Ой, а вы даже не отхлебнули.

— Нет, честно говоря, я не люблю пиво.

— Зачем тогда заказывали?

— Мне надо посидеть спокойно, почитать бумаги, — призналась я.

— И чего? Отдыхайте сколько хотите!

— Без заказа?

— Ага.

— Обычно не разрешают.

— А у нас можно! Странная вы.

— Скажите, можно еще сухариков заказать?

— Я так вам их принесу!

— Мне неудобно.

— Ой, бросьте, не обеднеет наш хозяин, — отмахнулась официантка и, сбегав на кухню, приволокла полную тарелку вкуснятины.

Я снова принялась хрустеть ржаными корочками, перечитывая в который раз текст. Совершенно непонятно, что интересного увидела в более чем обычном сообщении Светлана и с какой стати она его тщательно спрятала?

Под подписью, сделанной черным шрифтом шариковой ручкой, был написан телефон. Я прожевала очередную порцию сухарей и вытащила мобильный. Может, дело совсем не в напечатанном материале, а в этих цифрах?

— Еженедельник «По городам и весям», — колокольчиком прозвенел тоненький голосок.

На секунду я растерялась, но потом, быстро сообразив, что это редакция, попросила:

— Позовите, пожалуйста, Диму Ланского.

— Он из какого отдела?

— Не знаю.

— Тогда соединяю с ответственным секретарем.

— Хорошо, — согласилась я и мгновенно услышала сердитое меццо-сопрано:

— Слушаю.

— Скажите, Дима Ланской...

— Он уволен, — перебила меня тетка.

— Не знаете, куда он устроился?

— Понятия не имею.

— Ой, только не вешайте трубку! — взмолилась я.

— Что еще?

— Мне очень надо найти Ланского!

— Ну и действуйте, я вам не мешаю!

— Подскажите его домашний телефон.

Из трубки послышался тяжелый вздох, а потом вопрос:

— И сколько?

— Что «сколько»?

— Ну какую сумму он у вас спер?

Я вновь растерялась, но взяла себя в руки:

— В принципе, небольшую, но для меня ощутимую.

— Советую забыть про деньги.

— Как это! — я старательно изобразила возмущение. — Я хочу вернуть свои кровные!

— Дмитрий у всех в редакции назанимал, — пояснила женщина, — а потом смылся. Думаю, он не первый раз такое с людьми проделывает, хрен моржовый. Вот ведь актер! Даже меня провел! Ладно, телефона я не знаю, а вот адрес есть, только нет никакой гарантии, что пакостник там живет.

— Давайте запишу, — обрадовалась я, — авось найду гада.

Секретарь продиктовала название улицы, номер дома, а потом добавила:

— Если Дмитрий обитает на прежнем месте, передайте ему привет от Натэллы и скажите, что у меня просто не хватает свободного времени, чтобы приехать и надавать ему по мерзкой роже!

Я сунула салфетку с координатами в сумку и подозвала официантку.

— Приходите еще, — улыбнулась девушка, — хотя о чем это я, пиво-то вы не любите!

— Зато сухарики подчистую съела! Кстати, если не секрет, как они у вас такие вкусные получаются! Что в них шеф-повар кладет?

Девушка заговорщицки подмигнула мне:

— Фирменное блюдо!

— А-а! Секрет, значит!

Официантка захихикала и зашептала:

— Умора прям! Это наш хозяин выеживается, велел

в меню написать: «Соленые баранки собственного изготовления, кальмары по спецзаказу...» А на самом-то деле баранки он на хлебозаводе берет, кальмары в оптовом магазине, а сухарики... это же «Кириешки»! В любом ларьке ими торгуют! Они разные бывают! Такой маленький обман. Людям-то нравится, когда им что-нибудь эксклюзивное предлагают!

Я в изумлении смотрела на девушку. «Кириешки» — любимое лакомство Аси, не зря она их постоянно грызет. Ну отчего я ни разу не послушалась ее и не попробовала сухарики? Оказывается, «Кириешки» очень даже вкусные. А хозяин-то, вот хитрюга!

Посмеиваясь, я пошла к машине, по дороге наткнулась на палатку, торгующую всякой снедью, купила несколько пакетиков «Кириешек».

Интересно, отчего им дали такое название? Владельца фирмы зовут Кириллом? А может, к этому бизнесу имеет отношение бойкий молодой человек по фамилии Кириенко, наш бывший премьер-министр эпохи Ельцина? Ну это вряд ли. Скорей всего, их так назвали для легкости запоминания. Да и рекламный слоган в случае чего придумать легко, ну, к примеру: «Съел «Кириешки» — не нужны пельмешки», «Папа, мама, я — дружная семья, на диване сидим, в телик глядим, «Кириешки» едим». «Лопай «Кириешки» — будет...» Так и не придумав еще одну рифму, я переключила внимание на дорогу. В Москве за рулем нельзя расслабляться.

Дмитрий Ланской жил в большом темно-сером доме, построенном в начале прошлого века, в самом центре Москвы, с верхнего этажа, наверное, видно Кремль. Небось квартиры тут стоят умопомрачительных денег.

Я потянула на себя тяжеленную дверь и очутилась в невероятно грязном, воняющем кошками и отбросами подъезде. Консьержки не было, домофона и кодового замка тоже, впрочем, отсутствовал и лифт. Жильцы взбирались наверх по огромным лестничным пролетам. Мраморные ступени были выщерблены, деревянные перила кто-то пытался поджечь в разных местах, на подоконниках стояли пустые бутылки и валялись кипы бесплатных газет.

Двери, выходившие на площадки, выглядели ужасно: простые деревянные, выкрашенные некогда в темно-коричневый цвет, вместо ручек железные скобы, коврики заменяют рваные тряпки. Не похоже, что тут обитают обеспеченные люди. И потом, предложи кто-нибудь мне квартиру в этом доме, я мигом откажусь. Подниматься ежедневно по бескрайним лестницам с тяжелыми сумками утомительное занятие. Да и к чему мне центр? Душно, грязно, с собаками погулять негде, магазинов с продуктами днем с огнем не найти, а если случайно обнаружите супермаркет, лучше в него даже и не заглядывать, получите нокаут от цен. Намного комфортнее жить в Куркино, около леса. Это раньше москвичи с презрением кривили лица, произнося:

— Фу, спальный район! Мы-то в пределах Садового кольца обитаем.

Но теперь технический прогресс быстро сменил приоритеты, люди поняли: квартира в так называемом отдаленном районе — счастье, почти дача. По крайней мере хоть ночью дышишь нормальным воздухом, а не смесью из выхлопных газов и взвеси тяжелых металлов.

Сопя, я добралась до нужной двери, пытаясь успокоить бешено бьющееся сердце, навалилась на нее и моментально очутилась внутри квартиры. Похоже, Дима забыл запереть дверь. Полутемный коридор показался похожим на лефортовский туннель, длинный, извилистый.

— Есть тут кто? — заорала я, пытаясь справиться с тошнотой.

Воздух в квартире был гаже некуда. На кухне кто-то, очевидно, варил щи из тухлой капусты, а в ванной стирали белье вонючим хозяйственным мылом.

— Ау, отзовитесь! — взывала я. — Люди! Хозяева! Дмитрий Ланской! Здравствуйте!

Внезапно из темноты коридора вынырнула лошадь. Медленно перебирая длинными ногами, она стала приближаться ко мне. Сначала я удивилась до остолбенения. С ума сойти! Кого только москвичи не держат в своих квартирах! Я слышала о владельцах петухов, коз, свиней... А недавно прочитала в какой-то газете про тетку, у которой имелась хрустальная мечта поселить дома страуса. И она ее осуществила, правда, теперь не знает, как избавиться от съевшей все обои и поломавшей мебель агрессивной птички. Впрочем, кто сказал, что сбывшееся желание должно принести радость? Часто случается наоборот: получил, что хотел, теперь ешь хоть лопни.

Но, согласитесь, лошадь — это уже слишком. Но нет, это пони... или... о боже! Мои ноги приросли к полу. Монстр неотвратимо надвигался. Большая голова с висячими ушами, огромная пасть, из которой торчит сковородкоподобный язык, косматая шерсть... Ко мне медленно подбирался кобель, рядом с которым собака Баскервилей покажется милым щеночком. Наверное, следовало бежать с максимально возможной скоростью, но меня словно парализовало. Чудище на секунду притормозило и стало трястись. Я в ужасе зажмурилась, сейчас в разные стороны полетят хомяки, мыши и крысы!

Почему мне в голову взбрела сия идиотская мысль? Да очень просто! У такой собачищи в дремуче-непролазной, никогда не мытой, не стриженной и не чесанной «шубе» должны обитать не блохи, а грызуны.

Жуткое создание подошло ко мне почти вплотную, село и мрачно сказало:

— Р-р-р.

— Милая, — дрожащим голоском произнесла я, — любимая, славная киска...

— Р-р-р-р.

— Ой, ой не киска!

— Р-р-р-р.

— Хочешь конфетку?

Легкое постукивание донеслось снизу. Собака явно поняла слово «конфета», одна беда, я зря пообещала чудищу сладости, ничего похожего на шоколадку в сумочке не было.

— Подожди, дорогая.

— Р-р-р!

Трясущимися руками я порылась в ридикюле, нашла леденец от кашля, развернула и бросила его монстру. Псина схватила угощенье, потом с негодованием выплюнула.

— Не понравилось? — в полном ужасе спросила я.

— Р-р-р.

Я вжалась в стену. Данная особь не любит сладкое, небось предпочитает мясо и сейчас бросится на незваную гостью, щелкая острыми клыками. Впрочем, если рассматривать госпожу Романову как кулинарную заготовку, то никакого толку от нее нет. Вкусных, сочных котлет из меня не сделать, так, бульон сварить можно, диетический, совсем нежирный. Но собачка-то об этом не знает.

В кармане что-то зашуршало. Пакетики с «Кириешками»! Я моментально схватила одну упаковку, разорвала ее и высыпала содержимое на пол.

— Ешь, солнышко!

Собакослон нагнул морду, понюхал угощенье, чихнул и начал с энтузиазмом хрустеть сухариками. Я возликовала. Вот она, победа российского товара над импортным! Леденец, сделанный во Франции, был отвергнут умным животным, а наши сухари сметаются сейчас с полным кайфом. Оно верно, кобеля не обмануть. Полкан не захотел лакомиться канцерогенной конфеткой, побочным продуктом завода по производству лакокрасочных материалов. Небось в этом леденце собрана вся таблица Менделеева. А вкусные «Кириешки» — это обычный черный хлеб. Я дала собаке содержимое еще одного пакетика и осторожно стала пятиться к выходу. Наконец спина уперлась в дверь. Ура, сейчас убегу. Но дверь не поддалась, непостижимым образом она оказалась крепко запертой.

Страх ледяной рукой сжал желудок. «Кириешки» быстро исчезали в пасти собаки. Вот она дохрумкала последний кусочек и принялась, шумно сопя, вылизывать грязный пол. Сухарики настолько пришлись животине по вкусу, что она решила подобрать мельчайшие крошечки. Сейчас ужасное существо закончит трапезу, и что станет со мной?

— Мася, — раздалось из коридора, — Мася, ты чем тут занимаешься? Опять Мишкины сапоги жрешь?

— Идите сюда скорей! — завопила я.

Передо мной появилась женщина, довольно молодая, излишне полная, одетая в цветастый халат, в руках она держала поварешку.

— Вы кто? — удивилась тетка. — Как сюда попали? Впрочем, понятно! Мишка снова дверь не захлопнул, сто раз говорила: «Подергай за ручку, на юру живем, ограбят и не чихнут». Так нет! Усвистит, и все.

— Это ваша собака?

— Мася? Да. Вы не бойтесь, она еще маленькая, — затараторила хозяйка, — полугода нет.

Я поежилась. Интересно, какого размера достигнет эта псина, превратившись во взрослую особь?

— Так чего вам надо? — не успокаивалась хозяйка.

— Дима Ланской тут живет?

— Здесь, вон его комната.

— Можно я пройду к нему?

— Так Димки нет.

— Не знаете, когда он будет?

Тетка почесала поварешкой голову:

— Кто ж скажет?

— Он поздно возвращается?

— Димка в больнице, — зачастила соседка, — в наркологии. Он сначала пил, потом колоться начал. Во где страх божий! Не приведи господь увидеть! Был человек, а стал зверь. Мишка мой сперва его по-простому вылечить хотел. Морду набил и к батарее привязал. Воду, правда, пить давал. Первый день ничего еще было, Димка сам просил: вы меня не отвязывайте, перетерплю, переломаюсь и снова здоровым стану. Только ночью его так скрутило! Думали, помрет, пока «Скорая» явится! Теперь в больнице лежит.

— Адрес клиники не подскажете?

— Запросто, — ответила она, — запоминай.

Глава 23

Не кажется ли вам, что каждое помещение имеет свою энергетику? В иную квартиру придешь и сидишь как на иголках, не понимая, почему испытываешь дискомфорт. Вроде очень чисто, сделан ремонт, мебель красивая. А в другом доме и порядка нет, и диваны продраны, а душа радуется. Вот в больницу к Катюше я вхожу совершенно спокойно, хотя подруга работает в муниципальном заведении и никаких евроинтерьеров там нет.

Наркологическая же лечебница, несмотря на относительно уютный вестибюль, показалась мне мрачной дырой. Стены тут были нежно-бежевыми, на подоконниках росли незнакомые мне растения, но ощущение могильной плиты, упавшей на голову, не пропадало. Может, негативную ауру создавали люди, сидевшие в зальчике? Никто из них не улыбался, а одна тетка тихо всхлипывала, уткнувшись в платок. Больше всего «пейзаж» напоминал ритуальный зал крематория, а не холл больницы. В конце концов кое-кто вырывается от врачей здоровым и относительно счастливым, и в клиниках встречаются жизнерадостные люди.

Узнав в справочной, что Ланской лежит в триста пятой палате, я пошла по вытертому линолеуму в нужном направлении и, уже стуча в выкрашенную белой краской филенку, сообразила, что нужно было купить парню фруктов или соков. Неудобно заявляться к больному человеку с пустыми руками!

— Войдите, — раздалось изнутри.

Продолжая ругать себя за тупость, я шагнула в палату и постаралась не дышать. В комнате ужасно пахло. Шесть кроватей стояли почти впритык друг к другу, около четырех маячили железные ноги капельниц.

— Вы к кому? — прохрипело существо, лежащее у окна.

— К Ланскому, — быстро ответила я.

— Вон он, — вытянул вперед мосластую руку мужичонка. — Эй, Димон, очнись!

Сизое байковое одеяло, засунутое в застиранный, с огромной дырой посередине мешок, зашевелилось. Появилась почти лысая голова.

— Чего орешь? — прошептала она.

— Гости к тебе, — ответил мужичонка и отвернулся.

Дима уставился на меня запавшими глазами:

— Ты кто?

— Лампа, — машинально сказала я.

Ланской издал не то хрюканье, не то хмыканье.

— Забавно. Зачем явилась? Садись, не бойсь, заразы тут нет.

— Этта верно, — вновь ожил мужик-сосед, — спидоносы в другом отделении, у нас у всех анализ крови брали.

Я осторожно опустилась на край койки.

— Ну и че? — спросил Дима. — Кто прислал? Если Кирпич, можешь уходить. Денег нет, и в ближайшее время не предвидится, а квартиру у меня не отнять. В коммуналке живу. На фиг Кирпичу убогая комнатушка? Он ее потом не продаст.

— Я пришла не от кредиторов.

Дима сразу заметно повеселел. Потом, совершенно не стесняясь меня, откинул одеяло, спустил ужасающе худые ноги на пол, нашарил тапки, влез в потерявший всякий вид, стираный-перестираный халат и предложил:

— Пошли покурим? Только там табаком пахнет.

Я с готовностью вскочила, все равно хуже вонять, чем здесь, нигде не будет.

Мы спустились по лестнице до площадки, на которой стояло железное ведро с окурками.

— Так че надо? — вновь спросил Ланской.

— Ты работал в еженедельнике «По городам и весям»?

— Ну.

— Да или нет?

— Есть сигареты? — вяло отреагировал Дима.

Я протянула ему пачку.

— Дерьмо, — констатировал парень, — такими не накуришься!

— Другие не употребляю.

— Сбегай купи! Тут рядом магазин есть.

— Сначала ответь на мой вопрос!

— Ага, был репортером, а потом беда случилась, заболел, меня вон выперли, никто не помог, — обиженно сказал Ланской, — давай хоть дерьмо покурю.

Я молча смотрела, как он дрожащими пальцами выуживает из пачки сигарету. Ну скажите, почему алкоголизм и наркомания считаются болезнями? Грипп, аппендицит, корь, инфаркт, рак — вот заболевания. Человек получает их внезапно, часто не совершая ничего плохого. Но если он сам хватается за бутылку и шприц, то есть лично принимает решение гробить собственное здоровье, с какой стати ему нужно сочувствовать? Может, я злая и бессердечная, но, на мой взгляд, в любви и поддержке нуждаются несчастные родственники любителей спиртного, «колес» и «шырялова». Вот уж кому не повезло, так это им.

— Какая разница, где я пахал? — спросил Дима, спокойно пряча мою пачку к себе в карман халата.

— В принципе, никакой. Эту статью ты писал?

Дима взял ксерокопию.

— Ну.

— Да или нет?

— Подпись видишь? Дмитрий Ланской.

Господи, с ним разговаривать — словно товарный вагон руками толкать.

— Скажи, хорошая контора «Шар-тур»?

— А че интересуетесь, поехать куда собрались?

— Ну, в общем, да!

Дима поднял черные, словно лужицы дегтя, глаза. Сначала он внимательно ощупал взглядом мое лицо, потом фигуру, затем снова уставился на физиономию.

— Ну и как, я тебе понравилась? — не вытерпела я.

— Не. Принеси сигарет побольше, «Мальборо», красные, а еще чаю в пакетиках и конфет, шоколадных.

— С какой стати? Во-первых, у меня мало денег, а во-вторых, я не намерена исполнять чужие капризы, — не сдержалась я.

Дима скривился:

— Рыси в магазин. Хочешь небось про «Суперпутешествие» узнать, да боишься.

— Суперпутешествие?

— Ага.

— Это что?

— Не выжучивайся. Кого любишь? Малолеток?

— Ты о чем?

— Чеши в магазин, — ухмыльнулся Дима, — тащи курево.

Делать нечего, пришлось исполнить его просьбу, иначе я ничего не узнаю.

Получив пакет, Ланской поскреб грязными пальцами макушку и смилостивился:

— Спрашивай.

— Почему ты написал эту статью?

— Так бабки мне заплатили, — хмыкнул парень, — вот я и расстарался. Уроды!

— Плохая контора?

— Не, как все, и цены те же! Жлобы.

— Почему?

— У меня соседи есть, скидки им выбить думал, пусть хоть в Турцию скатаются, а то ничего слаще морковки не ели! Так не дали. Во уроды! Журналист про них пишет, старается, а ему!..

— Тебе же денег дали.

— И че? Пусть бы еще и скидку.

— Ладно, что-нибудь необычное в конторе приметил?

— Да не.

— А если подумать? Может, они клиентов дурят?

— Не, все нормально.

— Что такое «Суперпутешествие»?

— Не знаю!

Я выхватила у него из рук пакет.

— Офигела? — по-детски обиженно протянул Дима. — Там мои сигареты и чай.

— Там сигареты и чай, которые я купила тебе за откровенную беседу, но если разговор у нас не получается, то заберу мешок с собой.

— Ну ваще! Ничего не спрашиваешь и злишься!

— Это ты не отвечаешь. Что такое «суперпутешествие»?

— Не знаю!

— Ну вот!!!

— Так это правда! Ей-богу!

— Зачем тогда обещал мне что-то рассказать, если ничего не знаешь?

— Да у меня одни догадки...

— Выкладывай!

Дима покашлял и начал рассказ.

На «Шар-тур» его вывел коллега, позвонил и предложил:

— Димон, сделай статью про турагентство.

— На фиг она кому нужна, — зевнул Ланской, — никто печатать не станет, если эксклюзива нет.

— Они хорошо заплатят.

— Это меняет дело. А чего сам не хочешь?

— Да приболел немного, не до работы.

— Лады, — согласился Ланской и отправился собирать материал.

После двухчасового пребывания в конторе Диме стало ясно, что ничего нового или сверхинтересного он здесь не узнает. Обычное агентство средней руки с устоявшейся клиентурой из людей со средним достатком. Но статейку накропать можно.

Дима — стреляный воробей, он хорошо знает, что оплату за рекламные материалы нужно требовать у заказчика вперед. Ежели жадные людишки не хотят отдавать гонорар целиком, надо выбить из жлобов хоть аванс, иначе потом, когда материал увидит свет, ничего не добьешься. Поэтому Дима порулил к хозяйке агентства, молодящейся Эвелине Олеговне, и рубанул:

— Давайте бабки, иначе ничего не станцуется.

— Конечно, — кивнула она, — о чем разговор! Ступайте в бухгалтерию, там сидит Ирочка, она вам выдаст деньги, сейчас позвоню ей.

Дима пришел в крохотную комнатку, где впритык друг к другу стояли два стола. За одним сидела противная девица, сразу решившая показать, кто здесь хозяин.

— Меня Эвелина прислала, — сообщил Ланской.

— Знаю, — не отрывая глаз от компьютера, ответила Ира, — подождите.

— Я за деньгами явился.

— Слышала уже, — повысила тон бухгалтерша, — освобожусь и выдам.

— Мне некогда!

— А я занята! Подожди!

Дима плюхнулся за соседний стол.

— Не здесь! В коридоре! — рявкнула Ира.

— Там сесть негде.

— Можно и постоять!

— Смотри, я на тебя Эвелине пожалуюсь!

— Сколько угодно, — презрительно проронила Ира, — хоть весь обжалуйся! Еще неизвестно, кто тут главнее! Без Эвелины обойтись можно, а без меня никак!

— Станешь хамить — уйду, — пригрозил Ланской.

— Вали колбаской, — не испугалась бухгалтерша, — нового писаку найдем. Вас как грязи вокруг, голодные и за деньги на все готовые.

Выпалив хамскую фразу, Ира уставилась на Диму, тот на нее, в этот момент дверь растворилась, и в комнату ворвалась растрепанная тетка, похожая на сноп сена.

— Вот, — заорала она, — принесла!

Ира перевела взгляд на нее и с явным удивлением спросила:

— Что вам угодно?

— Так деньги принесла!

Бухгалтерша вздернула брови.

— Какие?

— А за путевку.

— Расчеты с клиентами ведет менеджер, будьте любезны обратитесь к своему оператору.

Бабенка хитро прищурилась:

— Меня зовут Ванда Миргородская.

— Замечательно, — кивнула Ира. — Но оплачиваете путевку у того, кто готовил маршрут.

— Я Ванда Миргородская.

— Да хоть царица Савская, — взвилась Ирина, — правила для всех одни. Я главбух, а не кассир! Чувствуете разницу?

Баба смахнула пот со лба и повернулась к Диме:

— Я-то все понимаю! Это она кретинка! Вы небось тоже в курсе дела? Ну-ка, объясните, можно ли за суперпутешествие оплату безналом провести?

— Видите ли... — осторожно завел Дима.

Он мигом понял: перед ним невменяемая особа. По редакциям ходят толпами подобные личности, в руках у них, как правило, папки с рукописями «великих» романов и поэм, а в голове твердо укоренившиеся мысли о собственной исключительности. Большинство непризнанных гениев милые, тихие люди, но встречаются и агрессивные экземпляры. Вот Дима и решил на всякий случай спокойно и вежливо объяснить: он тут ни при чем, не имеет к бухгалтерии никакого отношения.

Но Ванда не дала парню закончить фразу.

— У меня суперпутешествие, — отчеканила она, — и если сейчас же мне не объясните, как его оплачивать, я пойду сами знаете куда! Бюрократы! Довели меня до трясучки! Раз уж беретесь за такие дела...

Тетка стала выкрикивать несвязные фразы. Дима глянул на Иру и поразился. Лицо ее заливала бледность, губы посинели, а руки беспомощно перекладывали с места на место бумажки, коими был завален стол.

Не успел Дима испугаться, как в кабинет вошел парень в безукоризненном костюме и, ласково улыбаясь, произнес.

— Пойдемте, вы перепутали дверь. Сейчас мы решим все проблемы.

Дима успокоился. В бухгалтериях, как правило, имеется «тревожная» кнопка, расположенная, скорей всего, под столом. Ира нажала сейчас на нее ногой, и возник секьюрити, который деликатно удалит сумасшедшую.

— Да? — с сомнением воскликнула Ванда.

Парень закивал.

— Ну ладно, — пробормотала Миргородская, — пошли.

Дима и Ира остались вдвоем.

— Че, перетрухала? — усмехнулся парень.

— Вовсе нет, — розовея на глазах, ответила главбух. — Сумасшедших-то сколько!

— А что такое суперпутешествие? — поинтересовался Ланской.

Ира вдруг опять стала бледнеть. Не ответив на вопрос, она вынула из своей сумки кошелек, вытащила оттуда доллары и сунула Диме со словами:

— Бери и уходи.

Ланской сделал стойку. Главбух явно чего-то снова испугалась. Купюры были ее собственными. Ирина настолько хотела побыстрее избавиться от посетителя, что не стала тратить времени на открывание сейфа.

— Так что такое суперпутешествие? — повторил он.

— Понятия не имею, — делано-равнодушно ответила Ирина, — спроси в рекламном отделе, у них каждый день новая фишка, небось проложили очередной маршрут и так обозвали. Меня тонкости туристического бизнеса не волнуют, главное, чтобы в бухгалтерии порядок царил.

Если вы занимаетесь любимым делом, то рано или поздно приобретаете профессиональное чутье. Каким-то сверхъестественным образом опытный сотрудник МВД вычисляет в толпе преступника. Если спросите у милиционера, как он сообразил, что именно этот милый, хорошо одетый, интеллиентного вида дядечка на самом деле жестокий убийца, то, вероятнее всего, услышите в ответ:

— Ну... не знаю, просто почувствовал.

Хороший врач «чует» болезнь, талантливый массажист сразу опускает руки на самое больное место, опытный шофер просекает опасную ситуацию заранее, когда на дороге все еще спокойно.

Дима же, нацеленный на сбор эксклюзивной информации, мигом почуял какую-то сенсацию.

Он вышел в коридор и, быстро оглянувшись, ринулся на улицу. Всякий хороший репортер умеет мгновенно оценивать ситуацию и сразу делает стойку. Дима сложил вместе несколько обстоятельств: бухгалтерия расположена на первом этаже, на улице хорошая теплая погода, окно раскрыто...

Выскочив в малошумный переулок, Ланской добежал до нужного окна и встал у стены, изображая из себя прохожего, решившего спокойно покурить. На календаре был конец октября, но погода, решив взять реванш за холодное лето, солнечно улыбалась москвичам, термометр показывал более двадцати градусов тепла.

— Нет никакой необходимости брать всех желающих, — долетел до слуха парня голос Иры, — так можно и нарваться!

Потом повисла тишина. Очевидно, главбух разговаривала по телефону, и сейчас собеседник что-то отвечал ей.

— Все равно опасно, — вновь донеслось из окна, — эта Ванда психопатка! У нас все рухнет! Да, понимаю, она казалась нормальной! Кто ее вообще к нам направил? Знаешь, что она выяснить хотела? Можно ли оплатить суперпутешествие безналом! Прикинь засаду?! Ну офигеть! Гони ее вон! Ну и что? Наври, скажи, пошутила! Хоть на уши встань, но заткни дуре рот! Она нас погубит! И вообще, лично я считаю, что следует брать только самых проверенных, а не хватать всех подряд! Ей-богу, Эвелина, мы вляпаемся в такое дерьмо! Обе на зоне окажемся, вместе с клиентами. Может, тебе там и привычно будет, но я не желаю в бараке париться из-за того, что у кого-то непомерные аппетиты. Никого я не пугаю, хотя могла бы! Ладно, этот разговор лучше продолжить в другом месте.

— Я сразу понял, — ухмыльнулся Дима, бросая окурок в ведро, — чем они в «Шар-туре» занимаются.

— И чем же? — осторожно поинтересовалась я.

— Люди-то расслабляются по-разному, — гадко ухмыльнулся Ланской, — большинство предпочитает во время отдыха просто пузом кверху на песочке поваляться, пивка попить, пиццу пожрать, ну познакомиться с кем-то, потрахаться. Но есть и другие. Им особые штуки подавай.

— Какие? — я по-прежнему ничего не понимала.

Дима снисходительно посмотрел на меня.

— Ну, возьмем, к примеру, педофилов. Секс с детьми запрещен официально везде, но есть страны, где вы спокойно найдете маленькую девочку или мальчика. Тур с гарантированным обслуживанием клиента Лолитами — вещь незаконная, но прибыльная. Еще можно отправиться на охоту без лицензии, или на рыбалку во время нереста. Или вдруг кому-то для полного кайфа надо убить красивую девушку. Задушить ее и, зная, что останешься безнаказанным, вернуться домой! На земле полно маньяков, не надо думать, что все они нищие маргиналы или тупые идиоты, неспособные заработать! Нет, очень часто ублюдки — вполне успешные и даже богатые люди, готовые оплатить собственные прихоти. А раз есть спрос, то обязательно возникнет и предложение! Закон рынка, понимаешь, закоулки капитализма!

Глава 24

— Почему же ты не написал статью о суперпутешествии? — удивилась я. — Такая сенсация!

Дима скорчил гримасу:

— Ну, положим, ничего нового! Слышал уже про подобные штучки! В начале 90-х годов в Москве кое-кто занимался стремным турбизнесом, только потом эти люди поняли: лучше тихо возить народ в Турцию, спокойнее себе будет! Конечно, незаконные дела приносят больше денег, но и риск оказаться за решеткой велик. И потом, у «Шар-тура» небось солидная «крыша», в одиночку такие дела не проворачивают. Ну и прикинь, что со мной братки сделают, если их кормушка накроется? Нет уж, пусть другие вскрывают язвы общества. Я рекламный материал накропал, немного тугриков огреб, и хорошо. На роль прокурора я никак не гожусь! Давай сигареты назад, больше рассказывать нечего.

— Погоди, а о женщине по имени Светлана Курочкорябская ты слышал?

Дима скрипуче рассмеялся:

— Таких фамилий не бывает!

— Вот тут ты сильно ошибаешься! К тебе она не приходила случайно?

— Ну умора! Нет.

— А кто-нибудь про суперпутешествие расспрашивал?

Дима сложил губы трубочкой и начал насвистывать простой, страшно знакомый мотивчик.

— Так вел ты беседы с кем-либо про «Шар-тур»? — настаивала я.

— Сто баксов.

— Что ты имеешь в виду?

— Даешь сотку, и я отвечаю на вопрос.

— У меня нет столько.

— А сколько есть?

Я порылась в кошельке.

— Триста семьдесят пять рублей сорок три копейки.

— Нищета! — презрительно сказал Дима. — Ладно, давай целковые, копейки себе оставь на развод. Приходила одна девка. Под Новый год приперлась, в самом конце декабря, меня как раз ломало! Башлей на дозу не нашел, вот и крутился волчком, а тут входит фря! Шубка из белого песца, сапожки замшевые, свет-

ло-бежевые, на каблучках! В таких только по московской слякоти таскаться! Ясное дело, на авто прикати-
ла! Вынула сто баксов и прочирикала:

— Хочешь?

Дима сначала решил, что у него очередной глюк.
Меньше всего он, то трясущийся от озноба, то потев-
ший от жара, ожидал увидеть добрую фею, притащив-
шую ему в клювике столь необходимые для поправки
организма тугрики!

— Да, — еле выдавил из себя наркоман.

— Тогда рассказывай всю правду про Эвелину Семилетко!

— Это кто такая?

— Не изображай кретина, — топнула ножкой девица, — Эвелина Семилетко, хозяйка агентства «Шар-
тур».

Диму снова заколотило. В ушах у него мерно работала циркулярная пила. Иногда она особенно сильно
взвизгивала, и парню казалось, что его хватит ин-
сульт. У несчастного Ланского возникло четкое ощущение сведенных в комок извилин. Перед глазами
наркомана метались разноцветные пятна, в горле
пересохло, организм с ночи молил о дозе, но у Димы
не было даже десяти копеек. И вот теперь замаячили
деньги...

— Живо отвечай, а то ни фига не получишь, — злилась «песцовая шуба».

— Ну был в «Шар-туре», — прохрипел Дима, — писал о них.

— Расскажи об Эвелине!

— Так нечего.

— Да ну?

— Точно!

— Давай живо!

— Ну тетка уже не слишком молодая... деловая, симпатичная... заплатила мне хорошо.

— Правда, что она сидела?

— Понятия не имею!

— Врешь.

— Ей-богу.

— Ты же про них статью писал!

— И что?

— Неужели все тайны не узнал? Про прошлое хозяйки...

— Зачем? Простой рекламный материал заказали, — пожал плечами Дима, — на фига мне в чужом белье копаться.

— Я думала, если журналист что-то печатает, так предварительно все разведает, — протянула девица, — похоже, ошиблась.

— А дальше что? — в нетерпении воскликнула я.

— Ушла она, — обиженно протянул Дима, — и денег не дала. Я было за ней побежал, стал просить, пообещал, что разнюхаю для нее все-все...

— Ну и?

— Она повернулась и гаркнула: «Пошел вон, торчок! С какой стати я тебе платить должна? Обратись в организацию помощи наркоманам».

Дима замолчал, потом тихо добавил:

— Поговори она с кем другим из наших, мигом бы по башке получила и денег лишилась. Только я не такой. Ну, не могу бабу бить, даже если она сука! Поэтому и ушла спокойно! Сильно рисковала девушка, однако!

Дима вновь притих, а потом неожиданно добавил:

— Унеслась она, а я сел у двери и заплакал. Ну почему, думаю, жизнь такая хреновая? По какой причине постоянно ко мне жопой поворачивается?

Лицо парня было как у ребенка, у которого старшие дети отняли любимую игрушку. Наверное, следовало сказать ему абсолютно справедливые слова: «Никто не заставлял тебя колоться. Пока ты ловил от шприца кайф, другие люди упорно учились, и теперь ты находишься на самом дне, а большинство сверстников процветает. Каждому в конце концов воздается по заслугам».

Но правильные слова застыли в горле, и я сказала.

— Ничего, не расстраивайся, случится и на твоей улице праздник. Все у тебя будет хорошо.

— Полагаешь? — оживился Дима.

— Стопроцентно! — бодро воскликнула я. — Вылечишься, устроишься на работу в классное место, заработаешь кучу денег. Для того чтобы выбраться из омута, надо сначала опуститься на самое дно и с силой оттолкуться от него. Главное — не сдаваться, когда тебя судьба лупит по башке бейсбольной битой, не плачь, в конце концов ей это надоест. Жизнь полосатая, извини, конечно, за банальность!

Дима вздохнул и сжал кулаки:

— Я непременно выплыву!

— Молодец! Вот это правильно. Никогда не сдавайся, — сказала я.

По дороге домой я заглянула в супермаркет и осталась очень довольна. На полках нашлись все необходимые продукты. Поколебавшись, я купила еще бутылку «Довгань дамской»...

Оказавшись в машине, я собралась уже включить мотор и рулить в поселок, но тут раздался тихий стук. Я посмотрела в боковое стекло. Возле «Жигулей» стояла женщина лет шестидесяти с милым, простым лицом.

Я очень хорошо знаю, что нельзя открывать окно и затевать беседы с незнакомцами. Вовка не раз рассказывал нам о владельцах дорогих иномарок, которые, проявив мягкосердие, тормозили на шоссе возле молоденькой женщины, заламывавшей руки около своей сломавшейся машины. Стоило доброму самаритянину открыть дверцу и поинтересоваться: «Могу ли я вам помочь?», как из-за кустов вылетали несколько парней, вооруженных до зубов. Они выбрасывали доверчивого дяденьку в кювет и спокойно уезжали на его авто. Девица тоже мгновенно исчезала. Стоит ли упоминать, что ее тачка летала, как болид на гонках в Монте-Карло?

— Никогда не останавливайся, — частенько повторяет майор, — кого бы ни увидела: тетку с ребенком, школьников, лежащих на дороге, одинокого гаишника. Езжай вперед по трассе, докатывай либо до бензоколонки, где есть люди, либо до поста ДПС, там тормози и спокойно объясни: «Простите ребята, ничего плохого не сделала, гаишник свистел, а я в пустынном месте тормозить побоялась».

Но женщина, стоявшая сейчас возле машины, чем-то напоминала мою покойную няню, и потом, я же катаюсь не на роскошном джипе или супернавороченной, стоимостью в сто тысяч долларов, иномарке! Рассекаю на ржавых, убитых «Жигулях», кому они нужны!

— Что случилось? — спросила я.

— Вы замужем? — участливо поинтересовалась женщина.

— Нет, — удивилась я, — а в чем дело?

— Хотите стать красавицей? Тогда сразу супруга найдете!

Я глянула в зеркальце, прикрепленное на крыле. Ну, в общим-то, неплохо бы избавиться от веснушек, отрастить густые, шелковистые волосы, обрести нежно-розовую кожу и белые ровные зубы. Впрочем, глаза могли бы стать побольше, губы потолще, а нос прямее. И уши у меня оттопырены!

— Так как?

— От красоты не откажусь, а замуж мне не хочется, спасибо!

— Могу помочь!

Я улыбнулась:

— Сказала же! Я не ищу супруга.

— И правильно, — мягко ответила женщина, — нечего на мужиков рассчитывать, лучше на себя опираться. Я о красоте речь веду! Смотрите.

Перед моим носом возникла баночка. «Мгновенная пилюля красоты» — было написано на этикетке.

— Это что такое? — удивилась я.

Женщина подмигнула мне:

— Необыкновенная вещь! Моя дочь, Настюша, работает в секретной лаборатории у профессора Белявского...

Знакомая фамилия эхом отозвалась в голове. Мигом вспомнился шлем «Аргус», наш «турпоход» с детьми и собаками по бесконечному оврагу, милый Юра с мягкой улыбкой, побитые эмалированные кружки с жидким чаем, засохший зефир, Лиза и Кирюша, раскрыв рты, слушающие рассказ об отравителях и ядах.

— Я знакома с Белявским.

— Правда? — оживилась тетка. — Вот здорово! Тогда хорошо поймете меня. Лаборатория тихо загибается, хоть и наработок у них тьма! В другой бы стране Белявский давно миллиардером стал, а в нашей с хлеба на квас перебивается. Большинство сотрудников по разным местам разбрелись, остались только энтузиасты вроде моей Насти. Так вот, эти пилюли — одно из последних ноу-хау. В них одни растения, никакой химии, эффект потрясающий! Глотаете таблеточку и через полчаса превращаетесь в красавицу. Морщины разглаживаются, пигментные пятна исчезают...

— Ну не может быть!

Женщина улыбнулась:

— Хотите продемонстрирую?

— На ком?

Торговка оглянулась по сторонам и ткнула пальцем в облезлого, драного уличного кота, апатично сидевшего на ступеньках расположенного рядом магазина.

— А на нем!

— У кошек морщин нет, — справедливо возразила я.

— Так шерсть шикарной станет, желаете посмотреть?

— Давайте, — кивнула я, — только станет ли он капсулу глотать?

— Я ее в колбасу засуну, — не сдалась бабенка и вытащила из сумки пакет.

Глава 25

К моему удивлению, котяра преспокойно слопал «Докторскую», нашпигованную средством от старости, и остался сидеть на своем месте, бурно облизываясь.

— Придется подождать немного, — тараторила тетка, встав передо мной, — пока расскажу вам кое-что.

Белявскому нужны были деньги для продолжения экспериментов, а государство не давало. Депутаты на пустые загранпоездки миллионы тратят, а на науку крохи жалеют. В общем, ломал профессор голову, ломал и придумал выход. Делает потихоньку «Мгновенные пилюли красоты» и продает эстрадным певицам, артисткам, ведущим телепередач. Много ему не выпустить, поэтому их развозят лишь узкому кругу. Настя моя курьером работает. Представляете, сегодня должна была это средство купить... Ой, не скажу фамилию, права не имею. Только певичка на гастроли уехала! Настю Белявский отругает, вот я и решила помочь дочке, вышла на улицу и стала на женщин смотреть, выискивать, кого бы осчастливить. Похоже, вам это средство жизненно необходимо! Может, купите? Живо красавицей станете!

Легкое сомнение зацарапало в душе. Ну, предположим, энтузиаст Белявский и впрямь сделал нечто особенное, мне кажется, что увлеченный наукой профессор способен на многое.

Но почему бы Насте попросту не вернуть баночку назад? И что имеет в виду тетка, говоря: «Вам это средство жизненно необходимо»? Я что, похожа на старую, морщинистую обезьяну? Выделяюсь в толпе ужасным внешним видом?

— Ну-ка, посмотрите сюда, — всплеснула руками незнакомка, — убедитесь сами!

Она отошла чуть в сторону, я взглянула на кота и взвизгнула. На ступеньках восседало белоснежное облако.

— Это он? — только и сумела вымолвить я.

— Правда, удивительно? — засмеялась тетка. —

Я сколько раз видела, а все равно впечатляет. Мгновенное обновление. Теперь он таким до завтра будет.

— А потом что?

— Прежним станет.

— Значит, и я...

— Э, нет, — засмеялась женщина, — коту-то одна порция досталась. А вы шестьдесят таблеток получите. Стойкий эффект держится в течение года. Затем начинается новый курс, все очень просто.

— Я хочу это лекарство! Очень!

— Берите.

— И сколько оно стоит?

— Триста баксов.

Я грустно покачала головой:

— Столько у меня нет. Если честно, то в кошельке совсем пусто, но в бардачке лежит сотня долларов. Домашние мне велят всегда иметь при себе небольшую сумму в качестве НЗ, мало ли какая беда на дороге случится. Я готова отдать вам «подкожные», но их все равно не хватит, поищите другого покупателя.

— Оно, конечно, верно, — протянула тетка, — только вы мне очень понравились, да и средство вам необходимо. Ладно, говорите, знаете Белявского?

Я кивнула.

— А как вас зовут?

— Евлампия Романова, лучше просто Лампа.

— Сейчас позвоню профессору, — пообещала женщина, вытаскивая мобильный. — Алло, это кто? Вера Ивановна беспокоит, мать Анастасии.

Я слушала ее торопливый, журчащий, как ручей, говорок. Наконец Вера Ивановна отсоединилась, сунула трубку в карман и вздохнула:

— Все уладила, Белявский очень обрадовался, что

нас судьба с вами случайно столкнула, и велел скидку сделать. Берите за сто баксов.

— Ой, спасибо, но, право, мне неудобно.

— Без проблем.

— Как-то не очень хорошо получается, я лишила лабораторию прибыли.

— Не расстраивайтесь, лучше поезжайте домой, там примите пилюлю и ложитесь спать, проснетесь Белоснежкой.

Мы завершили товарно-денежный обмен. Новенькая купюра перекочевала в широкую ладонь Веры Ивановны, я получила взамен пластиковую баночку. Не успела ее спрятать, как женщина сайгаком кинулась через дорогу.

— Спасибо! — крикнула я, высовываясь из окна.

— Пей на здоровье, — ответила на бегу Вера Ивановна и исчезла за поворотом.

Я посидела пару секунд, опершись на руль. Приехать домой, слопать капсулу, проснуться удивительно красивой и ошарашить народ, появившись утром из комнаты?

Нет. Лучше приму волшебное снадобье прямо сейчас. Вера Ивановна обещала эффект через полчаса.

Я быстро отвинтила крышку. Внутри лежали таблетки. Нет, это капсулы, круглые, плоские, желатиновые, а внутри переливается какая-то густая субстанция. От лекарства слегка пахнет рыбой... Впрочем, ничего странного нет. Катюша выписывает медицинские журналы и недавно читала нам вслух статью, в которой говорилось, что в рыбе типа лосося содержится много так называемых жирных кислот, благотворно влияющих на состояние кожи и волос. Съем сразу побольше!

Всю дорогу до дома я щупала лицо и пыталась рассмотреть себя в зеркале, но особых изменений не заметила. Впрочем, глаза стали блестеть ярче, а взлохмаченные пряди неожиданно пригладились, обычно они торчат, словно иголки у обозленного ежа. Вот оно как! Процесс пошел!

Ажитированная сверх меры, я принеслась домой и мгновенно налетела на Вовку, который мирно курил на пороге гаража.

— Скажи, как я выгляжу? — наскочила я на майора.

— Отлично, — вяло ответил Костин.

— На сколько лет?

Приятель сунул окурок в пустую банку из-под растворимого кофе.

— Ну...

— Говори!

— Глаза на восемнадцать, — ухмыльнулся Костин, — фигура на двенадцать, щеки на двадцать...

— Вот! Я красавица! Молодая! Роскошная!

— Подожди, — хмыкнул Костин, — сейчас сложу все цифры вместе: «глазные» восемнадцать, «фигурные» двенадцать, «щечные» двадцать и получим в сумме твой подлинный возраст!

Честно признаюсь, я отвратительно считаю, прибавляя к семи восемь, всегда получаю разный результат. Но сегодня отчего-то мигом произвела сложение. О боже: пятьдесят!

— Дурак! — обозлилась я на майора. — Мне до полувекового юбилея еще жить и жить.

— Стою себе, молчу, — пожал плечами Костин, — чего напала?

Я молча пошла в дом.

На кухне была одна Ася, медленно убиравшая со

стола тарелки. Я возмутилась. У Курочкорябских в семье явно неправильно распределены обязанности. Если человек зарабатывает всем на безбедное существование, его не следует эксплуатировать и в хвост и гриву. Неужели больше некому заняться посудой после ужина?

— Привет, — тихо сказала Ася.

Я отняла у нее блюдо.

— Сядь, отдохни, сама справлюсь!

— Спасибо, — прошептала Ася и стекла на диванчик, — наверное, погода скоро переменится. Устала я дико, руки-ноги не шевелятся.

— Ты очень мало спишь. Вставай не в шесть, а в девять.

— Тогда я ничего не успею.

— Найми домработницу!

— Пыталась, но они от нас убегают, — вздохнула Ася, — Оля не всегда бывает приветлива с людьми. И потом, готовить мне придется самой. Лев Яковлевич ест только мои супы и салаты. Хотя вот странность! Он попросил на ужин геркулесовую кашу, невиданное дело! Муж — человек постоянных привычек, овсянку употребляет лишь утром! А тут потребовал ее ближе к ночи, да еще велел сделать побольше!

— Правда? — еле сдерживая смех, спросила я.

Ася развела руками.

— Непонятно, однако! Ну я, конечно, выполнила приказ, полила ужин кленовым сиропом, как он любит, и поставила на стол. Ну и...

Ася горестно замолчала.

— Что? — стараясь не расхохотаться, осведомилась я.

— Он зачерпнул ложку, отправил в рот, пожевал, выплюнул и начал злиться, — недоуменно объясняла

Ася, — каша, мол, плохая, утром была вкуснее, сделай точь-в-точь такую же!

— И чем дело закончилось?

Ася вздохнула:

— Я решила, что крупа негодная, сгоняла в супермаркет, привезла штук семь разных коробок, и ни одна ему не понравилась! Лев Яковлевич страшно рассердился, хлопнул дверью. Ума не приложу, ну что с ним случилось?

Я слушала Асю, решая в душе задачу: стоит ли говорить ей о том, что утром, торопясь избавиться от капризного профессора, я перепутала бутылки и наплескала в завтрак чревоугодника водку под названием «Довгань дамская»?

— А голова у него не болела? — вырвалось у меня.

— У Льва Яковлевича? Нет, не жаловался, а почему ты спрашиваешь? — удивилась Ася.

— Ну так, подумала, вдруг он заболел, — пробормотала я, наблюдая, как Феня и Капа весело пристают к пытающейся заснуть Аде.

Похоже, эта «Дамская» и впрямь качественный напиток. Ни у Льва Яковлевича, ни у собак нет ни малейших признаков похмелья. Может, купить про запас еще бутылочку и поставить дома на случай непредвиденного прихода гостей?

Интересно, почему водку так назвали? На мой взгляд, не совсем верно. Мужчины-то, основные потребители «огненной воды», не захотят покупать «бабский» напиток, посчитают его слабой бурдой, чем-то вроде безалкогольного пива, мало кто станет всматриваться в этикетку, где указана крепость сорок градусов. Хотя Вовка же купил ее, и потом, наверное, в нашей стране много женщин, любящих пропустить рюмочку, в конце концов, должен же у них быть свой фирменный напиток!

— Заболел? — с тревогой спросила Ася. — Дам ему градусник!

Она быстро пошла к двери.

Я осталась у плиты. В кухню вбежал Кирюшка, схватил яблоко и ринулся в коридор.

— Послушай, — окликнула я его, — скажи, я хорошо выгляжу?

Кирилл притормозил и обернулся.

— Ну... замечательно! Румянец на щеках горит!

Я обрадовалась и побежала в спальню рассматривать себя в зеркало.

Яркий свет упал на лицо. Действительно! Щеки приобрели нежно-розовый оттенок. Обычно я имею бледный вид, простите за каламбур, даже синюшный, похожа на обезжиренное порошковое молоко, а сейчас выгляжу куколкой. Таблетки-то действуют! Сейчас съем еще три штуки, нет, лучше шесть и утром проснусь без единой морщинки, с огромными лучистыми глазами, пухлыми губками, соболиными бровями! Дай бог здоровья профессору Белявскому, пусть на актрису, не сумевшую выкупить чудо-пилюли, дождем польются главные роли в многосерийных лентах, удачи Насте и Вере Ивановне!

Ощущая себя абсолютно счастливой, я заползла под одеяло и мгновенно заснула, даже не слышала, когда вернулась Лиза.

Глава 26

Женщина — наивное существо. Мужчине, чтобы ощутить радость бытия, необходимо многое: осознание собственной значимости, реализованности, сверх-

навороченный автомобиль, молодая любовница...
Представительницы же прекрасного пола могут быть
счастливы, купив новую губную помаду, а уж ожида-
ние превращения в красавицу взбодрит любую из нас.

Яркий солнечный луч ударил в окно. Я села и вздохнула. Ну вот, опять забыла задернуть занавески, и меня разбудило светило ни свет ни заря, даже собаки
мирно спят. Ада, Муля и Феня на моей кровати, Капа
нагло устроилась на подушке у Лизы, Рейчел раски-
нулась у двери, Рамик залез под стол: двортерьер
всегда ищет укрытия.

Я опустила ноги на пол, кровать скрипнула. Капа
подняла голову, зевнула и с укоризной воззрилась на
меня. Весь ее вид говорил: хозяйка, ты с ума сошла,
только не вздумай сейчас выгонять нас во двор!

— Спи, милая, — шепнула я.

Обычно, услыхав эти слова, мопсихи блаженно за-
крывают глаза и отбывают в страну Морфея. Но сегодня Капа поступила иначе.

Она внезапно села, потрясла большой круглой головой, прижала уши и залилась звонким, негодую-
щим лаем.

— А ну замолчи, — зашипела я.

Но поздно! Муля, Ада и Феня высунулись из уют-
ного пухового одеяльца, с удивлением уставились на
подругу, потом перевели взоры на меня и... заголосили так, будто увидели не хозяйку, а акулу.

— Вы сдурели! — рявкнула я.

Лиза зашевелилась, села и, не раскрывая глаз, буркнула:

— Ты опять не задернула шторы.

— У-у-у, — завыла трубным басом Рейчел.

Рамик выполз из-под стола, виляя хвостом, подошел к моей кровати, положил голову на матрас, поднял преданные глаза, потом попятился, осел на задние ноги и начал издавать никогда прежде мной не слышанные звуки: вой вперемежку с кашлем.

Я удивилась, ну что стряслось с псами?

Лиза взъерошила волосы, потерла руками лицо и начала было говорить:

— Это просто безобразие! У бедных детей всего...

Тут ее речь прервалась. Глаза девочки стали медленно вылезать из орбит, и Лиза издала вопль.

— Лампа! Ну и ну!

— Что случилось? — насторожилась я.

— Ты в зеркало давно смотрелась?

— Вчера.

— О боже! — взвизгнула Лизавета. — О-о-о!

Я вскочила и побежала в ванную. Значит, чудо-таблетки подействовали. Ура! Собаки не узнали резко помолодевшую хозяйку, а у Лизы от восхищения никаких других звуков, кроме «о-о-о», не нашлось!

Подбежав к зеркалу, я уставилась на свое отражение, пару мгновений оторопело рассматривала его, а потом заорала:

— А-а-а!

Не стоит меня осуждать за столь бурную реакцию. Думаю, и вы бы заголосили, как сто сирен, увидав то же, что и я.

Из зеркала на меня смотрело лицо, похожее на большое перепелиное яйцо. Темно-коричневые пятна неправильной формы и разного размера покрывали лоб, щеки, подбородок и шею... В полном ужасе я стащила с себя уютную любимую пижамку и поняла, что и тело имеет такой вид, только руки и ступни остались белыми. Больше всего я сейчас напоминала собаку, главную героиню фильма «Сто один далматин».

— Лампа, — завизжала Лиза, вбегая следом, — ты где так извозюкалась?

Слабая надежда поселилась в душе. Вдруг девочка права и я просто испачкалась?

Я кинулась в душевую кабинку, схватила гель и мочалку. Следующие полчаса я пыталась извести пятна, натирая лицо и тело сначала пеной, потом куском обычного мыла, скрабом, шампунем... Но все бесполезно!

Я влезла в халат, надвинула на лицо капюшон и велела Лизе:

— Никому ни слова, ясно?

— Ага, — кивнула девочка. — Сами увидят, а что это с тобой?

Пришлось рассказать про чудо-пилюли.

— Знаешь, — повеселела Лиза, — скорей всего, это простая аллергия, надо позвонить Юре.

— Кому?

— Ну, Белявскому! Если он эти таблетки сделал, то должен знать о побочных явлениях, — здраво предложила Лиза.

— У тебя есть его телефон? — простонала я.

Несмотря на выходной день, Юра оказался на работе.

— Пятна? — удивился он. — Чудо-пилюли? Ладно, приезжай, погляжу.

Я бросилась к шкафу и принялась решать сложную проблему: в каком виде сесть за руль? Впрочем, с одеждой я разобралась легко. Нацепила водолазку, джинсы и удовлетворенно вздохнула: пятна надежно укрыты, но вот лицо! С ним-то что делать?

Притихшая Лиза изо всех сил старалась мне помочь. Она вытащила из шкафа гору косметики и попыталась заштукатурить мою физиономию. Но ни один тональный крем не сумел скрыть темные островки, они упорно проступали из-под толстого слоя «штукатурки». Наконец Лиза сдалась.

— Вроде так ничего, — робко пробормотала она.

— Дай зеркало, — потребовала я.

— Не надо, — засуетилась Лизавета, — вот, надень бейсболку, опусти козырек пониже и рули спокойно.

Вздыхая, я побрела к машине. Надеюсь, Юра Белявский знает, как бороться с напастью!

Профессор встретил меня приветливо и сразу предложил:

— Хочешь чаю? С зефиром? Садись, бери, вон коробочка стоит.

Я посмотрела на стол. Похоже, это то самое лакомство, которым Юра угощал нас в первую встречу, зефир окончательно ссохся.

— Спасибо, сладкого не хочется, лучше помоги мне.

Белявский уставился на мою физиономию и покачал головой:

— Ну и ну!

— Это твои чудо-таблетки!

— Какие? — Юра сел на обшарпанную табуретку.

Едва сдерживая рыдания, я рассказала суть дела и услышала неутешительную информацию. Никаких супер-пупер-пилюль Юра никогда не делал, девочка Настя у него не работает, о женщине по имени Вера Ивановна он отродясь не слыхивал.

— Пойми, дурья башка, — говорил он, — если б я придумал такое средство, то давно построил бы себе личный НИИ, не искал бы спонсоров для научных исследований и не пытался торговать защитными шлемами, боясь помереть с голоду! Ну-ка, дай капсулы!

Спустя некоторое время выяснилось, что в желатиновой оболочке содержался... рыбий жир.

— И сколько ты его слопала? — поинтересовался Юра.

— Ну... четыре штуки сразу, а на ночь — шесть!

— С ума сойти! Могла отравиться. Ясное дело, печень не выдержала! Отсюда и пятна!

— Рыбий жир — детское средство!

— Ага, если не употреблять его литрами.

— Я очень хотела стать красивой.

— Зачем? И так вполне мила!

Я уткнулась носом в свое плечо. Как объяснить Юре простую истину: даже Афродита не отказалась бы от чудо-таблеток. Самая признанная красавица всегда хочет стать еще лучше!

— Ты попалась на удочку мошенникам, — сообщил Белявский, — они покупают задешево в аптеке рыбий жир, перекладывают в баночки, наклеивают этикетки, сделанные на цветном принтере, — и на улицу, ловить идиоток. С тебя сто баксов слупили, а кто-то все триста отдаст. Дур полно!

— Но кот!

— У них два животных! Грязное и чистое! Пока Вера Ивановна тебе зубы заговаривала, сообщник их поменял. Неужели ты и вправду поверила, что облезлый Васька стал барсом?

— Да.

Юра хлопнул себя руками по коленям:

— Цирк в огнях.

— Между прочим, Вера Ивановна упоминала твое

имя и даже звонила в лабораторию согласовывать цену, — не сдавалась я.

Юра обнял меня за плечи:

— Нельзя быть такой доверчивой. Хитрая баба просто обвела тебя вокруг пальца. Могу предположить, что она где-то слышала мою фамилию, это неудивительно. Пару лет назад одна радиостанция сделала цикл передач, и меня попросили быть соведущим. Я приходил в студию раз пять, рассказывал всякие байки о ядах. Ну, об отравленных перчатках, цветах, источающих ядовитые ароматы, книгах, страницы которых пропитаны специальным, убивающим все живое раствором. Эх, жаль, Костя умер.

— Кто?

Юра постучал пальцем по столу.

— Константин Миано, мой старший друг. Жили мы в соседних квартирах, мама моя у Миано убирала. Я в науку-то из-за Кости и его матери Эсфири Леопольдовны пошел. Вот уж кто мог о ядах рассказать так, что заслушаешься. Эй, погоди! Сарочка! Она поможет!

Вскочив на ноги, Юра ринулся к телефону.

— Объясни в чем дело, — я попыталась остановить его, но Белявский уже кричал:

— Сара! Добрый день! Послушай, тут интересный случай! Одна моя знакомая...

Завершив разговор, он удовлетворенно потер руки, потом нацарапал пару строчек на листке бумаги и протянул его мне:

— Держи адрес Сары. Езжай немедленно.

— Хоть объясни, кто это такая! — взмолилась я.

— В двух словах не сказать.

— Я готова выслушать даже три!

Юра вздохнул:

— Ладно, постараюсь все объяснить.

Спустя некоторое время я, как говорит Кирюшка, «въехала в ситуацию».

Будучи ребенком, Юра жил в коммунальной квартире вместе с мамой. Напротив имелись еще одни апартаменты, огромные, по извилистым коридорам которых можно было запросто кататься на мотоцикле. В этой роскошной по тем временам квартире проживала семья Миано, состоявшая из трех человек: отца, матери и сына. Родители были большими учеными, их хорошо знали западные коллеги. Дивное дело, но их, евреев по национальности, спокойно выпускали за рубеж на всякие конгрессы, слишком велик был авторитет Миано в мире, к тому же на примере этой семьи советское правительство демонстрировало лояльность по отношению к другим нациям. Если в западной прессе тех лет начинался гвалт с рефреном: «В СССР притесняют евреев», то моментально появлялась статья в «Правде», отвечавшая оппонентам: все враки, у нас сплошной интернационализм. Вот, например, Миано! Кто им противодействует? Ездят по всему миру.

К слову сказать, и Эсфирь Леопольдовна, и Яков Аронович имели партбилеты, никаких мыслей убежать на Запад в голове не держали, хотя такие предложения получали. Им сулили лаборатории, бешеные заработки, загородные виллы, автомобили... В ответ ученые лишь улыбались и возвращались на Родину.

Костя и Юра тесно дружили, несмотря на разницу в возрасте. Их отношения слегка охладели, когда Константин женился на Сарочке. Девушка вроде бы идеально вписывалась в семью: тоже еврейка, будущий врач, воспитанная, умеющая себя подать, интересная внешне. Но Эсфирь Леопольдовна была недовольна невесткой и иногда жаловалась на нее Юре:

— Очень уж она нетерпимая, резкая, бескомпромиссная, Костику с ней тяжело. Скажет — как отрубит. Примет решение, с места не сдвинешь. Суровая девушка. Хотелось бы кого-нибудь поласковей.

Потом Юриной маме дали квартиру, и Белявские уехали на окраину Москвы. Миано остались в центре. Дружба не прервалась, но видеться парни стали намного реже. Юра окончил институт, пошел на работу и начал писать кандидатскую. Времени у него теперь не было совсем. Оттрубив в НИИ, он несся в библиотеку. Под Новый год Юра спохватился, что давным-давно, с начала весны, не звонил Косте, и почувствовал угрызения совести. Хотя Костя, наверное, весь в делах, он ведь тоже не пытался созвониться с Белявским.

Юра бросился к телефону и услышал голос Сарочки.

— Алло! — нервно воскликнула жена друга.

— Привет, как дела? — спросил Юра.

— Твоими молитвами, — ответила Сара.

Это было вполне в ее духе отбрить собеседника по полной программе.

— Как Костик? — Юра решил не обращать внимание на вздорную бабу.

— Не знаю, — проронила Сара, — но предполагаю, что прекрасно.

Похоже, у жены приятеля было на редкость гадкое настроение.

— Он дома? — не успокаивался Юра.

— Нет.

— А Эсфирь Леопольдовна?

— Нет.

— А когда будут?

— Никогда.

По Юриной спине прошел озноб.

— Не понял, — пробормотал он.

— А я-то думаю, — хихикнула Сара, — с какой стати ты звонишь? Оказывается, не знаешь ничего! Ну, хорош гусь! А еще лучшим другом считался! Нет их!

Юре стало плохо.

— Умерли?!

— С одной стороны, да, с другой — нет, — загадочно ответила Сара, — считай, как хочешь!

— Да что случилось? — заорал Юра.

Ехидным тоном Сарочка рассказала о случившемся. Юра только хлопал глазами. Оказывается, Эсфирь Леопольдовна с Костей стали, как тогда говорили, невозвращенцами. Супругов Миано пригласили на очередной конгресс, да не куда-нибудь, а в вожделенную и совершенно недоступную для советских людей Америку. Яков Аронович, безумно любивший сына, решил сделать тому подарок и, связавшись с устроителями научного сборища, сказал:

— Что-то у меня со здоровьем нелады, придется остаться дома. Эсфирь Леопольдовна тоже не сможет приехать, ей необходим сопровождающий, обычно его роль исполняю я, но, увы, расхворался.

Члены организационного комитета занервничали. Присутствие четы Миано или хотя бы одного из этой пары, всегда поднимало уровень конгресса. Кое-кто из приглашенных, узнав, что Миано не приедут, тоже откажется участвовать в заштатном мероприятии. Поэтому Якову Ароновичу тут же сделали предложение:

— Мы оплатим любого сопровождающего для Эсфирь Леопольдовны.

— Лучше пригласите ее вместе с нашим сыном, — вздохнул муж, — Костя молодой, подающий большие надежды ученый, ему полезно принять участие в научном мероприятии.

Вообще-то, советские власти очень не любили выпускать вместе за рубеж близких родственников. Считалось, что, оказавшись «за бугром», семья может скрыться подальше, дабы не возвращаться в социалистический рай. Поэтому многие артисты и спортсмены не оформляли браков со своими любимыми, если те были их партнерами. Материальное благополучие людей спорта, эстрады, театра и музыкантов напрямую зависело от зарубежных гастролей, откуда привозились на продажу чемоданы барахла и коробки с техникой. Вся Москва советских лет знала: Большой театр везет джинсы, девочки из «Березки» косметику, а ансамбль Моисеева нижнее белье. Сейчас об этом смешно вспоминать, но мы так жили, радуясь пудре, купленной в уличном туалете около магазина «Ванда».

Будь Эсфирь Леопольдовна и Костя простыми гражданами, никогда бы им не светило улететь за океан вместе. Но для Миано, естественно, сделали исключение.

Отпускали мать и сына спокойно, Эсфирь Леопольдовна ведь всегда возвращалась, к тому же дома остался Яков Аронович. А ответственные работники знали: стариков Миано, несмотря на долгие, прожитые вместе годы, связывает крепкая любовь.

Десятого числа Эсфирь и Костя прибыли в Атланту, одиннадцатого сделали на конгрессе заявление: в СССР науку притесняют, они остаются в Америке!

— Ох, и ничего себе! — пробормотал Юра, с трудом пытаясь переварить информацию.

— Сволочи! — выкрикнула Сара и зарыдала. — Сволочи!

Белявский схватил куртку и кинулся по хорошо известному адресу.

— Гады, — заплакала Сара, открыв ему дверь, — они специально все спланировали.

Юра молча слушал разъяренную женщину, нужно признать, история была и впрямь некрасивая.

Некоторое время назад Костя поругался с Сарой до такой степени, что перебрался спать в другую комнату. Так и не помирившись с супругой, не поцеловав ее на прощание, Константин отбыл в Америку. Летом оттуда пришла бумага, согласие на развод, украшенное печатями и подписями.

Яков Аронович скончался в мае. Оказывается, у него был рак, Эсфирь, покидая супруга, явно знала, что тот уже не жилец.

— Все, все продумано, — стучала маленьким кулачком по столу Сара, — свекровь сообразила, что муж вскоре умрет, поэтому и сбежала вместе с Костиком. Небось Яков Аронович аферу разрабатывал.

— Странно, — прошептал Юра, — он такой патриот!

— Ну не знаю, — рыдала Сара, — значит, это Эсфирь придумала! Точно! Сыночка любимого на Запад уволокла!

— С какой стати? У Кости все было в полном порядке, карьера великолепная намечалась, — удивлялся Белявский.

— Небось решила его на Семилетко женить, — затопала ногами Сара, — знаю, знаю, она их сводила! Думаю, что Эвелина уже там, проныра! Костя мне даже письма не прислал. А от свекрови только цидулька пришла, вот слушай: «Сара! Квартира со всей обстановкой и вещами остается тебе. Согласись, это хорошая плата за брак с моим сыном. Ты ничего не заслужила, но пользуйся. Мы никогда не вернемся». А все Эвелина! Сука! Семилетко!

— Эвелина Семилетко? — воскликнула я. — Это кто?!

— Ближайшая подруга Сары, — пояснил Юра, — просто роковая женщина, в нее все влюблялись, похоже, Костя тоже не избежал общей участи. Сара, естественно, ревновала, а Эсфирь весьма бестактно намекала, что красотка Эвелина была бы лучшей женой ее сыну.

— Эвелина сейчас хозяйка агентства «Шар-тур»? — медленно спросила я.

— Понятия не имею, — пожал плечами Юра, — мы много лет не виделись. А вот с Сарой я контактирую, она отличный врач-дерматолог, поезжай к ней, должна помочь.

Глава 27

Осмотрев меня, Сара воскликнула:

— Интересная реакция! Первый раз с подобной сталкиваюсь. Рыбий жир, говорите?

Я кивнула.

— Выпишете мне какую-нибудь мазь, чтобы нанести на лицо и стать здоровой.

— А тело пусть останется пятнистым? — прищурилась Сара.

— Нет, конечно, только его можно под одеждой скрыть, а с лицом как поступить?

— Думаю, вам не понравится ходить летом в глухом комбинезоне.

— Это не сойдет до лета?!

— До июня всего ничего, полтора месяца осталось! — поддела меня Сара.

Я почувствовала обиду. Может, Сара и хороший врач, только ей нравится дразнить людей. Понимает ведь, что меня пугает подобная перспектива, и ехидничает.

— Рыбий жир, — бормотала Сара, — ну высыпавшие пятна мазью не вылечишь. И вообще на нашей коже отражается состояние всего организма. Любые неполадки с нервами или желудочно-кишечным трактом сразу окажутся на виду. В вашем случае я предлагаю сделать анализы, потом сядете на диету, а там время покажет. Да, и еще! Лучше не мажьте лицо никакими тональными кремами, дайте коже нормально дышать. В идеале вам следует покинуть Москву, выехать на природу. Загазованный мегаполис не лучшая среда обитания для человека с вашей проблемой.

— Что же мне сейчас делать?

— В понедельник нужно сдать анализы, можно у нас в институте — правда, это платно. Кстати, Юра предупредил вас, что я беру пятьсот рублей с частных клиентов?

Я молча полезла в кошелек. Медицина в нашей стране всегда была платной, зря люди считают, что кошелек, открытый в кабинете у доктора, нововведение капиталистической России. Да, в советское время мы не оплачивали услуги в кассе, но конвертик всегда совали человеку в белом халате, взамен получая повышенное внимание. Существовали даже негласные расценки: аборт стоил пятьдесят рублей, а прием у стоматолога двадцать пять. Это с наркозом, а если предпочитаете терпеть боль, тогда можете не тратиться. Естественно, люди несли «борзых щенков», вкладывали их в коробки шоколадных конфет, стесняясь вручить врачу мзду просто так. Да и многие доктора краснели, принимая гонорар, начинали суетливо оправдываться:

— Уж простите, но ампула дорого стоит, а еще с медсестрой и анестезиологом поделиться надо, самой немного останется.

К слову сказать, Катюша тоже берет «наградные», оклад хирурга, даже такого опытного, как она, невелик, подруга одна без мужа поднимала двух мальчишек, думаю, дальнейшие комментарии излишни. Но Катюша никогда не объявляет вслух таксу, не требует нагло мзду, не загоняет больного в угол, не шантажирует его заявлением:

— Вас способно вылечить одно лекарство, но оно очень дорогое, и достать его могу только я.

Отношение Катюши к больному не зависит от толщины его кошелька. Возле нищей бабушки подруга хлопочет так же, как вокруг олигарха. Заплатил пациент при выписке сколько смог, спасибо ему, нам и сто рублей деньги, лишний пакет корма для собак купим. Не дал ничего? Ну и не надо. Значит, нет у человека лишних средств.

Сара же, по сути, ничем мне не помогла, просто отправила на анализы, а цену заломила немаленькую, к такому врачу, будь он хоть трижды академиком, у меня доверия не возникает.

Внезапно я успокоилась. Все что ни делается, делается к лучшему. В отношении меня данное правило срабатывает безотказно! Стоит хотя бы вспомнить, как в полном отчаянии я прыгнула под колеса автомобиля, которым управляла Катюша. В тот момент мне казалось: жизнь кончена, случилось все самое ужасное. И что? Большое спасибо судьбе за тот урок. Теперь я имею семью, детей, собак и занимаюсь любимыми детективными расследованиями[1].

И просто замечательно, что я стала напоминать по цвету подгнивший баклажан. Провидение столкнуло меня с Сарой, весьма противной особой, но, похоже, хорошо знающей Эвелину Семилетко. Сейчас попытаюсь разведать обстановку.

— Следовательно, на юг мне ехать нельзя? — захлопала я ресницами.

— Куда? — насторожилась Сара.

— Понимаете, я приобрела путевку в Турцию, хотела на майские праздники в Анталию смотаться, косточки погреть! — прикинувшись идиоткой, зачирикала я.

— Очень неразумное желание, — покачала головой Сара, — не советую туда ехать. Откажитесь немедленно.

— Эвелина не захочет вернуть деньги.

— Кто?

— Ну, Эвелина Семилетко, — продолжала я, — хозяйка агентства «Шар-тур». Она меня предупредила — путевка горящая, в полцены...

— Эвелина Семилетко? — отшатнулась Сара. — Не может быть!

— Почему? — улыбнулась я. — Вас фамилия смуща-

---

[1] См. книгу Д. Донцовой «Маникюр для покойника», издательство «Эксмо».

ет? Это еще что, вот у меня знакомая есть, представляете, Курочкорябская! Вообще караул!

— Ася? — воскликнула Сара.

Я удивилась:

— Вы ее знаете?

Глаза Сары тревожно заблестели.

— Встречались, правда, давно. Сейчас, если на улице столкнемся, я ее не узнаю.

— Однако мигом вспомнили Асю!

— Ну да, из-за фамилии. Очень она смешная и редкая.

— Верно, а чем вам Эвелина Семилетко запомнилась? Хотя у нее тоже фамилия не Петрова.

Сара скривилась:

— Вам это неинтересно знать!

— Ну что вы, очень даже интересно!

Доктор хмыкнула:

— Однако, похоже, вы дурно воспитаны! Столь непонятное любопытство удивляет и вызывает желание выставить вас вон.

— Вы тоже не отличаетесь особой щепетильностью, — не осталась в долгу я, — никакой помощи не оказали, а деньги взяли. Ваше рвачество не оправдывается ничем, а мое любопытство объясняется профессиональными обязанностями. Кстати, я не представилась, майор Евлампия Андреевна Романова, работаю на Петровке, занимаюсь особо важными преступлениями.

Сара замерла, потом вскочила и схватила меня за плечо:

— Что она еще сделала?

— Эвелина?

— Да, да!

— Ну, скажем так: занимается незаконным бизнесом.

— И ее опять посадят?

— Семилетко отбывала срок?

— А то вы не слышали, — прищурилась Сара.

— Знаю, конечно, — не дрогнула я, — просто проверяю вашу осведомленность.

— Ее могут снова сунуть за решетку?! — с нескрываемой радостью воскликнула Сара. — Надолго?

— Лет на пятнадцать, если вы сейчас ответите на мои вопросы!

Сара опустилась в кресло.

— Ну и ну! Каким образом вы себе эти пятна сделали? Решили прикинуться больной, чтобы из меня побольше информации выудить?

— Отметины настоящие, — отмахнулась я, — о болячках потом, сначала давайте про Эвелину. Рассказывайте, что знаете. Кстати, чем она вам насолила?

Сара сцепила пальцы в замок.

— Дрянь! Мы дружили с детства! Жили летом в поселке Берделкино...

Я откинулась в кресле и незаметно включила лежащий в кармане диктофон. Ох зря многие думают, что детство — счастливая пора, райское время, без забот, утомительных обязательств и нудных дел. Порой в среде ребят разыгрываются нешуточные страсти, достойные пера господина Шекспира.

Берделкино было одним из многочисленных дачных мест Подмосковья. Жили тут разные люди от больших ученых Миано, до простых рабочих. Мама Юры Белявского работала у Миано домработницей. Чтобы не лишаться на лето прислуги, Эсфирь брала ее с собой в Берделкино и селила в небольшой избенке, бывшей бане, стоявшей на участке ученых возле забора. Естественно, Юра жил вместе с мамой.

Сейчас принято ругать советские времена, но отнюдь не все тогда было плохо, в частности, известные люди редко страдали снобизмом. Когда Юра звонил в дверь двухэтажной дачи Миано, ни Эсфирь, ни Яков никогда не говорили ему:

— Мальчик, постой во дворе. И вообще ты нашему сыну не пара. Живешь в покосившейся сараюшке из одной комнаты с верандой, а у Кости кирпичный особняк.

Нет, Юру всегда радушно встречали, поили чаем, угощали обедом, а иногда Эсфирь, вздыхая, говорила:

— Привезли Косте брюки, да не угадали с размером, маленькие купили. Может, тебе подойдут? Возьми, пожалуйста.

Ношеные вещи Миано не предлагала никогда, дарила совершенно новые, с бирками.

Впрочем, может, взрослое население Берделкина и видело социальное неравенство, но дети его не замечали. Велосипеды практически у всех были одинаковые, у кого новые, у кого старые, карманных денег не давали никому, а из одежды ребята носили шорты и майки, ну кто же станет на даче форсить в хорошей одежде?

То, что Костя Миано или Сара Лифшиц живут в хороших, двухэтажных домах, с полами, застеленными коврами, и холодильниками, забитыми дефицитными продуктами, а братья Глоткины, Лева и Петя, в хибарках без особых удобств, никак не влияло на расстановку сил в детском коллективе.

Компания подобралась разношерстная. Но на даче часто бывает так, что четырнадцатилетние дружат с малышами. Вот и в Берделкине члены детской ватаги были разновозрастными, и верховодила там не Сара, девочка из богатой еврейской семьи, а Эвелина Семилетко, дочь алкоголички Зины, сторожихи дачного поселка.

Одному богу известно, отчего у низкорослой, кособокой, уродливой, пропивающей остатки ума Зины родилась такая дочь. Уже в шесть лет Эвелина выглядела красавицей, еще она обладала умением мгновенно становиться центром любой компании, притягивать к себе общее внимание, остальные девочки при появлении Эвы отходили на второй план. Кстати, детей в небольшом Берделкине было не так уж много, всего семеро. Костя Миано, братья Глоткины, Лева и Петя, Эвелина, Сара, Ася Курочкорябская и Веня Клоков. Зиму они проводили в городе, в конце мая приезжали в Берделкино и жили там до двадцатых чисел августа. В коллективе горели нешуточные страсти.

Саре всегда нравился Костя. Не показывая своей влюбленности, девочка старалась почаще бывать у Миано. Константин приветливо встречал подружку, но и только. Очень скоро Сара поняла: ее избраннику нравится Эвелина. Впрочем, она пришлась по душе и Леве с Петей, и Вене Клокову. Асю Курочкорябскую никто не замечал, она была слишком тихой, порой за весь день рта не открывала. Но однажды Сара поняла, что под апатичной внешностью Аси бушуют вулканические страсти.

Как-то раз бабушка послала Сару в магазин за молоком, девочка взяла бидон, пошла по дорожке через лес и услышала тихое всхлипывание, доносившееся из кустов. Сарочка остановилась, присмотрелась и увидела рыдающую Асю.

— Что случилось? — спросила Сара.

Ася подняла покрасневшие глаза и неожиданно стала изливать перед Сарой душу. Оказывается, Курочкорябская любила Петю Глоткина, а тот пригласил сегодня вечером в кино Эвелину.

— Давай ее побьем? — предложила Сара.

Ася замотала головой:

— Не поможет. Ладно, прости, только не рассказывай никому, а то я со стыда сгорю.

Сара пообещала хранить тайну, и остаток лета они с Асей тесно дружили, объединившись против Эвелины. Девчонки забирались на чердак и сладострастно обсуждали соперницу. Иногда они откровенно недоумевали: ну что мальчишки находят в этой оборванке? И Сара, и Ася одеты намного лучше!

Но лето закончилось, а вместе с ним иссякла и дружба. На следующий год произошла рокировка. Эвелина стала крутить роман с Левой, Петя наконец-то обратил внимание на Асю, одна Сара снова мучилась от безответной любви к Косте.

Еще через год ситуация претерпела очередные изменения. Теперь Эвелина обратила благосклонное внимание на Костю, Сара прорыдала все лето, ее утешал безнадежно влюбленный в Семилетко Веня Клоков. Ася по-прежнему бегала за Петей, который, за неимением лучшей девочки, позволял Курочкорябской себя любить...

Один Лева Глоткин не подцепил бациллу любви, он всегда сидел над книгами, шел на золотую медаль и глупостями не занимался.

Потом все повзрослели и закончили школу. Пути

друзей разошлись. Ася Курочкорябская поступила в институт, братья Глоткины тоже... Из их компании лишь Эвелина осталась за бортом, она пошла в какой-то техникум, бросила его, опять куда-то подалась...

Прежней дружбы летом уже не получалось, бывшие дети выросли, приезжали на дачу лишь по выходным, по дорожкам Берделкина на велосипедах носилась другая стая подростков и малышей.

Прошло время, и приятели окончательно перестали общаться. Сара встречалась только с Костей, она продолжала любить его и надеялась на ответное чувство. И ведь верно говорят, если чего-то страстно хотеть, то обретешь желаемое. В конце концов Сара взяла Миано приступом. Сыграли свадьбу и зажили одной семьей.

Первое лето совместной жизни Сара и Костя провели в разных местах. Молодую жену отправили на практику в далекий колхоз. Но через год пара приехала в Берделкино.

Сара с умилением смотрела на знакомые места. Ее отец скончался, когда девушка пошла на третий курс, и мама продала дачу. В их доме теперь жили совершенно чужие люди, Сара долго не приезжала в поселок, и вот сейчас она, невестка Миано, вновь оказалась там, где проходило детство. Но только теперь в Берделкине явился на лето не подросток, страдающий от безответной любви, а взрослая, добившаяся своего счастья женщина.

Через неделю Саре потребовались спички, и она побежала в магазин. Девушка вошла в хорошо знакомое, совершенно не изменившееся здание и замерла. За прилавком стояла красавица. Тонкая, гибкая, точеная фигура, роскошные черные волосы, бездонные глаза. Такой женщине не пристало отпускать водку местным алкоголикам и набирать картошку дачникам.

— Спички есть? — отмерла Сара.

— Для тебя что угодно, — улыбнулась красотка, — не узнаешь? Я Эвелина.

Сара разинула рот, и тут в лавку вошел ее муж.

— Ну сколько можно копаться? — недовольно сказал он.

— Привет, Костя, — помахала рукой продавщица, — поздороваться не хочешь? Я Эвелина.

— Эвелина? — растерянно повторил Миано и замолчал.

Сара посмотрела на мужа и вдруг поняла: зря они приехали в Берделкино, тут живет беда.

Глава 28

Эвелина стала приходить к Миано, и Сара с горечью констатировала: девица нравится не только Косте, но и Эсфири Леопольдовне. Оказалось, что кое-кто из членов их детской стаи тоже тут. В Берделкине проводили лето Веня Клоков и Лева Глоткин. Первый был по-прежнему влюблен в Эвелину и жил с ней вместе, а Лева Глоткин, успевший стать кандидатом наук, как всегда, сидел над книгами.

Только женщины, узнавшие об измене мужа и решившие сохранить, несмотря ни на что, семью, поймут Сару. Сколько слез было пролито ею, знает лишь подушка. Костя, наплевав на жену, начал оказывать знаки внимания Семилетко. Эсфирь не препятствовала появлению Эвы у себя на даче, а когда Сара один раз рявкнула: «Ну чего ты сюда шляешься!», свекровь покраснела и заявила:

— С какой стати ты делаешь замечания в моем доме моим гостям?

Но в конце августа Миано уехали в город, и Костя стал прежним, любящим мужем. Все вышло как в детстве, зимой одна жизнь, летом — совсем другая, и они не пересекаются.

На следующее лето Сара попыталась воспротивиться поездке в Берделкино.

— Зачем нам сидеть на огороде, — воскликнула она, — давай отдохнем на море!

— Что ты, — разозлился Костя, — я не могу бросить родителей одних. Впрочем, можешь катить в Крым одна. Лично я отправлюсь на дачу!

Сара поняла, что проигрывает, мужа магнитом тянуло к Эвелине. Пришлось ей ехать с супругом в Подмосковье, она не собиралась оставлять Костю один на один с гадкой разлучницей. И опять все получилось как в прошлом году.

Осенью, когда вернулись в Москву, муж стал задерживаться на работе, иногда от него, явившегося за полночь, пахло любимыми духами Эвелины. Та предпочитала душные, знойные ароматы. Сара очень хорошо понимала, что на этот раз роман не завершился, как всегда, с окончанием лета, любовники продолжают встречаться.

В канун старого Нового года Костя заявил:

— Уезжаю в командировку, на три дня, в Питер.

— И я с тобой, — обрадовалась Сара.

— А работа? — вскинулся Костя.

— Возьму несколько дней за свой счет, — ответила

Сара и увидела в глазах мужа неприкрытое разочарование.

— Вообще-то, никто из наших жен с собой не берет, — забубнил Костя, — программа напряженная, сплошные семинары, ты будешь все время одна...

И Сара поняла: муженек врет, скорей всего, он решил прокатиться в Питер с Эвелиной. Больше всего Сару возмутила свекровь, которая тут же вмешалась в разговор, защищая интересы сына.

— Ты, Сара, жена ученого, — заявила она, — и должна уметь жертвовать своими интересами ради счастья людей, для которых работает Костик!

— Мне тоже хочется счастья, — парировала Сара, — Косте иногда нужно чем-то жертвовать ради семьи. Ведь я не прошу многого, так, крошки со стола.

Мать с сыном переглянулись, и тут Сару понесло. Слишком долго она жила, закрутив все гайки до упора.

— Если Костя хочет заниматься только наукой, может, ему не следовало жениться? Семейный статус налагает обязательства на мужчину тоже!

Костя хмыкнул, а Эсфирь процедила:

— Верное замечание. Однако ведь не поздно и переиграть ситуацию. Сарочка, ты не довольна своей жизнью? Но мы же не приковали сноху цепью.

Пришлось невестке прикусить язычок, Костя уехал в Питер, вернулся странный, дерганый, о чем-то нервно шептался с Эсфирью.

Через некоторое время он разругался с Сарой, уехал с мамой на конгресс и не вернулся.

Дней через десять после того, как на Сару свалилось известие о том, что она теперь супруга «невозвращенца», в квартиру Миано позвонили. Сара распахнула дверь и попятилась. На пороге стояла Эвелина, растерявшая всю свою красоту.

— Это правда? — спросила она.

— Что? — растерянно спросила Сара.

— Про побег Кости!

Сара кивнула.

— Подонок, — зашипела Эвелина, — ах, какая мразь! Он меня бросил!

И тут у Сары отказали тормоза.

— Сволочь, — завопила она, — скотина! Чужих мужей уводишь!

— Падла! — завизжала Эвелина, пытаясь схватить Сару за волосы.

Началась драка, в которой неожиданно победила хрупкая Сара. Отчаяние придало ей сил. Она втащила соперницу в коридор, повалила на пол, села верхом на соперницу и стала бить ее по голове босоножкой. Внезапно Эвелина заплакала и жалобно сказала:

— Знаешь, что он со мной сделал?

Сара опустила руку с обувью.

— Что?

Эвелина поведала следующее. Оказывается, старый Новый год Костя провел в Берделкине. Задумал повеселиться с любовницей. Ни в какой Питер он не собирался, Эсфирь, скорей всего, была в курсе дела и полностью одобрила планы сына.

На даче собралась теплая компания. Веня Клоков, Эвелина, Лева Глоткин, Костя и еще человек шесть, которых Сара не знала. Выпивки было много, еды мало, и в результате все «накушались» до свинячьего визга. Самым трезвым был Костя, он не любил возлияний.

Где пьянка, там и драка. Ближе к утру в даче осталось всего четверо человек, приятели детства, остальные расползлись по своим домам. И тут Веня Клоков начал приставать к Эвелине, приговаривая:

— Пошли баиньки!

Костя возмутился, Веня же, пьяно хихикая, сообщил:

— Не лезь, мы давно вместе живем.

Миано пнул Клокова, и началась потасовка. Сначала парни просто толкали друг друга, потом Косте под руку попался нож, которым гости резали единственный батон колбасы. Эвелина не успела даже вскрикнуть, как Веня замертво упал на пол. Лева мирно спал на диване, он ничего не видел и не слышал.

Страх, который испытали Эвелина и Костя, поняв, что перед ними лежит труп, описать невозможно.

— Надо позвонить маме, — одними губами шепнул Костя, — она поможет.

Хорошо, что Берделкино находится недалеко от Москвы, Эсфирь примчалась в мгновение ока. Ее трезвый ум ученой с ходу оценил ситуацию.

— Ужасно, конечно, — воскликнула она, — но ведь Вениамина не вернуть! А вам еще жить! Значит, действуем так!

Эсфирь решительно взяла нож, тщательно протерла рукоятку и осторожно вложила его в руку спящего Левы. Слегка прижав пальцы парня к ручке, она снова бросила орудие убийства на пол у трупа.

— Костя сейчас уходит со мной, — решительно заявила она, — а ты, Эва, вызываешь милицию и сообщаешь: «Мы остались после праздника втроем, вспыхнула драка, Лева убил Веню на моих глазах!» Станут спрашивать про Костю — он давно уехал в город. Ясно?

Эвелина молчала. Эсфирь тряхнула девушку за плечи:

— Эй, слушай внимательно. Вы с Костей любите друг друга. С Сарой у него давно не ладится, осталось лишь официально оформить развод. Я сплю и вижу тебя своей невесткой. Поставишь штамп в паспорте и получишь все: квартиру, дачу, сбережения. Я тебя выучу, устрою на хорошую работу. Если же расскажешь в милиции, как обстояло дело, что будет потом? Опять станешь продавщицей в магазине куковать?

— Но Лева, — начала было Эвелина, — с ним что станется?

— Я спасаю сына и его будущую жену, — заявила Эсфирь, — впрочем, если охота нищенкой ходить и всю жизнь в Берделкине провести, флаг тебе в руки. Знаешь, у нас с Яковом Ароновичем большие связи, я сына сумею из-под удара вывести, только ты тогда на брак с ним не рассчитывай. Я предательницу в семью не пущу! На размышления времени нет. Лев может протрезветь и проснуться. Впрочем, я приложу все усилия, нажму на нужные кнопки, и Лев отделается легким испугом.

— Хорошо, — кивнула Эвелина.

— Молодец, — обняла ее Эсфирь, — девочка моя любимая.

Потом она вынула из ушей серьги с крупными бриллиантами и вручила будущей невестке:

— Держи, дорогая, это только начало!

Началось следствие. Льва задержали, к Константину претензий не возникло — впрочем, к остальным членам компании тоже. Эвелину же постоянно вызывали на допросы, но она упорно твердила: видела, как Лева ткнул ножом Веню. Сам же Лева просто молчал, не называл даже своей фамилии, и в результате его отправили в больницу. Следователь временно оставил Эвелину в покое, а Эсфирь сказала:

— Мы с Костей съездим на конгресс, а когда вернемся, затеем развод. Сама понимаешь, если мальчик сейчас начнет бракоразводный процесс, это может помешать выезду. Потерпи еще пару недель.

Ну и что получилось?

Сара уставилась на Эву. Ей сразу стало понятно, что Эсфирь, патологически любившая сына, нашла способ спрятать его подальше. Хитрая старуха вовсе не собиралась иметь в невестках Эвелину, способную в любой момент шантажировать Костю! Вот почему они остались в Америке. Яков Аронович, смертельно больной, знавший о приближающейся кончине, наверное, полностью одобрил жену. Он тоже души не чаял в Косте и ради спасения сына мог пойти на все.

Сара замолчала.

— Чем же дело закончилось? — тихо спросила я.

Врач пожала плечами:

— Небось не поверишь, но Лева оклемался и попытался отбиться. Уверял всех, что спал. Только Эвелина продолжала его «топить».

— С какой стати она выгораживала Костю после его побега?

— Фиг ее знает! Может, она надеялась, что он все же вспомнит про любовницу! А потом, как ей следовало поступить? Менять показания? Признаться в лжесвидетельстве с целью оговора другого человека? За такое срок дают! Боялась сама за решеткой оказаться, вот и стояла на своем. Только все равно на зоне очутилась!

— За что?

Сара радостно улыбнулась:

— Бог шельму метит. Лева-то настоящий «ботаник» был, все с книжками таскался, мы его вечно разыгрывали, подчас глупо. Положим в тарелку всякой дряни, нарежем в огороде лебеду, польем маслом и сунем Леве. Кушай, дорогой, салатик. Только потом подсмеиваться над ним перестали. Да и неинтересно! Лева угощенье спокойно съедал, уткнувшись носом в очередную книгу. Эсфирь небось думала: «ботаник» мигом каяться начнет, поверит, что убил. Только Лева другим оказался. Он, когда в себя пришел, сначала все отрицал, а потом вдруг признался:

— Да, убил, но случайно! Не хотел его жизни лишать, ненароком все получилось, но преступление совершил я не один, Эвелина помогала. Она меня подначила! Хотела от бывшего любовника избавиться, чтобы за меня замуж выйти! Убил-то я, а она подтолкнула! Эвелина Веньку держала, она моя подельница.

В результате за решетку отправились вдвоем. Сара не помнила, сколько лет дали Леве и Эве, да ее это и не интересовало. Больше она с бывшими друзьями не встречалась.

И вот что странно! Лет с тех пор прошло немало, Сара успела выйти замуж, развестись и снова расписаться. У нее давно вполне счастливая семья, дети, но стоило мне сейчас сказать «Эвелина Семилетко», как в душе женщины мигом вспыхнули все старые обиды и желание отомстить сопернице.

— Значит, вы ничего не знаете ни о ком из приятелей детства? — еще раз уточнила я.

— Изредка общаюсь с Юрой Белявским, — ответила Сара, — только он к той истории никакого отношения не имеет. О произошедшем вообще сначала лишь трое знали: Эсфирь, Костя и Эвелина. Ну а потом уж я прибавилась.

— Почему же вы не пошли к следователю и не рассказали правду? — воскликнула я. — Отчего спокойно наблюдали, как невинных людей засадили в тюрьму?

— Невинных? — подскочила Сара. — Это Эвелина, что ли? Так ей и надо! Не разевай рот на чужого мужа. Дрянь! Все детство у девчонок парней отбивала, паскуда! Вот и дождалась, получила по заслугам. Хотела слона разом проглотить, а морда треснула!

— Лева-то чем виноват?

Сара моргнула раз, другой, третий.

— Лева? Ну, он просто так попал. Впрочем, его тоже не жаль. Вечно со мной снисходительно разговаривал. Весь в дядю Яшу пошел!

— Это кто?

— Да папа их, Левки и Петьки, братья внешне похожи, а по характеру совсем разные. Лева учился хорошо, в науку пошел. А Петька на одних троечках ехал, в школу ходить не хотел, только детективы читал. Дядя Яша все сокрушался по его поводу: «В семье Глоткиных одни кандидаты наук, а Петька ни хрена делать не хочет, прямо чужая кровь. Может, он не от меня? Вот Левка, тот точно мой!»

Внезапно в моей голове вспыхнул свет. Лев Яковлевич Глоткин — это же супруг Аси Курочкорябской! Капризный академик, любитель лопать геркулесовую кашу с водкой под названием «Дамская легкая»! Так он сидел на зоне? Ну и ну! Никогда бы не подумала!

Сев в машину, я глянула в зеркальце и ужаснулась. Пятна стали еще отвратительней. И что теперь делать? Вопрос относится не к моему внешнему виду, а к расследованию.

Некое неопознанное лицо велело мне отыскать убийцу Курочкорябского. Я старательно принялась грести лапами и доковырялась невесть до чего, узнала семейные тайны Курочкорябских, только толку-то? Похоже, Светлана по непонятной причине тоже охотилась в этом лесу, и она разведала, что у Льва Яковлевича за плечами совсем непростая молодость. Как она собиралась использовать полученную информацию? Пока мне это неясно. Единственная подозреваемая на роль убийцы — Оля. Но из-за чего бы ей избавляться от брата? Со Светланой понятно, та пользовалась Асиной любовью, тянула из свекрови деньги. Вот Ольга и решила избавиться от вдовы брата. Но Вася-то? Он здесь с какого боку?

В глубокой задумчивости я ехала по улице и в конце концов уперлась в огромный магазин, торгующий косметикой. Прямо у входа увидела свободное парковочное место. Сочтя это обстоятельство за счастливый знак, я аккуратно вписалась в «дырку» и пошла в царство пудры и губной помады. Сара предостерегла меня от пользования декоративной косметикой, но жить с таким лицом нельзя.

— Чем могу вам помочь? — спросила милая девушка в белой блузке.

Я сняла бейсболку.

— Ой, — шарахнулась продавщица.

— Это незаразно. Аллергия.

— Я просто так воскликнула, — стала оправдываться девушка.

— Подберите мне крем или пудру, — попросила я.

Примерно полчаса я намазывала на себя всякие средства, но ничего хорошего не получилось.

— Придумала! — воскликнула консультант.

— И что же?

— Возьмите автозагар.

— Зачем?

— Берите самый сильный, нулевой номер, вот он, — оживленно подскакивала девочка, — намажетесь и потемнеете, пятна не так заметны будут.

— Точно?

— Сто пудов!

Я приобрела необходимое средство, а потом попросила стилистку, зевавшую от скуки около столика с зеркалом:

— Помогите нанести автозагар на лицо.

— Этот для вас слишком темный.

— Вот и хорошо, пятна снивелируются.

— Шлифовку лица не пробовали? — спросила стилистка, ловко работая губочкой. — Хорошая штука, или химический пилинг, к примеру, он тоже от пигментации может избавить.

Я сидела, стиснув зубы. Терпи, Лампа, как бы тебе и впрямь не пришлось бежать в Институт красоты на всякие процедуры.

Глава 29

Оказавшись снова на улице, я застыла возле витрины, в которой красовались коробки с духами. В голове не было ни одной мысли.

Потом оцепенение прошло. Ладно, поеду домой и лягу спать. Утро вечера мудренее.

В доме стояла тишина. Ася, как всегда, была на кухне, чистила несметное количество картошки.

— Куда столько? — спросила я. — Прямо на полк солдат.

Ася отложила ножик и оперлась на кухонный столик.

— Оказывается, все любят пюре, и наши, и ваши. Сегодня на ужин его сделала, так Сережа с Юлечкой чуть не подрались за добавку.

— Да? — удивилась я. — Странно. Стоит мне дать им пюре, как вижу недовольные гримасы.

— А ты как его готовишь? — заинтересовалась Ася.

— Просто. Беру толкушку, молоко...

— Надо сливки, — перебила меня Ася, — жирные, двадцатипроцентные, ими картошку заливай. Масло потом класть не понадобится. И еще одна маленькая хитрость. Сливки обязательно должны быть теплыми, не из холодильника, тогда пюре не приобретет противный серый оттенок. Вообще в готовке полно хитростей! Вот в четверг я сварила куриный бульон...

Внезапно мне стало стыдно. Обычно в нашей семье хозяйством занимаюсь я. Убираю, стираю, глажу, готовлю, хожу за продуктами... Хотя, если откровенно, то за полами я слежу плохо, да и как можно добиться идеальной чистоты в доме, где живет куча людей и собак? Только разнесешь все по местам, расставишь по полочкам, запихнешь в шкафы, перестелишь кровати, глядь, а в гостиной уже стоит пустая коробка из-под чипсов, на полках в полном беспорядке громоздятся вещи. Муля с Адой свили гнезда на подушках, а Феня с Капой стянули на пол пледы... Поэтому я хватаюсь за пылесос и тряпку только тогда, когда «пейзаж» вокруг выглядит совсем уж дико. Слышу неодобрительные вздохи аккуратных хозяек, но отчего-то не испытываю ни малейшего стыда. Наверное, я неряха.

Но сейчас внезапно проснувшаяся совесть погрозила мне пальцем, я почувствовала, как к щекам приливает жар. Целыми днями бегаю по городу, ища убийцу Василия Курочкорябского и в ажиотаже расследований совершенно забыла про покупку продуктов и готовку. Но холодильник самым волшебным образом набит вкусностями, на плите кипит суп, на сковородке скворчат котлеты! Ася, встав в шесть утра, перевела очередные главы, сбегала на пожарище, затем отправилась по магазинам, а ночью, еле держась на ногах от усталости, делает пюре.

— Извини, пожалуйста, — забормотала я, — право, некрасиво вышло! С какой стати ты для нас еду готовишь?

— Мы живем в одном доме, — улыбнулась Ася. — Неужели будем вести себя, как в коммунальной квартире? Вешать на кастрюли бирки и отмечать уровень супа? И вообще, никаких хлопот нет. Я все равно для Оли и Льва Яковлевича еду готовлю! Ну налью в кастрюлю побольше воды, эка забота! Лучше скажи, что у тебя с лицом? Отчего такая смуглая? Уже загореть успела?

— Нет, крем специальный нанесла!

— Да? Слишком темный. Лучше возьми посветлей. С таким макияжем ты выглядишь старше...

Утром пигментация почти исчезла. От отвратительных пятен остались лишь легкие следы, которые элементарно замажутся тональным кремом. Я хватила сумочку, вытрясла ее содержимое, ну-ка сейчас попробуем нанести макияж!

И тут под руку мне попалась упаковка чудо-пилюль. Решив раз и навсегда избавится от лекарства, я торжественно отволокла его на кухню и увидела там Олю, мирно пившую кофе. Настроение сразу испортилось. Сейчас наглая девица начнет говорить гадости. И ведь знаю, что милейшая Олечка энергетический вампир, который ловит кайф в момент скандала, я даже умею обращаться с подобными людьми, но тем не менее, услыхав очередное хамство, расстраиваюсь. Ну надо же было мне на нее сейчас налететь! Нет чтобы выбросить лекарство чуть позже, когда останусь одна в доме.

— Привет! — вдруг неожиданно мило воскликнула Оля.

— Доброе утро, — осторожно ответила я, застыв на месте.

— Симпатичная кофточка, — похвалила младшая Курочкорябская, — тебе идет!

Я обалдела. Что случилось с хамкой?

— Блузка давно не новая.

— Ну и что, — улыбнулась Оля, — у меня тоже есть такие вещи, ношу их не первый год, а выглядят изумительно. Ты на меня не сердишься?

— Нет, — оторопело пробормотала я, — с какой стати?

Оля вздохнула.

— Характер у меня — тушите свечи! Перед дамскими неприятностями, дней за пять, я просто невменяемой делаюсь! Бросаюсь на всех, растерзать готова, потом отпускает. Еще спасибо, что не каждый месяц с катушек слетаю! Извини, если гадостей наговорила!

Я раскрыла было рот, но тут требовательно заорал мобильный. Оля схватила трубку:

— Алло! Да, я. И что? Безобразие! Между прочим,

совесть иметь надо! Вы ему все объяснили? Так вот, деньги не возвращать. Во всяком случае, все сто процентов. Человек отказывается от путевки вот так похамски, в последний момент! Его надо наказать.

Выразив негодование, Оля швырнула трубку на стол, потом схватила чашку и одним глотком осушила ее.

— Вот козел! — заявила она.

— Кто? — полюбопытствовала я.

— Клиент! К сожалению, мой, теперь из зарплаты вычтут.

— Клиент? Но ты же вроде в НИИ работаешь, в лаборатории.

Оля прикусила нижнюю губу, потом усмехнулась.

— Язык мой — враг мой. Ну ладно, раз уж я проговорилась, то скажу правду... Только пообещай, что маме ни гугу, она расстроится.

Я кивнула:

— Могила.

Оля налила себе новую порцию кофе.

— Понимаешь, в лаборатории тоска. Я в институт в свое время из-за мамы пошла. Ася считала, что у дочери обязательно должен иметься диплом, ну и не захотела меня слушать. Я-то намеревалась художницей стать, но мама сказала: «Это не профессия, а хобби».

Вот и пришлось мне на химика учиться.

— Почему на химика?

Оля хихикнула:

— Ну особых талантов, кроме как к рисованию, у меня не обнаружилось, в аттестате одни тройки стояли. У мамы же есть друг детства, Юрий Белявский, он ученый-химик, кафедрой заведует в институте,

Ася попросила его меня пристроить. Юра выполнил просьбу, я отучилась и вышла на работу.

Оказавшись в лаборатории, Оля затосковала. Здесь трудились увлеченные своим делом люди, подлинные энтузиасты. Разговоры вертелись вокруг одной темы: получился или не получился очередной эксперимент. Оле было наплевать на содержимое пробирок, она искренне не понимала, почему нужно впадать в раж и орать нечеловеческим голосом: «Ура! Победа!», если бесцветная жидкость после очередных манипуляций становилась красной или зеленой.

Ее ровесников в лаборатории не было. Олю окружали тетки климактерического возраста и траченные молью дядечки. Поболтать было не с кем, сбегать попить кофе тоже. Сотрудники неохотно разговаривали на посторонние темы, зато замечаниями сыпали безостановочно. Легкомысленной Олечке постоянно доставалось за невыключенную горелку, не поставленные в холодильник реактивы, невытертую лужу на столе... Ее тыкали носом в малейшую оплошность, не забыв при этом напомнить: «Хочешь стать настоящим ученым, будь аккуратна в мелочах».

Олечку охватывала дикая тоска, когда она думала, что ей придется провести всю жизнь возле склянок с реактивами, просидеть над колбами, слушая заунывные беседы коллег. Но еще больше она испугалась, когда поняла, что превратится в такую же грымзу, одетую в испещренный пятнами лабораторный халат!

Некоторое время Оля колебалась. С одной стороны, маму жаль. Узнав о том, что дочь не хочет стать ни кандидатом, ни доктором наук, Ася расстроится. Но жизнь-то у Оли одна, и совершенно невозможно провести ее в тоске.

Короче говоря, Оля поколебалась немного и решила найти себе другое занятие, если уж и не любимое, то хоть приносящее деньги. Асе Оля не стала ничего рассказывать, пусть мама пока думает, что дочка преспокойно сидит в НИИ. Потом, когда Ольга будет получать приличную зарплату, она во всем признается, но пока лучше не откровенничать.

Поиски нового дела жизни оказались непростыми. У Оли было два пути: попытаться работать по специальности или кардинально сменить поле деятельности. Девушка выбрала второй и начала, словно новорожденный кутенок, тыкаться носом во всевозможные препятствия.

Сперва она решила стать риелтором. Одна из знакомых Оли устроилась на службу в агентство по продаже квартир и весьма преуспела. Но, пробегав месяц с клиентами, Олечка поняла, что больших дивидендов тут не получит. Постоянного оклада не было, агентам платили процент. Для того, чтобы достойно зарабатывать, следовало крутиться юлой, и Оля ушла в фирму, торгующую косметикой, потом попробовала посидеть на рецепшен в салоне красоты... В конце концов судьба забросила девушку в турагентство, где она прижилась. Оклад был невелик, зато перспективы самые радужные. Правда, служба оказалась нервной, опять связанной с клиентами, а все, кто работает с людьми, знают, как это непросто, вечно происходит форсмажор, но Оле даже нравилось жить в состоянии легкого стресса, слишком долгое время она провела в стоячем болоте лаборатории, где никогда ничего не происходило.

— Вот повысят летом зарплату, и сообщу маме правду, — сказала Оля, — ты меня не выдавай.

Я улыбнулась:

— Нет, конечно.

А Оля совсем даже не противная, просто она не умеет контролировать свои эмоции, может наорать на человека, обидеть его, а затем моментально забывает о произошедшем и очень удивляется, увидев, что униженная личность не хочет иметь с ней дела.

— И в какое агенство ты пристроилась? — полюбопытствовала я.

— В маленькое, — пояснила Оля, — называется «Ариадна», я специально в большое не пошла, там уже все места распределены, трудно карьеру сделать, а в таком, которое только организовалось, вакансий полно и себя можно проявить!

— Очень разумно, — одобрила я.

— Что это у тебя за баночка в руке? — Оля резко сменила тему разговора.

Я усмехнулась:7

— Ты со мной была откровенна, и я тоже в ответ расскажу правду, только возьму с тебя, в свою очередь, обещание не разглашать полученную информацию...

Выслушав мой рассказ, Оля нахмурилась:

— Ты дура!

— Знаю, — кивнула я, — попалась на удочку мошенницы.

— В упаковку могли что угодно запихнуть!

— Верно.

— Хорошо еще, что там оказался простой рыбий жир!

— Да уж!

— Очень опасно приобретать у коробейников витамины, пищевые добавки, лекарства! Выкинь скорей.

Я бросила белый цилиндрик в ведро.

— За этим сюда и шла.

— Ну и идиотка, — возмущалась Оля, — так рисковать! Ладно, все хорошо, что хорошо кончается. Хочешь, развеселю тебя? Вчера на работе очень смешная история приключилась.

— Давай, — кивнула я, наливая себе кофе, — честно говоря, последнее время я пребываю в отвратительном настроении!

Оля улыбнулась:

— Отправили мы одного дядечку в Израиль, он купил тур на двоих: на себя и жену. Все жаловался, что дорого, лучше бы в Турцию слетать, там, дескать, море, фрукты, никакого терроризма, и путевку за двести долларов нарыть можно. А в Израиле жарко, повсюду шахиды... Но жена требовала поездку на Землю обетованную, у нее там родители жили, вернее, мама, теща этого хмыря, разорившегося на тур.

Очевидно, поговорка «чем дальше, тем роднее» в отношении этого мужика не сработала, тещу он ненавидел по полной программе и, пока оформлял бумаги, успел прожужжать Оле все уши про то, какая та противная, злопамятная, умудряющаяся даже на большом удалении от Москвы настраивать дочь против мужа. В конце концов клиент настолько надоел Оле, что та была готова сама оплатить ему билет, лишь бы избавиться от зануды!

Когда дядька наконец-то улетел, Оля перевела дух и успокоилась. А зря! Буквально через неделю после того как противный клиент отправился в Иерусалим, оттуда позвонил туроператор, с которым работает «Ариадна». Представитель принимающей стороны со стоном начал жаловаться Ольге. Оказывается, на следующие сутки после приезда зятя теща скончалась. Ничего странного в ее смерти не было, пожилой даме перевалило за девяносто, и она просто не проснулась утром, умерла во сне. Счастливый, легкий конец.

— И в чем проблема? — удивилась Оля. — К нам какие претензии? Мы свои обязательства выполнили.

— Этот идиот требует, чтобы «Ариадна» помогла транспортировать тело в Москву.

Рано или поздно все туристические компании непременно сталкиваются с такой проблемой, как кончина клиента за пределами России, и на такой случай имеется специальный план действий. Но тут-то мужик, подписавший с «Ариадной» соглашение, был жив!

Оля спокойно ответила:

— Предупреди идиота сразу, что перевоз влетит ему в копеечку, пусть уж лучше тещу в Иерусалиме хоронит, дешевле будет.

— Так уж растолковывал кретину, — взвился собеседник, — он ни в какую не соглашается маму жены тут упокоить, хочет с собой увезти.

— Кто бы мог подумать, — с огромным удивлением воскликнула Ольга, — мне он показался жадным и, мягко говоря, недолюбливающим милую тещу!

Из трубки послышался протяжный стон.

— Ты же не знаешь, чем он аргументировал свое желание увезти тело!

— И чем?

— Если стоишь, то сядь, — ответил представитель принимающей стороны, — прикинь, пришел ко мне в кабинет и на полном серьезе заявил: «В вашей Израиловке, говорят, чудеса случаются. Один тут покойник уже воскрес, я так рисковать не могу. Лучше уж потрачусь, увезу ее в Россию и буду знать, что она умерла навсегда».

Я разинула рот. Ну и ну! Вот это аргументация. Из коридора послышалось тихое шуршание.

— А ну брысь, — топнула ногой Оля, — ужасно! Тут мыши.

— Грызуны в доме?!

— Ага, — кивнула Оля, — не пойму, откуда взялись. Вчера ночью в моей комнате шуршали, сегодня в коридоре.

— Ты путаешь, скорей всего, это собаки...

— Вот же они все спят на диване, — ухмыльнулась Оля, — хороши охранники, ни хрена не слышат, все им побоку, шуршат в коридоре, сопят, чавкают! Ну зачем такие собаки нужны? Не понимаю! Ладно, побегу!

Оля быстро, забыв попрощаться, ушла из кухни. Я тоже встала. Зачем заводят таких, неспособных нести караульную службу, животных? Ей-богу, не знаю! Наверное, для того, чтобы доставить себе радость.

Глава 30

Со двора послышался звук работающего мотора, потом скрип открывающихся ворот. Ольга уехала на работу. Я потопталась немного между плитой и мойкой, а потом отправилась в ванную комнату, чтобы еще раз посмотреть на свое лицо. Может, все-таки покрыть его более темной пудрой? Пятна сильно поблекли, но все равно пока видны. Полюбовавшись на себя, я изменила цвет лица и тут же поняла, что нежно-розовая помада никак не годится для нового имиджа, требовалась интенсивно-красная. Такая, кажется, есть у Лизы. Впрочем, у девочки горы косметики, в ее тумбочке можно отыскать что угодно!

Я пошла в нашу спальню. Путь лежал мимо кухни. Когда я поравнялась с открытой дверью, оттуда раздалось осторожное шуршание.

Я не принадлежу к категории женщин, которые падают в обморок при виде крохотной мышки, и в пищеблок собралась заглянуть с крайней осторожностью лишь по одной причине: грызуны очень пугливы, услышат легкий шум и мигом исчезнут, а мне точно нужно знать, кто сейчас орудует на кухне: хвостатые серые безобразницы или ветер, ворвавшийся в окно, шевелит лежащие в углу пакеты?

Стараясь производить как можно меньше шума, я тихонечко сунула нос в проем двери и замерла. Возле помойного ведра стоял, согнувшись, Лев Яковлевич. Он рылся в отбросах. Вдруг академик выпрямился. Я метнулась назад в коридор и вбежала в гардеробную. Дверь полушкафа-получулана закрылась без скрипа, в крохотную щелку между косяком и створкой было отлично видно Льва Яковлевича. Руки его сжимали белую баночку с чудо-пилюлями.

— Эй! — крикнул академик, запихивая вынутую из помойки добычу в карман. — Эй! Есть дома кто живой! Ау! Ася! Оля! Евлампия! Лиза! Кирилл! Сергей! Катя! Юля! Кто-нибудь!

Я пришла в полнейшее изумление. Мало того, что академик по непонятной причине лично ковырялся в помойном ведре и выудил оттуда совершенно ненужные ему пилюли! Так он еще, оказывается, великолепно помнит всех по именам! С какой стати тогда он именует меня постоянно Марфой? И вообще он предпочитает сидеть в своем кабинете и не высовываться наружу. Ася носит мужу еду на подносе, Лев Яковлевич ни разу не сел со всеми трапезничать!

— Никого нет! — громко констатировал академик. — Я один, совсем один!

В голосе Льва Яковлевича звучала неприкрытая радость.

— Это очень хорошо, — пропел он и направился к входной двери, — где же наша лопата? Лопата-копата!

Послышался лязг, скрип, затем звук захлопнувшейся железной двери.

Я бросилась в свою спальню, из окна комнаты хорошо виден двор.

Очевидно, Лев Яковлевич совершенно не сомневался в том, что находится дома один. Бодрым шагом, держа в руках лопату, он приблизился к забору и принялся споро ковырять землю. Потом вынул из кармана баночку с пилюлями, швырнул в яму, забросал ее комьями и пошел назад.

Я села в кресло. Что же творится в доме? Сначала академик по непонятной причине изучает выкинутый букет, увядший в комнате Светы, потом «хоронит» капсулы, наполненные рыбьим жиром! Было лишь одно более или менее вразумительное объяснение происходящему: академик Глоткин сошел с ума. Наверное, безостановочное изучение татаро-монгольского ига способно «сдвинуть» человека по фазе. Ася поняла, что с мужем творится неладное, и старается не выпускать его с участка! Вот бедная женщина, похоже, ей досталось от жизни пинков по полной программе! Сначала погибает сын, потом сгорает родовое гнездо, дом, в котором она провела детство, следом умирает невестка... Дочь выросла грубиян-кой, лишь изредка Оля ведет себя нормально. И у меня очень нехорошие подозрения в отношении этой девушки. Иногда самые запутанные загадки имеют простые отгадки. А любой сыщик, изучая дело, прежде всего задается вопросом: кому выгодно было совершить преступление? Что получит преступник? И очень часто ответ бывает банален: деньги!

Оля совершенно бездушное существо. Да, сегодня она была со мной более чем мила, но у истеричных особ приступы гнева частенько сменяются слезливыми признаниями в любви к тому, кого они недавно втаптывали в землю. К брату Оля, кажется, относилась равнодушно, его жену откровенно не любила. Она великолепно знает свою мать. Ася добрый человек, не способный никого обидеть. Она содержала Светлану, покупала той вещи, машину, украшения. Оле, наверное, казалось, что мама тратит на постороннюю бабу слишком много средств из семейной кассы. Если Светлана исчезнет, все достанется Оле.

Я встала и пошла на кухню, нестерпимо захотелось кофе. Кому после кончины Аси и Льва Яковлевича достанутся шикарная квартира в центре Москвы, участок в коттеджном поселке и деньги, скопленные семейной парой?

Ответ очевиден: Оле. А если бы Вася не задохнулся при пожаре? Ну, тогда богатство пришлось бы делить пополам! Так кто убил Василия Курочкорябского? Сестра не способна поднять руку на брата? Увы, некоторых кровные узы не останавливают. Люди, хорошо знакомые с литературой, могут припомнить разные истории, описанные в романах, повестях, сказках... Перечитайте замечательную книгу «Легенды и мифы Древней Греции», ей-богу, она страшнее любого детектива.

В глубокой задумчивости я вошла на кухню, услышала знакомую трель мобильного и схватила лежащий на столе аппарат.

— Вы просили сообщить, когда он придет в себя, — тихо прошуршал незнакомый женский голос, — так вот, сейчас он почти вменяемый, можете приехать, только поторопитесь! А то, не ровен час, его снова унесет.

Я хотела было воскликнуть: «Вы ошиблись номером!», но следующая фраза мигом заставила меня прикусить язык.

— Слышите меня? Петр Яковлевич Глоткин сейчас может говорить.

Я кашлянула:

— Угу.

— Он очень плох, может, это последний раз, когда он пришел в себя, — докладывал голосок.

— Угу.

— В общем, торопитесь.

— Куда?

— Как это? Сюда.

— Куда «сюда»?

— Это Курочкорябская? — недоуменно поинтересовались на том конце провода.

— Да, — соврала я.

— Вы забыли, где живет Петр Яковлевич?

— Конечно, нет.

— Тогда в чем дело? Что у вас с голосом?

— Прямо беда, — старательно покашливая, ответила я, — извините, аллергия началась.

— То-то я не могу понять, вы это или не вы!

— Я. Но вот уверенности в том, что разговариваю именно с вами у меня нет!

— Что-то я вас не понимаю.

И неудивительно, я сказала на редкость корявую фразу!

— Так же, как и вы, я не вижу во время разговора своего собеседника, — принялась шептать я, прижимая к уху мобильный, — вдруг это разыгрыш? Вы кто?

— Рая.

— Замечательно! Ну-ка скажите адрес Петра Яковлевича, если верный назовете, то я прямо сейчас приеду!

— Деревня Опушково, дом три, — недоуменно ответила Рая, а потом воскликнула: — Знаете, все это очень странно. Может, у вас семейное помешательство? В общем, так! Приезжайте прямо сейчас. Мне больной не нравится. То все лежал, спал, а теперь мечется и таблетки, которые ему выписали, не помогают. Ясно? Усекли?

— Уже несусь, — ответила я.

Пи-пи-пи — понеслось из трубки. Я уставилась на мобильный, потом сунула руку в карман брюк и вытащила еще один. Ситуация моментально прояснилась. У Оли и у меня модель сотового одна и та же.

Мне телефон подарил на день рождения Сережка, и произошло это после небольшой ссоры.

— Все приличные люди давным-давно перешли на современные модификации, — дудел Сережка однажды вечером, увидев мой мобильник, — сей раритет давно пора на помойку отправить. Купи себе что-нибудь приличное!

— Какая разница! — возразила я. — Этот хорошо работает, и ладно.

— Фу, стыдобища! — не успокаивался Сережка.

— Мне без разницы.

— Денег разве нет?

— Есть!

— Тогда в чем дело?

— Жаба душит, — честно призналась я, — ну с какой стати менять нормально работающий аппарат на новый?

— Из-за дизайна!

— Вот глупость!

— Вовсе нет, — обозлился Сережка, потом он на секунду замолк и продолжил: — А если у тебя Лизавета попросит тугрики на новый аппарат, дашь?

— Конечно.

— А на себя жаль?

— Ага.

— Уродище, — прошипел Сережка, — я просто корчусь, когда ты эту помойку к уху подносишь!

— От негативных эмоций легко избавиться, — улыбнулась я, — просто не смотри на меня, и делу конец.

Сережка хмыкнул и ушел. Через неделю, на свой день рождения, я получила новенький аппарат. А все мобильники этой фирмы имеют одинаковый набор мелодий. У нас с Олей телефоны с одинаковыми «позывными», да и цвет панели идентичный, темно-фиолетовый. Младшая Курочкорябская забыла сотовый дома, если бы он как две капли воды не походил на мой, я ни за что бы не схватила чужой мобильник. Мама еще в раннем детстве растолковала мне, что читать чужие письма и подглядывать в щелку за людьми неприлично!

Положив телефон Оли на стол, я схватила ключи от

машины и побежала к выходу. Наверное, мама была бы недовольна сегодня своей дочкой. Я не играю на арфе, сплю в обнимку с собаками и иногда без всякого зазрения совести подсматриваю за мужчинами и женщинами. Представляю, в какой ужас пришла бы мамуля, узнав, что выращенная в оранжерейных условиях дочурка превратилась в почти профессионального детектива! Просто вижу, как она всплескивает руками и восклицает: «Котеночек! Но это же не комильфо! Если ты поняла, что человек на самом деле звонит не тебе, следует объяснить ему его ошибку и повесить трубку!»

И что мне сказать в свое оправдание? «Я должна всенепременно найти убийцу Василия Курочкорябского, чтобы спасти свою семью?» И вообще, во времена моего детства о мобильных телефонах даже не слышали! Мама понятия не имела о сотовой связи.

До деревни Опушково я добиралась около двух часов. Сначала перепутала поворот и покатила не в ту сторону. То, что я совершила ошибку, стало понятно лишь тогда, когда колдобистая дорога, упершись в полуразрушенное здание, оборвалась.

Я вытащила карту, поняла, что свернула влево, не доехав до нужного проселка, и, вздыхая, покатила назад.

Не так давно Вовка ездил в Германию. Представителей московской милиции пригласили немецкие коллеги. Костин вернулся в полном восторге, он долго рассказывал нам о всяких поразивших его воображение «фрицевских» примочках. Но самое незабываемое впечатление на него произвели две вещи. Первая — это невероятная законопослушность немцев.

— Вы не поверите, — всплескивал руками майор, —

но там люди замирают на тротуаре при виде красного света и не двигаются, даже если вокруг не видно ни одной машины. А еще нас повезли в предместье Берлина по довольно узкому шоссе, всего две полосы, одна ведет из столицы, другая — в обратном направлении.

Естественно, мы попали в пробку. Шофер оперся на руль и задремал. Наши менты устроились на заднем сиденье, сопровождающий их переводчик — около водителя. В тоске простояли минут пять, потом Гена Решетов предложил:

— Встречка-то свободна, давайте по ней потихонечку объедем затор.

— Каким образом? — вскинулся переводчик.

— Да просто, — пояснил Генка, — включить фары и рвануть по свободной полосе.

— Что вы! — испугался немец. — Подобное строго-настрого запрещено правилами дорожного движения!

Гена на секунду притих, но потом отмер:

— И никто их не нарушает?

— Нет, конечно, — пожал плечами сопровождающий, — закон есть закон.

— Но вы же милиция, — настаивал на своем Геннадий, — имеете право! Или, когда гонитесь за преступниками, тоже в пробке паритесь?

Переводчик без тени улыбки ответил:

— Погоня за тем, кто нарушил закон, естественно, ведется при включенных спецсигналах и без ограничений в скорости.

— Так поехали! Врубай сирену.

— Сейчас мы не при исполнении, — объяснил толмач, — едем на экскурсию, как обычные граждане, поэтому обязаны стоять, как все.

— Офигеть можно, — пробормотал Гена, — вы ненормальные! Иметь моргалку и давиться в пробках.

Но еще больше, чем законопослушность немцев, Вовку поразила их аккуратность и страсть к чистоте. Наши милиционеры поездили по «Подберлинью», на пути то и дело попадались деревеньки. Выглядели они словно однояйцевые близнецы: небольшие аккуратные домики, кирха, море цветов, низкие заборчики, школа, магазин, дети в шортах... И невероятная чистота вокруг. На крышах зданий громоздились телеантенны, во многих дворах имелись надувные бассейны. А когда Вовка с приятелями, побывав на очередной экскурсии, отправился поесть в скромное придорожное кафе, то он увидел там на столике компьютер, подключенный к Интернету, а потом, зайдя в местный туалет, испытал шок. Сортир в крохотной кафешке, расположенной в богом забытом местечке, сверкал невероятной чистотой. Над раковиной висела полочка, на которой лежали нераспечатанные упаковки с зубными щетками, стояли дезодоранты и пакеты с женскими прокладками. Не говоря о жидком мыле, бумажных полотенцах, ватных шариках и изогнутых пластиковых линейках, назначение которых Костин не понял. На противоположной стенке обнаружился шкафчик, а в нем бумажные стаканчики, памперсы, разноцветные пуговицы, нитки, иголки, ножницы... Стоит ли упоминать, что туалетной бумаги там было пять сортов?

Никакие красоты Германии, ни один из ее многочисленных музеев, ни местные полицейские участки, оборудованные по последнему слову техники, не произвели на Вовку такого впечатления, как тот придорожный сортир.

К сожалению, в нашей стране все не так. Стоит отъехать пару километров от столичной Кольцевой автодороги, как вы попадаете в глухие места, куда цивилизация еще и не заглядывала. Какие туалеты с прибамбасами! Да во многих деревеньках воды нет, несчастные бабы по сию пору ходят с ведрами к колодцам.

Опушково оказалось именно таким местом — без центрального водопровода и, похоже, газа. Штук десять покосившихся избенок, здание сельпо и несколько «новорусских» коттеджей, стоящих на небольшом удалении от нищего поселка.

Чуть не прикусив язык, я протряслась по колдобистой дороге и уткнулась в покосившиеся ворота, смело выкрашенные ярко-оранжевой краской. Калитки в них не было, пришлось распахнуть тяжелые створки и крикнуть:

— Эй, хозяйка, выгляньте наружу!

На крылечко вышла полная женщина в телогрейке.

— Тебе чего? — сухо спросила она.

— Приехала вот по вашему звонку, вы велели поторопиться, — заулыбалась я.

Женщина внимательно оглядела меня и констатировала:

— Ты не Курочкорябская!

— Правильно, она сама приехать не смогла, меня прислала.

Хозяйка хмуро насупилась. Я предполагала увидеть подобную реакцию и заранее подготовилась к разговору. Достала с заднего сиденья пакет.

— Вот Олечка гостинцев прислала: конфеты, колбасу, сыр, бутылку водки «Дамская»...

— На фига она мне? — скривилась хозяйка. — Я не пью вообще.

— Подарите кому-нибудь, — я продолжала цвести улыбкой.

Баба молча буравила меня взглядом.

— А ну постой тут, — велела она и исчезла.

Я осталась во дворе в обнимку с пакетом. Приходилось только удивляться странному поведению тетки. Обычно деревенские жители любят подарки и радуются, как дети, получая их. И ведь я купила самые подходящие для селян продукты: шоколад, сырокопченую колбасу, водку «Дамская». Такое в деревне берут лишь на Новый год, потому что пенсии и зарплаты у местных жителей невелики.

— Эй, — снова вышла на крыльцо хозяйка, — иди сюда. Скидавай ботинки-то! Воды не наносишься полы за каждым мыть.

Я покорно сняла коротенькие сапожки, прошла по разноцветным самодельным половикам до низкой двери и остановилась.

— Толкай, чего замерла, — поторопила меня хозяйка.

Я навалилась на створку и очутилась в небольшой комнатенке. Из мебели тут были громоздкий шкаф с зеркалом, две табуретки и кровать с никелированными спинками. Ложе накрыто цветастым одеялом, под которым виднелись очертания лежащего тела. Лицо больного человека заслоняла плотная фигура мужчины, сидевшего у изголовья спиной ко входу. Плечи парня обтягивал бордовый свитер. Что-то показалось мне знакомым, но я не успела сообразить, что именно. Мужик повернулся и ехидно произнес:

— Ну, Евлампия, добрый день! Как доехала? Быстро дорогу нашла?

От неожиданности я икнула и, плюхнувшись на жесткую, поцарапанную табуретку пролепетала:

— Вовка! Ты как сюда попал?

Глава 31

Костин усмехнулся:

— Аналогичный вопрос я готов задать и тебе. Впрочем, прежде чем выслушать, скорей всего, заведомую ложь, удовлетворю любопытство госпожи Романовой: я приехал навестить Льва Яковлевича Глоткина.

— И где он? — окончательно растерялась я.

Вовка кивком указал на кровать.

— Вот, сейчас он заснул, плохой совсем. Я уже вызвал сюда всех: и врачей, и наших, да долго ехать, никак не доберутся. Впрочем, думаю, бедняге не помочь.

— Это Лев Яковлевич Глоткин? — переспросила я.

— Да, — спокойно ответил майор, — ты разве не знала?

— А кто же тогда в нашем доме живет? — вопросом на вопрос ответила я.

— Тоже Лев Яковлевич Глоткин, — сообщил приятель.

— Их двое?

— В общем, да! Впрочем, нет. Один Петр, другой Лев, они братья.

— Ничего не понимаю, — вырвалось у меня.

— Ты, радость души моей, — заерничал Вовка, —

лучше расскажи, какие печали привели сюда ваше высочество.

Я стала лихорадочно соображать, что ответить на его вопрос, но тут майор поднял вверх указательный палец правой руки:

— Только не ври!

— Я всегда говорю правду!

— Уже врешь!

— Как ты со мной разговариваешь, — делано завозмущалась я, но тут со двора послышался шум, голоса людей, звяканье носилок...

Примерно через час мы ехали вместе с Костиным в сторону Москвы в моей машине. В Опушково приехали коллеги Володи: Антон Рыбкин и Иван Сопкин, но они зачем-то остались в избе.

В полном молчании мы добрались до работы Костина.

— Пошли, кисик! — рявкнул Вовка.

— Зачем? — Я решила посопротивляться, но Костин ухватил меня за талию и спокойно поволок ко входу.

— Не позорься, — велел он, поднимаясь по ступенькам, — топай самостоятельно, а то окружающие решат: преступницу тащу.

Не желая привлекать к своей особе внимание, я быстро двинулась за майором, очутилась в его кабинете, села на стул и тяжело вздохнула.

— Вот что, коллега, — прищурился Вовка, — давай обменяемся информацией.

— Начинай, — кивнула я.

Костин хихикнул:

— Ну, хитра! Ты первая!

— Может, монетку бросим?

— Лампа!

— А что? Я просто спросила, — быстро перешла я в оборону. — Разве нельзя? Есть предложение: давай говорить вместе.

— Хором?

— Ну нет! Будем останавливать друг друга!

Вовка хлопнул ладонью по столу:

— Изволь сидеть молча! Значит, так...

Я поудобней умостилась на стуле. Все-таки с мужчинами обращаться проще, чем с тостером. В приборе для поджаривания хлеба можно нажать не на ту клавишу, и спираль нагреваться не станет, а вот Вовке достаточно намекнуть на то, что разговор пойдет на равных, как он мигом раскочегарится, заткнет вас и начнет вещать без остановки.

У каждого человека есть свои секреты, маленькие или большие тайны, о которых ему не хочется рассказывать людям. Очень часто прожившие бок о бок друг с другом супруги бывают немало удивлены, наткнувшись на хорошо спрятанный женой или мужем скелет в шкафу. Никому неохота сообщать партнеру о том, как его в детстве били за ябедничество, или повествовать о первой, так никогда и не забытой любви. Порой в юности мы совершаем опрометчивые поступки, оглядываемся, закапываем поглубже свою тайну и наивно полагаем, что правду никто никогда не узнает. Но потом, спустя много-много лет, вдруг, откуда ни возьмись, появляется свидетель, обладающий хорошей памятью, и перед непойманным преступником во всей красе встает вопрос: что делать? Очень многие нелицеприятные истории уходят корнями в детство. И чтобы разобраться в произошедших событиях, нам придется вспомнить Берделкино и ту компанию подростков.

Ася Курочкорябская влюбилась в Петю Глоткина в шестом классе. Чем привлек девочку мальчик-увалень, вечно жующий то печенье, то карамельки, непонятно. Петька не отличался красотой, плохо бегал, постоянно падал с велосипеда, не умел драться... Его старший брат Лева тоже был невзрачным, да еще вдобавок носил очки в уродливой круглой оправе. Это сейчас подобное украшение на носу не вызывает смеха, мир прочитал книгу о Гарри Поттере и стал лоялен к очкарикам. Но в детстве Левы детей, вынужденных носить «вторые глаза», дразнили и обзывали по-всякому. Правда, старший Глоткин никак не реагировал на щипки, он постоянно сидел, уткнувшись носом в книгу, получал в школе одни пятерки, слыл «ботаником» и даже вызывал некоторое уважение у ребят.

Петька же особыми талантами не отличался, учился на тройки, изредка получал четверки. Асину любовь он стоически терпел, позволял девочке за собой ухаживать, благосклонно принимал ее знаки внимания.

После окончания школы Лева поступил в МГУ на исторический факультет. Хитрый Петька, мигом сориентировался и тоже подался в историки. Московский университет троечнику не светил, Петя отдал документы в педагогический институт. В это учебное заведение традиционно направляют стопы девочки, а ректор счастлив увидеть в толпе абитуриентов хоть одного мальчика. Преподавателям, принимающим вступительные экзамены, негласно велено завышать представителям сильного пола баллы, чтобы хоть как-то разбавить в лекционных залах «девичник». Троечник Петька оказался на первом курсе, в качестве специализации он выбрал татаро-монгольское иго. Вовсе не потому, что Петю так уж волновали те канувшие в Лету времена. Нет, лентяем двигала не любовь к науке, а хитрый расчет: Лева старше брата на год, он уже успел написать все нужные доклады, курсовые...

Самое интересное, что первый год Петька закончил почти на «отлично». Его серьезные работы вызвали восхищение преподавателей. Кое-кто, правда, выразил искреннее недоумение. Ну почему студент, блестяще разбирающийся в материале, написавший курсовую, которую можно считать кандидатской работой, не способен на семинарских занятиях ответить на самый элементарный вопрос? Но Петька, скромно опустив глаза долу, объяснил:

— Понимаете, я очень стеснителен, выступать перед большой аудиторией боюсь. Выйду к доске и мигом забываю, о чем речь!

Услышав заявление Петьки, педагоги с пониманием закивали головами и установили для парня особый режим. Теперь он мог не отвечать устно, а писать дома контрольные. Следует ли тут упоминать, что Лева, искренне любивший брата, старательно помогал Петьке?

Несмотря на отсутствие в аудиториях мальчиков, Петя не пользовался успехом у сокурсниц. Но младшего Глоткина сложившееся положение вещей устраивало, он был невероятно ленив. Ухаживание за девицами казалось ему тяжелой обузой. Нужно покупать цветы, конфеты, букеты и вообще суетиться, таскаться с девчонкой на танцульки, бегать с ней в кино, угощать мороженым. Лучше спокойно валяться на диване, попивая чаек, а для удовлетворения вполне естественных потребностей имеется постоянно готовая абсолютно на все Ася.

После окончания вуза Петю оставили в аспирантуре. И снова Левушка пришел на помощь братику, написал тому кандидатскую. Не успел Петр получить новенький диплом, как на Глоткиных, словно из мешка Пандоры, посыпались несчастья. Сначала умерла мама, тянувшая на себе двух сыновей. Лева, слишком увлеченный наукой, вообще не думал о хлебе насущном, ему было все равно, чем питаться и как одеваться. Заработавшись, Левушка мог не обедать, не ужинать, даже не пить чай. Петя же не собирался ломаться на службе, его вполне устраивало, что мамочка горбатится сразу в трех местах, добывая копейки для своих мальчиков. Папа умер еще в бытность братьев школьниками. И вот теперь не стало мамы, а вместе с ней и средств к существованию.

Лева не роптал, он упорно работал над монографией, ее полагалось издать перед защитой докторской. Кстати, работа, после которой Лева мог претендовать на звание профессора, была уже готова. Лежала, окончательно отшлифованная, в письменном столе. Старший Глоткин не представлял ее к защите лишь по одному соображению. Написав диссертацию, Лева показал ее академику Сбарскому. Тот одобрил труд, но сказал:

— Мальчик мой, погоди относить работу в Ученый совет.

— Плохое исследование? — испугался Лева.

— Наоборот, слишком хорошее, — вздохнул Сбарский.

— Тогда почему нельзя представить его к защите? — наивно вопросил Лева.

Сбарский посмотрел на молодого ученого и попытался объяснить ему некие околонаучные нюансы:

— Понимаете, Левушка, вы человек юный, но очень талантливый и феерически работоспособный. Сделали за пару лет столько, сколько иной за всю научную карьеру не успеет. Ученый совет состоит из людей, мягко скажем, немолодых. Большинство из них стало профессорами, разменяв шестой десяток, а тут вы, мой друг, с докторской. Вас из элементарной зависти забросают черными шарами. Погодите чуток.

Лева внял совету Сбарского. Да его и не слишком волновали регалии, ему было важно сделать работу, а уж получит он за нее звание или нет — отходило на второй план. Сунув папку подальше, Лева спокойно занялся новой книгой.

Петя же, заполучив звание кандидата наук, пристроился в заштатный вуз и начал вести преподавательскую работу. Денег ему платили мало, но Петеньку размер зарплаты не волновал. К тому времени он успел жениться на Асе и спокойно переложил на плечи супруги все материальные заботы. Жили братья вместе, и Ася заботилась обо всех Глоткиных, собственно говоря, она получила двойную обузу, потому что Лева, поглощенный наукой, совершенно спокойно брал из шкафа чистые, отглаженные вещи, а из холодильника вкусную еду. Ни разу ученому в умную голову не пришла элементарная мысль: откуда в их квартире взялись хлеб и масло? На какие деньги Ася покупает продукты?

Мало кто из женщин способен тащить на спине

такой груз, большинство жен взбунтовалось бы и сказало вполне справедливые слова:

— Вот что, дорогой муженек, ноги в руки — и на заработки. Да объясни своему брату, что представитель сильного пола, будь он хоть трижды доктором наук, обязан приносить в дом хоть какие-то копейки. Если он не состоит нигде в штате, кропает бесконечные тома, посвященные Золотой орде, и живет за счет женщины, то имя ему — альфонс.

Но Ася обожала Петю и ради любимого была готова на все: ломаться на трех работах, возиться с Левой — лишь бы младший Глоткин оказался доволен.

А потом Лева попал в тюрьму, его обвинили в убийстве Вени Клокова, осудили и отправили на зону. Курочкорябская испугалась.

Для начала она продала домик в Берделкине и обменяла квартиру Глоткиных на трехкомнатную хрущевку, расположенную в другом районе Москвы. Потом быстро устроила Петю на работу в профессионально-техническое училище преподавать историю. В советские времена, как, впрочем, и сейчас, учителей-мужчин катастрофически не хватало. Директриса ПТУ, узнав, что к ней хочет устроиться Петр Яковлевич Глоткин, кандидат наук, опытный преподаватель, пришла в полный восторг, но потом насторожилась и спросила у Аси, которая принесла документы мужа:

— Почему ваш супруг выбрал наше училище? Зарплата у нас невелика, дети не слишком развитые, мы ведь готовим автослесарей.

Ася улыбнулась, она, предполагая подобный вопрос, заранее подготовила ответ:

— Петр Яковлевич аллергик. Врач посоветовал ему

уехать из центра города поближе к окраине, из-за воздуха. Мужу запрещено пользоваться общественным транспортом. Ему лучше ходить на работу пешком. А еще Петр сейчас трудится над докторской и нуждается во времени. Ваше училище расположено в двух шагах от нашего дома, и распорядок занятий составлен так, что супруг уже в час дня может сесть за письменный стол. Ваше училище — идеальное место для него. Впрочем, если вас по непонятной причине терзают сомнения, Петр Яковлевич спокойно пойдет в общеобразовательную школу на соседней улице, там ему окажут теплый прием.

— С удовольствием возьмем товарища Глоткина, — испугалась директриса, — просто я хотела предупредить: зарплата здесь невелика.

— Нам много не надо, — улыбнулась Ася, — мы живем скромно, довольствуемся малым.

Стоит ли упоминать, что, заполняя анкету, Петя «забыл» о брате, томящемся на зоне? Впрочем, младший Глоткин, похоже, и на самом деле предал забвению старшего, никогда не спрашивал о нем, не интересовался его здоровьем, не писал писем. Опять все хлопоты легли на Асю. Курочкорябская отправляла передачи, заботилась о том, чтобы Лева получил зимние вещи, лекарства, книги...

Вот так они и жили, тихо, не высовывая из панциря голову. Потом грянули перестройка и полнейший хаос. У Аси в тот момент имелось двое детей, лентяй муж и огромный ком проблем, в первую очередь материальных. Ася была вынуждена разрываться на нескольких работах. Впрочем, когда на свет появилась еще до перестройки Оля, Ася попыталась единственный раз в жизни пристроить Петю к делу.

— Милый, — робко сказала она, — знаешь, репетиторы очень хорошо зарабатывают. Давай найду тебе уроки.

— Зачем? — зевнул Петя.

— Ну... у нас дети...

— Ты их сама родила, — отбил мяч муж, — с какой стати я должен теперь ломаться? Я и так отдаю в семейную кассу всю зарплату.

Ася опустила голову. Она не напоминала Пете, что деньги, полученные ею от мужа, целиком уходят на его же содержание.

Как-то под Новый год в квартире раздался звонок. Ася, не посмотрев в глазок, распахнула дверь и попятилась. На пороге стоял худой мужик в ватнике, черной шапке-ушанке и сапогах. В руках незваный гость держал мешок, сшитый из брезента.

— Вы к кому? — воскликнула Ася.

Пришелец робко кашлянул:

— Не узнаешь?

— Нет.

— Я Лева, вот... вернулся... Срок вышел!

Ася оцепенела, оценивая размер беды.

После перестройки отношение граждан к тем, кто сидит за решеткой, претерпело существенные изменения. Вернее, обычные люди всегда были лояльны к заключенным. Да и как они могли относиться к ним иначе? У половины граждан в местах не столь отдаленных либо находился кто-то из родственников, либо садился, либо выходил. Изменилось отношение чиновников и милиции. Теперь, прочитав в анкете фразу «отбывал срок», кадровик не говорил: «Место занято», а спокойно оформлял соискателя на работу.

И Ася перестала бояться осуждения соседей. Сейчас ее волновала другая проблема: как прокормить еще один рот? И потом, Леву придется лечить, вон он какой худой, кашляет.

— Извини, — бормотал тем временем старший Глоткин, — мне идти некуда. Если не жаль, разреши помыться и чаем угости. Пусти на пару дней, переведу дух и уйду.

Асе стало стыдно.

— Входи скорей, — пытаясь изобразить радость, сказала она, — квартирка маленькая, но как-то же мы раньше в подобной умещались.

Глава 32

С появлением Левы жизнь стала еще тяжелей. Комнат в квартире было три, в одной, самой большой, жил Петя, в другой — Ася, в третьей — дети. Естественно, младший брат не собирался ущемлять себя из-за старшего. Леве поставили раскладушку в коридоре.

Вскоре Асе стало понятно, что зона сломала Леву. Он боялся выходить из дома, если раздавался звонок в дверь, мигом шмыгал в туалет и запирался на задвижку. А еще у Левы появилось что-то вроде мании преследования, если Ася просила его сходить, к примеру, в булочную, он бледнел и лепетал:

— Но, Асенька, вдруг там они!

Кто это такие и что «они» способны сделать с Левой, Ася так и не узнала. Любые расспросы на эту тему доводили бывшего заключенного до слез. Может, начни он буйствовать, Ася бы и помчалась к психиатру, но от Левы никаких неприятностей не было.

Днем он сидел на кухне и писал какую-то работу, шуршал бумагой, словно пугливая мышь. Ел Лева как черепашка, ходил в старом тренировочном костюме Пети, не курил. Единственный расход — бумага, которую Ася покупала на складе за полцены.

Прошло несколько лет, и произошло невероятное событие. Однажды в квартире раздался телефонный звонок и приятный женский голос спросил:

— Можно Льва Яковлевича Глоткина?

Ася покосилась на Леву, сосредоточенно водившего по листу ручкой, и ответила:

— Он сейчас подойти не может.

— А вы ему кто? — прозвучал вопрос.

— Ближайшая родственница, — обтекаемо сообщила Ася.

— Передайте Льву Яковлевичу, что его ждут в адвокатской конторе... — сказала дама.

— В чем дело? — испугалась Ася.

Женщина вздохнула:

— В хорошем. Наследство ему получить надо.

На следующий день Ася, прихватив паспорт Льва Яковлевича, отправилась по указанному адресу и встретилась с очень милой дамой, адвокатом Перумской Анной Ивановной. Бросив беглый взгляд на документ, Анна Ивановна рассказала ну просто невероятную историю. В Америке умер Константин Миано. Никаких родственников у мужчины не имелось. Он был известным ученым, много зарабатывал, несколько раз получал престижные премии, к которым прикладываются чеки на очень солидные суммы. В свое время Костя сбежал из СССР вместе с матерью, тоже ученой с мировым именем. Эсфирь Леопольдовна и Константин владели домом на берегу океана, счетом в банке и небольшим, но приносящим стабильный доход предприятием. И вот теперь, после преждевременной кончины Кости, все богатство отходило Леве.

— Но почему? — только и сумела спросить Ася.

Анна Ивановна еще раз пролистнула паспорт Левы и внезапно нахмурилась:

— Здесь нет штампа о браке с вами.

— Лева недавно менял документ, — вдруг соврала Ася, — в милиции велели в загс сходить, но муж очень нелюдимый, он сюда поэтому меня и послал. Для него на улицу выйти — подвиг.

Анна Ивановна покусала нижнюю губу, потом протянула Асе несколько листов:

— Это письмо объяснит все. Константин Миано не скрыл правду. Отдайте послание мужу, ему решать, как действовать дальше. Только если он боится общаться с людьми, то должен выдать вам генеральную доверенность на ведение дел.

Ася кивнула и ушла. Честно говоря, она ожидала чего угодно, но не такого.

Письмо она прочитала в ближайшем сквере. Константин Миано просил прощения у Льва, рассказывая о том, как Эсфирь вытащила из грязной истории сына. «Мы обманули людей, отправили тебя на мучения, а сами спокойно жили и работали. Но вот Господа вокруг пальца обвести не удалось. Мама первой умерла от рака, теперь мой черед. Уходя рано в могилу, я хорошо понимаю, по какой причине Бог лишил меня жизни. Очень надеюсь, что оставленные тебе мной материальные блага хоть в малой мере компенсируют причиненное нами зло». Так заканчивалось послание.

В полном обалдении Ася вернулась домой и спокойно, как посторонний человек, обвела взглядом квартиру. Крохотные комнатушки давно требовали ремонта, старенький холодильник дребезжит, черно-белый телевизор дышит на ладан...

Потом Ася подошла к Леве, как всегда, строчившему нечто на бумаге, и ласково произнесла:

— Завтра поедешь со мной в одно учреждение.

— Нет! — испуганно вскинулся Лева. — Ася, милая, не выгоняй меня, нет!

Курочкорябская посмотрела на помертвевшее лицо родственника и поняла: Лева производит впечатление совершенного психа. Милейшая Анна Ивановна, скорей всего, засомневается в его вменяемости, а Ася не знала, может ли сумасшедший претендовать на наследство. Нужно сходить в юридическую консультацию, поговорить с законником. И тут на кухню вошел Петя.

— Мы будем обедать или нет? — недовольно процедил он.

Ася взглянула на мужа, потом на его брата, снова на супруга... В ее голове моментально родился план, как получить богатство.

Следующую неделю Ася провела в бегах. Для начала она заняла огромную, по ее меркам, сумму, а потом принялась раздавать взятки. Сначала сотруднице загса, которая поставила Леве в паспорт штамп о женитьбе на Асе и оформила необходимое свидетельство о регистрации брака, потом сотруднице милиции, выдавшей Пете новый основной документ гражданина без всяких пометок. Дети «переехали» в паспорт к Леве. Бывший заключенный в мгновение ока стал мужем и отцом, Петр превратился в свободного мужчину.

Ася действовала, словно служба разведки, забрасывающая шпиона в чужую страну.

Остается догадываться, что Ася сказала детям. Ольгу еще об этом не спрашивали. Но, очевидно, она что-то придумала или рассказала все как есть. Подростки сейчас меркантильные пошли, и перспектива богатства заставила их молчать. Ну а метрики Ася за деньги выправила, дети пошли учиться в новую школу.

Братьев Глоткиных разделял всего лишь год, внешне они были похожи, поэтому, когда Ася с Петей явились к Анне Ивановне, у той никаких сомнений не возникло.

Ася положила перед адвокатом паспорт и улыбнулась:

— Вот, муж таки сходил в загс, теперь все в порядке, и штамп на месте, и дети вписаны.

Спустя положенный законом срок Петя и Ася стали богатыми. Я не буду описывать всякие юридические формальности и рассказывать о том, как решался вопрос о предприятии в Америке. В конце концов все уладилось. Производство работало, дом был сдан внаем, на счет Пети, который стал Левой, потекли немалые денежки.

Ася приобрела новую квартиру в центре Москвы, дачу и уехала из прежней, крохотной конуры. Леву, естественно, она взяла с собой. Друзей у семьи не было, поэтому никто ничему не удивлялся.

— Эй, — перебила я Вовку, — тут нестыковка.

— В чем? — прищурился майор.

— Ася же рассказывала нам, что жила в этом доме с детства, обитала, так сказать, в родовом гнезде...

Костин хмыкнул:

— Лампа, спору нет, ты вполне способна нарыть

интересную информацию, но вот сделать логический вывод вам, мадам, слабо.

— То есть, по твоему мнению, я идиотка? — прищурилась я.

— Лампудель, — вздохнул Вовка, — ну раскинь мозгами. Ты же узнала от Сары, что детство Аси прошло в Берделкине, так?

— Да.

— Но разве ее загородный дом расположен там, а?

Я охнула. Действительно! Вовка прав.

Костин улыбнулся:

— Вот такие ляпы и мешают тебе получить целостную, правильную картину, ладно, едем дальше.

Ася, Лева и Петя начинают жить новой жизнью. Впрочем, Лева ничего не замечает вокруг, кропает бесконечные рукописи, потом отдает их Асе и говорит:

— Отнеси в издательство.

Курочкорябская прячет стопку исписанной бумаги в шкаф, а Лева принимается за новый труд. Ему неинтересно видеть изданную книгу, для него важен лишь процесс письма, и он по-прежнему отказывается высовываться на улицу.

Ася ощущает себя почти счастливой. И тут вновь случается невероятное событие.

Ленивый, апатичный Петя неожиданно заявляет:

— Хочу защищать докторскую диссертацию.

Ася изумляется до остолбенения:

— Ты написал работу?

Муж показывает стопку листов:

— Вот.

— Но это же Левина рукопись! — восклицает Ася.

— Да? — прищуривается Петя. — А я кто? Лева и есть.

— Но... нет... как же так... — растерянно бормочет жена.

— Очень просто, — начинает злиться Петя, — Левку давным-давно забыли. Сбарский умер, я навел справки, впрочем, я поеду защищаться в Питер, там Глоткина никто никогда не видел.

— Не надо, — лепечет Ася, — мне страшно.

— Молчи, дура, — рявкает мужик, — сделала из меня ничтожество, посадила дома!

— Петенька...

— Я Лева!

— Хорошо, хорошо, милый, но...

Петя не дал жене договорить, схватил Асю за кофточку, встряхнул и злобно прошипел:

— Заткнись, убогая! Из милости с тобой живу! Содержу тебя и твоих детей, объедаете меня, обпиваете, денежки тратите. Чье наследство, а? Кому оно принадлежит? Хочу стать профессором! Чтобы все меня уважали.

— Левочка, — забормотала Ася, — разве ж я против? Только нечестно получается...

Муж с силой толкнул жену, та, пролетев через всю комнату, ударилась о стену, упала, да так и осталась сидеть на полу. Петр навис над ней.

— Молчала бы, «честная»! — рявкнул он. — Заруби себе на носу, я хочу стать великим человеком, вот она, докторская диссертация, готовая. Станешь палки в колеса вставлять, забирай спиногрызов и мотай из моей квартиры! Найдутся другие, преданные женщины.

Не знаю, как поступили бы вы на месте Аси. Просто напомню, что Курочкорябская патологически любила Петю, чувство, испытываемое ею к мужу, не поколебало ничто, с каждым годом оно становилось все крепче, Асенька служила супругу, как преданная собака. Пес ведь не способен рассуждать, достоин ли его хозяин обожания. Каким бы пьяным, отвратительным ни было двуногое существо, собака будет преданно заглядывать ему в глаза. Больше всего на свете Ася боялась остаться без Петечки, прикажи он убить детей, мать не задумываясь придушила бы их. Такое чувство граничит с патологией, слава богу, что его испытывают редкие женщины.

— Петяша, — залепетала Ася.

Супруг больно ткнул ее ногой:

— Я Лева, дура!

— Левушка, — дрожащим голоском сказала Ася, — я так горжусь тобой! Докторская диссертация — это веха в твоей жизни, ты молодец!

Лицо мерзавца озарила улыбка, Ася осторожно встала на ноги. Больше она ни разу в жизни не ошиблась, называла мужа исключительно Львом Яковлевичем.

Диссертацию он защитил, более того, рукописи, складированные в шкафу, Ася отнесла в научные издательства, и они увидели свет. К Пете пришла научная слава. И тут он внезапно повел себя на редкость хитро. Наверное, боялся обнаружить свою несостоятельность как ученого и потому лишь изредка появлялся на научных конференциях, всегда отказывался от членства в каких-нибудь ученых советах, за что снискал славу очень скромного, нелюдимого человека. Впрочем, научный мир подобными личностями не удивишь. Петя никогда не делал докладов, обычно сидел в зале и часто слышал от выступающих коллег: «Как это великолепно описано в книге Льва Глоткина» или «Научные труды Льва Яков.евича — наша путеводная звезда».

Получив дозу славы, Петя возвраща¯ся домой, валился на диван и читал обожаемые им детективы. Через некоторое время появлялась на свет его очередная книга.

Кстати, как только Петя «начал карьеру» ученого, он потребовал удалить из дома брата. Ася купила дом в селе Опушково, перевезла туда Льва и поселила вместе с ним медсестру, которой платила вполне приличную сумму. Леву доставили в деревню ночью в специально нанятой машине частной «Скорой помощи», после укола снотворного. Ася волновалась, что Лев, увидев, где очутился, поднимет дикий скандал, но тот словно не заметил произошедшей метаморфозы. Проснулся, получил из рук сиделки еду, сел за стол, схватился за ручку и ушел в свой мир. Лева был явно психически нездоров — человек, навсегда напуганный и сломленный зоной, но сохранивший на диво четкий ум гениального ученого. История психиатрии знает подобные примеры. Даже в учебниках встречаются рассказы о рассеянных профессорах, неспособных назвать свой домашний адрес, но получающих тем не менее престижные премии за великие открытия.

Глава 33

После получения наследства семья Глоткиных-Курочкорябских зажила счастливо и обеспеченно. Этот период длился довольно долго, но потом богиня судьбы решила наказать их и развязала мешок с несчастьями.

Первое подстерегало их там, где никто не ждал. Ася

сдала очередную рукопись Льва, спустя месяц из издательства позвонила научный редактор Татьяна Всеволодовна и осторожно спросила:

— Ася Михайловна, простите, Лев Яковлевич хорошо себя чувствует?

— Да, — удивилась Курочкорябская, — а почему вы интересуетесь?

— Ну, — стала заикаться Татьяна Всеволодна, — понимаете, такое дело... уж извините, у Льва Яковлевича огромный талант, но книги не всегда даже у таких солидных ученых получаются одинаково хорошими... Бывают порой и некие... да... ну... э...

— Не мямлите, — рявкнула Ася, — в чем дело? Объясните нормально!

Татьяна Всеволодовна откашлялась и заявила:

— Текст несвязный, бесконечные повторения, нет четко обоснованной позиции... В общем, это напечатать нельзя, потому что публикация нанесет удар по престижу ученого, переделать же рукопись невозможно, настолько она неудачна.

Ася в тревоге бросилась в Опушково, поговорила с медсестрой и узнала: Лева вот уже полгода ведет себя неадекватно. Он периодически теряет память, порой не способен вспомнить собственное имя! Но потом вдруг к ученому возвращается ясность мышления.

Встревоженная Ася привезла в деревню врача, и тот лишь развел руками, а потом стал сыпать непонятными терминами. Ася с трудом разобралась в ситуации.

Оказывается, брат мужа давно болен. Отсюда его нежелание выходить из дома и общаться с людьми. Болезнь не является инфекционной, это сумерки психики. Страдающий подобным недугом человек поначалу кажется окружающим вполне нормальным, даже близкие люди считают его попросту чудаком, но потом светлых промежутков становится все меньше, и в результате больной окончательно теряет способность адекватно оценивать мир, в котором существует. Он превращается в младенца, из всех радостей у него остается лишь еда. В состоянии «овоща» несчастный способен протянуть не один год при условии, что за ним будут ухаживать сердобольные родственники.

— Может, есть какие-то лекарства от напасти? — с робкой надеждой в голосе поинтересовалась Ася.

Врач вздохнул и выписал кучу рецептов.

— Это поможет? — вопрошала Ася, изучая покрытые каракулями бумажки.

Доктор опустил глаза:

— Ну, если честно, обратной дороги нет. Процесс запущен, остановить его никто не в силах, можно лишь слегка притормозить развитие болезни.

— А работать он сможет?

Эскулап покачал головой:

— Нет, конечно.

Ни одной книги под именем «Льва Глоткина» более не вышло. Несчастный ученый по-прежнему каждый день садился за письменный стол и водил ручкой по бумаге, но связного текста не получалось. В научных кругах начали поговаривать о том, что блестяще талантливый, чудаковатый профессор исписался. Ася подсуетилась и распространила слух о том, что Лев Яковлевич задумал монументальный многотомный труд, который должен произвести настоящий взрыв в науке. Книг будет несколько, но пока Лев не завершит написание последней, он ничего не сдаст в издательство.

Петя ходил чернее тучи. Однажды Ася заглянула к мужу в кабинет и была немало удивлена. Супруг не лежал, как всегда, на диване, он сидел у письменного стола и сосредоточенно водил ручкой по бумаге.

— Чем ты занят? — Ася не сумела скрыть изумления.

Супруг отложил перо и рявкнул:

— Кретинский вопрос! Я, как всегда, работаю. Пишу очередной научный трактат.

— Ты? — вытращила глаза жена. — Работаешь?!

— Идиотка! — вдруг заорал Петр. — Тля убогая! Будто первый раз увидела меня над рукописью! Кто, по-твоему, создал эти великие труды?

Ася попятилась, а Петя встал и широким жестом указал на книжные полки, уставленные томами, принадлежащими перу Левы.

— Не пойму, — вдруг мирно заявил он, — чему ты удивляешься? Ступай, завари мне чаю!

Потрясенная Ася пошла на кухню. Похоже, Петя заигрался, он на самом деле уверовал в то, что является гениальным ученым. Впрочем, Петя и раньше с успехом исполнял эту роль перед детьми. Вася и Оля были уверены, что папа выдает на-гора великие научные труды. Дети в кабинет к отцу не входили, Петя категорически им это запрещал. Но перед Асей он никогда не ломал комедию.

Дальше — больше. Петя и впрямь что-то писал, медленно, по строчке в день. Стопка исчерканных листов на его столе практически не росла, но каждый день во время ужина Глоткин заводил речь о том, какой великий труд выходит из-под его пера, насколько глубоки и оригинальны мысли, запечатленные в слова... Заканчивался монолог всегда одинаково.

— То, что создано до сих пор, в подметки не годится воистину гениальной книге, над которой я тружусь сейчас, — патетически восклицал Петя, — весь мир поймет мое величие!

Ася не знала, как поступить. Позвать психиатра? Но что ему сказать: мой супруг, известный ученый, вместо того чтобы читать детективы, работает над монографией? Да после подобного заявления врач усомнится в психическом здоровье жены Глоткина. Нельзя же рассказать постороннему человеку про Леву, Петю, наследство и вообще про все?

Летом ситуация достигла критической точки. Воспользовавшись хорошей погодой, семья решила ужинать на террасе, Петю, как обычно, понесло, и тут Ася, утомленная духотой, неожиданно брякнула:

— Кушай лучше молча, Левушка! Вот напишешь книгу, тогда и...

Договорить она не успела. Муж встал, швырнул о пол тарелку и удалился в кабинет. Ася кинулась за супругом. Здесь уместно заметить, что ее любовь к Пете с годами не стала меньше, и это был единственный случай за их долгую совместную жизнь, когда она посмела заявить нечто, не пришедшееся ее повелителю по вкусу.

— Милый, — бормотала Ася, входя в комнату, — боюсь, ты неправильно меня понял...

Петр поднял голову и очень спокойно заявил жене:

— Если не нравлюсь — уходи, я тебя не держу, сомневаться в своей гениальности никому не позволю, если супруга не понимает, с кем живет, то это ее беда.

Я велик, — вещал Петя, — а мой новый труд нечто экстраординарное.

— Да, — кивала Ася, — конечно, любимый. Именно так и есть. Они еще поймут, с кем имеют дело, ты в сто раз талантливее Левы! В двести! В тысячу!

Петя моргнул и вдруг ернически произнес:

— Ты, милая, похоже, перегрелась на солнце. А я кто, по-твоему? Лева и есть! Неужели забыла имя собственного мужа? Позволь напомнить: я Лев Яковлевич Глоткин, а ты... Марфа.

— Марфа? — ужаснулась Ася.

— Ага, — ухмыльнулся Петя, — ты забыла мое имя, а я твое. Вот так-то, любезная!

После этого разговора Ася начала и наедине величать мужа Львом Яковлевичем и приобрела привычку несколько раз в день без всякого повода восклицать: «Когда будет закончена твоя книга, она перевернет весь научный мир».

В общем, семейная лодка благополучно миновала острый риф и поплыла себе дальше.

Но не успела Ася перевести дух, как случилась новая беда. Вася женился на Нине, дочери домработницы Надежды, совершенно не подходящей парню ни по образованию, ни по социальному положению, ни по возрасту, ни по воспитанию.

Мать схватилась за голову, и тут...

— Ей на помощь пришла Оля, — перебила я Вовку. — Девушка очень импульсивна, даже психопатична, избалованна, капризна. Она привыкла получать все, что хочет, по первому требованию. Еще Оле претила мысль о том, что ей придется теперь во время семейных праздников сидеть вместе с Надеждой Петровной, домработницей, к которой Ольга иначе как «эй, ты» или «поди сюда», пошла вон» не обращалась. Она и отравила Нину и Надежду Петровну.

— И как она это проделала? — с интересом спросил Вовка. — Ты знаешь?

— Могу предположить!

— Валяй!

— Оля приехала к Надежде домой. Скорей всего, она прикинулась дружелюбной и ласковой. Предложила помириться, забыть старое, а в честь примирения вместе выпить.

— И женщины ей поверили?

— А почему бы нет? — пожала я плечами. — Думаю, Ольга принесла бутылку или, что вероятнее всего, дала Нине денег и попросила ту сходить в магазин. Надежда, естественно, поставила на стол закуску. Оля знала, что их бывшая домработница любит готовить домашние консервы и, наверное, украсит стол чем-то из запасов. Так и вышло. Оля изловчилась и сыпанула в еду яд.

— Где же она его достала? — прищурился Вовка.

Я усмехнулась:

— Разве ты не знаешь биографию Оли? Она химик по образованию, работала в лаборатории, где полно всяких реактивов. Думаю, девица великолепно разбирается в отравляющих веществах.

— Ага, — кивнул Вовка, — в принципе верно, за исключением маленькой, ну просто крохотной детальки.

— Думаю, и Свету она убрала! — несло меня дальше.

— А причина?

Пришлось рассказать обо всем, что я узнала: о докторе с необычным именем Аркадия, о Жоре, который стал отцом столь необходимого Светлане ребенка, о сделанном после смерти мужа аборте, о все той же Аркадии, наивно поверившей рассказу об изнасиловании.

— Оля ненавидела Светлану, считала, что та отбирает у нее любовь матери и вытягивает из семьи немалые материальные средства, вот и решила избавиться от нее. Подлила что-то Свете в чай, и все!

Вовка открыл было рот, но тут в кабинет заглянул неизвестный мне светловолосый парень и бодро отрапортовал:

— Готово. Привезли.

— Хорошо, — кивнул Костин, потом повернулся ко мне и предложил: — Пошли.

— Куда? — удивилась я.

— Тут рядом, — обтекаемо ответил приятель.

Мы спустились по лестнице на этаж ниже. Вовка притормозил у какой-то двери, открыл ее и сказал:

— Ну вот!

Я вошла в кабинет и вздрогнула. На стуле, спиной ко мне сидела женщина, одетая в темно-синий пуловер. Что-то знакомое было в ее фигуре, внезапно до меня долетел запах пряных духов, и я невольно воскликнула:

— Оля!

Женщина повернула голову. Я схватила молча стоявшего рядом Вовку за крепкую ладонь. Я перепутала. Оля крупнее, вернее, полнее той особы, которая сейчас тоскливым взглядом смотрит на меня.

— Помнишь, — вздохнул Костин, — я сказал, что все твои рассуждения в общем-то верны, кроме одной крохотной детальки? Вот она, деталька, перед тобой. Лампа Романова, нарыв кучу интересных фактов, фатально ошиблась в самом главном: личности убийцы. Знакомься, Лампудель, это «автор» трагедии. Ей удивительно не повезло: если бы наша семья не оказалась в коттеджном поселке, никто бы никогда ни о чем не догадался. Ну, узнаешь убийцу?

Я молча кивнула, не в силах произнести ни слова из-за потрясения. Ладно, наконец-то я узнаю, почему и как она извела столько народу. Но основная задача-то осталась нерешенной! Я так и не выяснила, кто убил Василия Курочкорябского. Женщина, находящаяся передо мной, не способна на такой поступок! Ведь в кабинете сейчас с обреченным видом сидит... Ася Курочкорябская.

Глава 34

Прошло почти три недели, прежде чем мы с Вовкой сумели продолжить наш разговор. Костин пропадал на работе, у него, как всегда, случился аврал, и майор практически не бывал дома. Мы же с Катей, Юлей и Лизой, быстро сложив вещи, переехали назад, на городскую квартиру. Еще хорошо, что наша семья, поверив приятной во всех отношениях Асе Курочкорябской, не успела пройти все формальности и оформить дом на себя. Впрочем, деньги я отдала хозяйке сразу. Та самая железная коробка из-под печенья, которую Ася вытащила из пожара, была набита банкнотами, переданными мной Курочкорябской.

Ася вернула все без малейшего сопротивления.

— Доллары в моей спальне, в тумбочке у кровати, — сразу сообщила она.

Так что можно считать, что мы выскочили из этой истории, не прищемив хвост, получили назад почти все деньги, в коробке не хватало пары тысяч долларов, которые успела потратить Ася, но это было сущей ерундой.

Когда мы вернулись в родные пенаты, в столицу неожиданно пришла жара, настоящее лето, наступившее намного раньше календарного срока. В субботу мы отмечали день рождения Кирюшки. После того как тридцать детей — а на торжество был зван целый класс, — едва не разгромив квартиру, наконец-то разбрелись по домам, а счастливый новорожденный отправился разбирать гору подарков, явился Вовка. Не успел майор налить себе чашечку чая, как мы наскочили на него с вопросами.

— Кто убил Василия Курочкорябского? — твердила Юля.

— По какой причине Ася довела Свету до смерти? — недоумевала Катя.

— Это ерунда! — закричала я. — Надо узнать, кто тот человек, который приказал мне расследовать смерть Васи! Он для нас очень опасен! Вспомните историю с автокатастрофой!

— Какой? — хором спросили все.

Сережка быстро показал мне кулак, а Костин откровенно засмеялся.

— Нечего хихикать, — налетела на него я, — ведь ты знаешь все, вот и рассказывай.

Костин неожиданно кивнул:

— Ладно. Слушайте. Нину и Надежду Петровну отравила Ася. Лампа правильно рассудила. Курочкорябская на самом деле сделала вид, что пришла помириться, предложила бывшим врагам вместе выпить, дала денег Нине на покупку водки, а потом ухитрилась подсыпать в закуску отраву.

— Где она ее взяла? — воскликнула я.

Костин хмыкнул:

— Ты знаешь, кто Ася по профессии?

— Переводчик.

— Верно, но не совсем.

— Как это? Она же много работает, мы сами видели, — вскинулась Катя, — и потом, я уезжала из дома
рано и всегда поражалась: спускаюсь вниз, а Ася уже
встала и трудится! Оно и понятно! Ей деньги были
нужны! Такая огромная семья!

— Дуры вы, — ласково сказал Вовка, — за перево-
ды платят совсем даже немного. Жила их семья за счет
денег, полученных от Миано, но Ася не собиралась
никому об этом рассказывать. Она всем вокруг твердила, что Лев Яковлевич получает средства из-за гра-
ницы, гонорары за свои труды, ну и еще она зарабатывает переводами. Ася и в самом деле переводит книги, вопрос: какие?

— Ну... детективы, фантастику, — предположила
Юля.

— Любовные истории, — добавила Катя.

— Нет. Курочкорябская занималась сугубо научными изданиями. Она химик по образованию, долгое
время, до того, как превратилась в переводчицу, работала в НИИ, бывает там до сих пор, ходит в гости к
коллегам. Достать отраву ей не составляет труда. К тому же она может сама ее сделать. Знаете, если смешать
в нужной пропорции при определенных условиях некоторые свободно продающиеся препараты, то можно такое получить!

— А что надо смешивать? — полюбопытствовала
Юля.

— Не скажу, — рявкнул Вовка, — а то сбегаешь в

хозяйственный магазин и отравишь Сережку. Сколько раз ты говорила: убила бы его, так храпит!

— Идиот, — надулась Юлечка.

Костин сделал вид, что не услышал нелестной оценки своих умственных способностей.

— Избавляясь от Нины и Надежды Петровны, Ася была уверена в том, что поступает правильно. И вопрос тут упирался не в деньги, которые затребовали обнаглевшие бабы. Вернее, денег Асе тоже было жаль, но ключевую роль в решении убить бывшую невестку и ее маменьку сыграла фраза, брошенная домработницей:

— Еще скажите «спасибо», что я пока молчу, а то раскрою рот — и вашему муженьку, этому якобы ученому, перья-то пообщипают.

Точно не установлено, удалось ли Надежде Петровне, молчаливой тенью скользившей по дому, разузнать какие-то тайны семьи, или заявление она сделала просто так, случайно попав в самую болевую точку Аси, но Курочкорябская, поняв, что домработница представляет опасность для ее мужа, мигом избавилась и от нее, и от Нины.

Потом после некоторого затишья на Курочкорябскую опять обрушивается беда.

Вася женится на Светлане. Ася совсем не против бедной, немного убогой девушки. Курочкорябская не знает, что ее невестка, очень хитрая, готовая на все ради денег девица, двоюродная сестра Нины. Ася начинает заботиться о Свете, одевает, обувает, покупает той золото и машину. Может, вам это покажется странным, но Курочкорябская по своей сути милая, спокойная, интеллигентная женщина. Исчадием ада она становится лишь в тот момент, когда понимает: обожаемому муженьку угрожает опасность. Чтобы приобрести в лице Аси смертельного врага, достаточно сказать, к примеру: «Лев Яковлевич не умеет кататься на горных лыжах». Ну что обидного в этой фразе? Тысячи людей спокойно отреагируют на подобное заявление.

Но Ася моментально запишет вас во враги своего драгоценного супруга, а потом найдет способ отомстить. Из-за этой ее привычки семья и осталась без друзей. Ася Михайловна безжалостно отказывала от дома всем, кто, по ее мнению, относился к мужу без должного почета. Но Света быстро превратилась в ее любимицу. Хитрая девица раскусила свекровь и каждый день восхваляла свекра. Ася не могла надышаться на невестку, одна беда, та не беременела. Ну да эту историю все уже знают в мельчайших подробностях.

Поняв, что ждет ребенка, Света моментально отказывает мужу в близости. У Василия специфические сексуальные наклонности, и его жена использует любое обстоятельство, чтобы не ложиться с мужем в кровать. Вася пожаловался матери на Свету, но родительница горой встала на защиту невестки.

— Знаешь, дорогой, — сказала она, — женщину в эти месяцы лучше не трогать, можно спровоцировать выкидыш. Ты найди себе пока временную замену, так многие поступают.

Здесь уместно отметить, что Ася не знала о садистских наклонностях сына. В обыденной жизни Вася был милый, слегка стеснительный парень, с приятной, мягкой улыбкой.

Вася внимает совету матери и звонит... Неле.

А та соглашается прийти на свидание.

— Не может быть, — подскочила я, — Лора рассказывала мне, как была напугана Неля, как плакала и говорила, что никогда-никогда не приблизится к Василию ближе чем на километр.

— Это она говорила сестре, — подтвердил Вовка, — но на самом деле Неле нравился Вася, а еще она чувствовала себя обиженной из-за того, что бывший жених так быстро забыл ее и повел в загс какую-то дворняжку.

После неприятного инцидента с плетками прошло довольно много времени, да еще Вася обещает Неле — никаких ошейников и ремней, это давно забытая привычка.

И Неля, движимая самыми разными чувствами, основным из которых было желание отомстить сопернице, увести у нее мужа, решила встретиться с Курочкорябским.

Вася не обманывает Нелю, он и на самом деле не заковывает партнершу и не избивает ее кнутом. Васю это просто-напросто перестало возбуждать, теперь он... душит свою партнершу. Парню нравится видеть смертельный ужас в глазах женщины. Со Светланой он подобный фокус проделывал регулярно и худо-бедно научился контролировать себя и не доводить дело до смертельного исхода. А вот с Нелей случилось ужасное. В какой-то момент Вася понял, что перед ним лежит бездыханное тело.

В полной панике парень звонит матери. Ася сломя голову мчится на его зов. Она сразу поняла, какое несчастье постигло семью. Сейчас начнется следствие. Грубые менты станут рыться в истории семьи, нет никакой гарантии, что афера с получением наследства не вылезет наружу, а там могут и Льва Яковлевича найти. И Ася моментально принимает решение. Она обнимает Васю, целует, прижимает к себе и говорит:

— Я все улажу!

— Да? — с надеждой спрашивает сын. — Я не попаду за решетку?

— Нет, конечно, — успокаивает его Ася, — это исключено. Вот что, ступай, ложись в кровать рядом с Нелей.

— Зачем? — бледнеет Вася.

— Сейчас выпьешь таблеточку, — объясняет Ася, — и заснешь. Я же сделаю вид, что случайно пришла домой, увидела вас и поняла, что вы отравились из-за любви, ну не можете жить вместе, ты женат... Вот и приняли яд. Тебя, естественно, спасут, а Нелю нет.

Если бы Вася не был на грани обморока от ужаса, он бы, наверное, догадался спросить:

— Минуточку, а сломанная шея? Разве ее при вскрытии не обнаружат?

Но Вася почти невменяем, Ася дает ему листок бумаги и велит:

— Пиши: «Мы с Нелей Смешкиной приняли решение добровольно уйти из жизни...»

Василий покоряется, последняя фраза в записке выглядит так: «...я сначала лишил жизни Нелю, а теперь ухожу сам». Вася, естественно, доверяет матери полностью, поэтому он спокойно ставит свою подпись и выпивает протянутое Асей снадобье. Она не обманула сына. Тот не попал ни в СИЗО, ни в лагерь. Василий просто умер.

Ася берет бумагу, кладет ее на кухне, потом поджигает одеяло...

— Господи, — зашептала я, — «Кириешки»!

— Ты о чем? — спросила Юля.

— Ася постоянно ест сухарики «Кириешки», — забормотала я, — упаковку она кладет в карман. В тот момент, когда Курочкорябская наклонилась над кроватью и чиркнула спичкой, пакетик выпал и попал в ботинок Василия. Поэтому, кстати, упаковка и не сгорела. Я могла раньше догадаться, что Ася была на месте преступления. Я должна была догадаться!

— Успокойся! — замахала руками Юля. — Ты ни в чем не виновата. Сухарики мог купить и сам Вася.

— Нет, — почти плакала я, — это она! Ну почему я раньше не догадалась?

— Следователь, в руки которого попало дело, закрыл его без расследования. Во-первых, он детально поговорил с Асей и принял решение не позорить всемирно известного ученого, пусть уж лучше окружающие думают о несчастном случае, чем о том, что сын профессора сначала убил любовницу, а потом себя. Еще хорошо, что мать пришла вовремя. Ведь, умирая, Василий уронил горевшую свечу на одеяло. Преступник сам себя покарал, преступления, по сути, нет!

— Ну и ну, — покачала головой Юля.

— Хорош следователь! — взвился Сережка.

Костин вздохнул:

— Ну... порой встречаются такие! Сейчас-то он поет про уважение к ученому, но не зря у него в тот год появилась новенькая иномарка. Увы, деньги могут многое.

— Ася убила своего сына! — побледнев, воскликнула Катя.

Вовка кивнул:

— Да. Утверждает, будто хотела таким образом избавить Василия от мучений. По ее словам, Вася не вынес бы заключения. Но на самом деле Курочкорябская спасала Петю, боялась, что афера с наследством и великими научными трудами выплывет наружу.

После кончины Васи судьба дает Асе передышку, а потом готовит ей новый пинок.

Видя, что Светлана после смерти мужа совсем скуксилась, Ася решает развлечь невестку, ей приходит в голову отправить ее на отдых. Взяв Свету под руку, Ася идет в агентство «Шар-тур». Почему именно туда? Курочкорябская просто покупает справочник, перелистывает его и выбирает «Шар-тур».

Асю и Свету встречает менеджер, показывает им журналы, женщины разглядывают картинки, и тут в комнату входит хозяйка фирмы, Эвелина Семилетко.

— Ася! — восклицает она. — Ну и встреча! Ты как живешь?

Курочкорябская пугается, мямлит какую-то ерунду и, схватив Свету, убегает.

Через неделю к дому Аси подкатывает навороченная иномарка, из нее выходит Эвелина и решительно входит внутрь. Семилетко показалось странным, что подруга детства столь поспешно сбежала прочь. Ася в шоке, но ведь выгнать Эву нельзя. Приходится рассказывать Семилетко о своей семье, муже, дочери. И тут, как назло, Петя, никогда практически не приходивший на кухню, появляется возле холодильника с заявлением:

— Дайте мне чаю.

Ася холодеет, но пытается сохранить лицо.

— Лев Яковлевич, — бодро восклицает она, — узнаешь Эвелину? Первую красавицу Берделкина?

Петя тут же испаряется. Эвелина допивает чай и тоже уходит. Асе хочется верить, что она исчезнет навсегда. Ан нет. Спустя пару месяцев Эвелина заявляется к Курочкорябской и с порога заявляет:

— Я знаю все! Про Леву, Петю, наследство. Кстати, я тоже являюсь пострадавшей стороной, и мне положена компенсация.

Насмерть перепуганная Ася даже не спрашивает, каким образом Эвелина дорылась до правды. Курочкорябской понятно лишь одно: Эва узнала Петю, и теперь ее семью ждут огромные, феерические неприятности. В голове Аси складывается план, как избавиться от нахалки, но Эвелина ушлая, морально нечистоплотная особа. Она ловко управляет туристическим агентством, предлагая клиентам не только обычные вояжи, но и суперпутешествия, некие незаконные развлечения, в частности интим с малолетками. У Эвелины хорошая «крыша», у нее большие связи в самых разных сферах, это не домработница Надежда Петровна, кончина которой никого не тронула.

Эвелина понимает, что за мысли крутятся в голове у Аси. Она гадко улыбается и говорит:

— Имей в виду, если со мной что случится, то и тебе конец. Компромат я имею на руках, но он надежно спрятан. Ты можешь выкупить документы. Плати мне в течение года энную сумму, и получишь их на руки. Если наймешь киллера, бумаги и их копии отправятся в разные места: Академию наук, ВАК, желтые газеты, милицию.

Ася кивает:

— Согласна. Сколько? — с трудом выдавливает она вопрос.

Названная сумма ее ошеломила. Она составляет большую половину того, что переводится на счет Глоткина из Америки. Но делать нечего. Ася начинает отстегивать доллары.

Эва узнала Петра, и ее удивило, зачем Ася назвала его Львом. Хитрая Эвелина навела справки среди знакомых, которые в Америке общались с Миано, выяснила, что они умерли, и сложила два и два. Никаких документов у нее не было.

Более сильная и наглая, Эвелина блефовала, она с успехом использовала старую как мир уловку шантажистов, а Ася попалась на нее, точно не зная, что разведала Семилетко. Курочкорябская страшно напугана, поэтому она делает еще одну фатальную ошибку, забывает, что и у стен есть уши.

Светлана же, так никуда и не поехавшая отдыхать, тоже делает свои выводы: в агентстве «Шар-тур» случилось что-то, перепугавшее ее свекровь почти до отключки, кроме того, теперь от Аси постоянно слышно: увы, денег нет. Куда же деваются средства?

И Светлана принимается следить за Асей. Скоро она понимает: золотишко утекает к Эвелине, и продолжает рыть дальше. Находит статью Димы Ланского и, наивно полагая, что корреспондент, готовящий материал, знает о Семилетко все, пытается допросить парня, но успеха не добивается. Тогда Света начинает собирать «досье» с компроматом на Эву, арендует ячейку, чтобы хранить в ней документы, но расследование буксует, пока в папке спрятана лишь статья из газеты.

Потом Ася принимает решение продать дом Василия. Денег в семье катастрофически не хватает, все привыкли жить на широкую ногу и не желают «затянуть пояса».

Света возмущена. Девица надеялась, что коттедж в

конце концов достанется ей. Зря она, что ли, терпела Васины выверты?

— Ей мало наследства? — спросила я.

— Какого? — улыбнулся Вовка.

— Ну... фирмы. Вася-то был удачливым бизнесменом.

— Кто это сказал?

— Ася.

— А вы поверли, клуши. Вася — мальчик-мажор, существующий за счет родителей, он тихо работал в конторе, получал копейки. Ведь я уже сказал, что семья живет за счет наследства! — воскликнул Вовка. — Курочкорябская постоянно врала всем: муж — великий ученый, сын — сверхуспешный бизнесмен. Люди доверчивы, Асе верили.

Светлана изо всех сил сдерживается. Однако жадность — плохая советчица. Переполнившись злобой, Света звонит Эвелине, договаривается с той о встрече и заявляет:

— Я знаю все! Вы сосете денежки из Аси. Так вот, половина за молчание моя!

Ох, зря глупая Света решила испугать прожженную Эву, та лишь ухмыляется и говорит:

— Детка, обратись к психиатру.

— Я настучу в налоговую, — пытается запугать Эвелину Света. — Вы у себя в агентстве хрен знает чем занимаетесь!

— Скатертью дорога, — смеется хозяйка «Шартура» и спокойно уходит.

Но в машине ее спокойствие уступает место ярости. Эвелина пересекается с Асей и заявляет.

— Значит, ты решила на меня невестку натравить!

— Что? — пугается Ася.

Между бывшими подругами детства происходит неприятный разговор, и Ася понимает — от Светы следует избавиться немедленно!

Чтобы отравить невестку, Ася, химик по образованию и переводчик, совсем недавно подготовившая к печати книгу «Королевские дворы Европы и придворные отравители», поступает оригинально. Она пропитывает ядовитым составом тюльпаны и ставит их в комнате обреченной невестки. Выделяясь, яд вызывает угнетение сердечной деятельности. Обнаружить потом токсины в теле практически невозможно. Большинство медиков диагностируют кончину от банального инфаркта. Тюльпаны быстро завянут и перестанут быть опасными для жизни окружающих. Но букет лучше выбрасывать в перчатках, возможно появление аллергии.

— Вот почему у меня кожа стала слезать лохмотьями, — закричала я.

— Именно! — кивнул Вовка.

— Но с какой стати Лев Яковлевич, то есть Петя, отрыл букет, посмотрел на него и снова забросал землей?

Вовка пожал плечами:

— Он говорит, что не делал ничего такого.

— Я очень хорошо его видела.

— А он отрицает.

— Но...

— Послушай, Лампудель, — перебил меня Костин, — это самый несущественный момент из всего произошедшего. Лично я абсолютно уверен, что ученый хорошо знал о всех совершенных женой поступках. Он читал книгу «Королевские дворы Европы и придворные отравители», она лежит у него на столе.

Более того, в его библиотеке полным-полно подобных изданий: «Яды и противоядие», «Смерть цезарей» и так далее. Я подозреваю, что вдохновителем, так сказать, идейным руководителем спектакля был Глоткин, именно он толкал Асю на убийства. Но слепо влюбленная в него Курочкорябская никогда не выдаст супруга. Петр-Лева выскочит сухим из воды.

— А книга? — напомнила Юля. — Ну та, про яды. Разве она не улика?

— Нет, конечно, — улыбнулся Вовка, — тираж издания десять тысяч, оно свободно продается в магазинах. И потом, если человек приобретает книгу про оружие, это не означает, что он сейчас начнет стрелять по своим друзьям и врагам. Я, например, обожаю жюльен из грибов, которым ленивая Лампа балует нас раз в год. Но ведь это никому не дает повода говорить, что я начну употреблять галлюциногенные грибочки. Вам понятно?

— А капсулы с рыбьим жиром? — напомнила я. — Меня что, тоже хотели отравить?

— Да нет пока, — скривился Вовка, — хотя в отношении нашей семьи у Курочкорябской имелись далекоидущие планы. Но о них позднее. Нет, ты, Лампудель, повстречалась с обычной мошенницей. Эта Вера Ивановна втюхивает наивным особам под видом чудо-пилюль элементарные капсулы с рыбьим жиром. По идее, ничего плохого с покупательницей произойти не могло. Но, желая мигом похорошеть, ты слопала слишком много «эликсира молодости» и от этого покрылась пятнами.

— Зачем же «профессор» полез за пузырьком?

— Ну... небось хотел проверить, что это такое, и потом задать жене пару вопросов. «Академик» вообще-то хорошо слышал все, что говорилось в доме, он боялся за себя, контролировал жену, проверял, насколько тщательно закопан букет. Понимаешь, получив от тебя деньги за дом и лишившись своего местожительства, «историк» начал постепенно вкладывать в голову жены мысль: хорошо бы избавиться от Романовых. Глупое семейство заплатило башли, переехало в коттедж и успокоилось, доверив оформление сделки милой Асеньке. Вот если они все сейчас в результате какого-нибудь несчастья покинут сей мир, тогда и дом останется у Глоткина, и денежки. Думаю, дело бы обернулось для нас плохо! Но к рыбьему жиру Ася отношения не имеет!

— А откуда Вера Ивановна знает про Белявского? — насторожилась я.

Вовка потер затылок рукой:

— Юрий Белявский, которому был задан этот вопрос, долго мучился, а потом припомнил, что в их лаборатории когда-то работала уборщица, выгнанная за воровство. Это оказалась Вера Ивановна. Она, чтобы получше охмурить потенциальных покупательниц чудо-пилюль, жонглировала словами «профессор Белявский», «лаборатория». А когда ты вдруг воскликнула: «Белявский! Да я его знаю!», тут же сориентировалась, «позвонила ему» и сказала тебе:

— Вам, как знакомой, велено продать со скидкой. Тетка вообще-то не рассчитывала слупить с тебя триста баксов, ей и сотни было достаточно. Ясно?

— Это да, — кивнула я, — но у меня другой вопрос.

— Какой?

— Зачем медсестра звонила Оле Курочкорябской и сообщила той о состоянии здоровья настоящего Льва? Ольга разве была в курсе?

Вовка хмыкнул:

— С какой стати ты решила, что сиделка хотела поговорить с Олей?

— Ну... телефон... мобильник у нее как у меня. Оля сидела на кухне, потом уехала на работу, аппарат она забыла!

Костин пожал плечами:

— Ты торопишься с выводами. Да, сотовый забыла на столе, но не Ольга, а Ася. Это ей звонила тетка из Опушкова. А госпожа Романова по ошибке схватила чужую трубку...

— Случайно! Она точь-в-точь как моя.

— ... затем, по непонятной причине, посчитала мобильный Олиным, — спокойно продолжил Костин.

— А почему Света сказала подруге, что узнала об Оле что-то неприглядное? — спросила я.

— Ну мало ли что бывает в жизни человека, может, что-то о ее тайном романе проведала. Света ведь ничего конкретного не говорила, а ты решила, что злодейка — Оля, — заявил Костин. — Когда я, занявшись этим делом, добрался до Опушкова и допросил медсестру, то велел ей позвонить Курочкорябской, но трубку взяла Лампа, она же и явилась на зов.

Тогда я предпринял другую попытку и до отъезда в Москву с Лампой приказал медсестре связаться с Курочкорябской, но уже сказать той, кто подойдет к телефону: «Больной неожиданно выздоровел, пришел в себя, вспомнил, что он Лев Яковлевич Глоткин».

— Так ты все уже знал к тому моменту? — заорал Сережка.

— Да, — отмахнулся Костин, — естественно. Так вот, медсестра должна была испуганно говорить: «Лев

Яковлевич собрался в Москву, он необычайно энергичен и полон сил».

— Бред, — подскочила Катя, — любой врач поймет, что это ложь!

— Доктор, может, и сообразит, а Ася моментально понеслась в Опушково, пряча в сумочке яд, — хмыкнул Костин, — и мои сотрудники взяли ее с поличным в тот момент, когда дама, как всегда мило улыбаясь, вытащила отраву из сумки и налила в стакан.

— Но Льва же увезли при нас на «Скорой»! — воскликнула я.

— Один из оперативников лег на его постель и завернулся с головой в одеяло, сиделке приказано было сказать, что он спит. Ася стала спокойно готовить зелье — тут ее и задержали, — объяснил Вовка. — Лев Яковлевич и так уж задержался, по ее мнению, на этом свете, он ведь был нужен лишь как создатель книг, а когда потерял работоспособность, стал всем в тягость. Не пойму, почему Ася не уничтожила его сразу после разговора с Эвелиной Семилетко?

— Может, Ася полагала, что настоящий Лев Яковлевич еще выздоровеет и напишет новые книги? — предположила я.

— Маловероятно, — скривился Вовка, — по логике вещей, Ася должна была убить брата мужа сразу после того, как Эвелина начала шантажировать Курочкорябскую, но она этого не сделала, что вызывает удивление. Лишить жизни подлинного Льва Яковлевича ничего не стоило, весь мир давным-давно забыл о его существовании. Да уж, воистину очевидное невероятно. Похоже, дорогая Ася просто дала маху. Был тут у меня случай. Мужик совершенно безжалостно убил всех, кто знал о нем неприглядную правду, не пожалел никого, кроме ближайшего друга, который владел сведениями в полном объеме. Мне стало интересно: по какой причине убийца не тронул приятеля, ну я ему и задал соответствующий вопрос. В ответ он растерянно протянул: «А я о нем как-то не подумал, просто забыл». И такое случается. Уж не знаю, чем руководствовалась Ася: рассчитывала получить новые рукописи, сочла Льва неопасным, забыла о нем... но только идея устранить безумца проснулась в ее голове слишком поздно, когда она поняла: старший Курочкорябский может разоблачить младшего. И помог ей это осознать я.

И ведь пока Петра не трогали, Ася бывала даже добра. Она, например, искренне любила Свету. Вот Нина, сразу проявившая свой склочный характер и жадность, не пришлась свекрови по душе, а хитрая, притворно ласковая, болезненная Светочка вызвала у нее самые добрые эмоции. Асе было наплевать на бедность и происхождение девицы. Она верила ей, причем хорошее отношение к Свете не было поколеблено даже тогда, когда Оля попыталась открыть матери глаза и сообщила, что невестка сделала аборт. Ася попросту не поверила своей грубиянке-дочери, решила, что та специально оговаривает Свету, дабы поссорить их. Но как только она поняла, что Света представляет угрозу для Петеньки, горячо любимая вдова сына была ею безжалостно устранена.

— Так ты все знал, — снова протянул Сережка.

— Угу, — подтвердил Вовка.

— И не сказал нам? Позволил жить в этом доме? Почему не отговорил нас от сделки? С какой стати...

Дальше из Сережки полились совсем уж бессвязные речи.

— Я пытался, — вздохнул Вовка, — но меня слушать не стали. Ну я и подумал: ладно, документы не оформлены, деньги не отданы, пусть переезжают. В случае чего можно перетащиться назад, городскую квартиру ведь не продали! Кто ж знал, что Лампудель решит поступить по-своему и вручит Асе тайком от всех полностью деньги? И потом, Лампа мне сказала, что суммы пока нет, еще следует продать картины... ну я и успокоился.

— С какой стати ты сделала эту глупость? — накинулся на меня Сережка. — Почему предварительно не посоветовалась со мной, а?

Я, естественно, возразила:

— Ну, Ася казалась мне очень порядочной. И потом, она же вернула доллары, почти все, там не хватает совсем чуть-чуть!

Сережка заморгал, потом открыл рот, и тут Катя, решив прийти мне на помощь, обратилась к Костину:

— Лампуша наивный, думающий хорошо о людях человек, ее поведение меня не удивляет, а твое поражает. Отчего, если ты заподозрил что-то плохое, не стал проверять Курочкорябских?

— Ну вот, — всплеснул руками Вовка, — слава богу, нашли виноватого! Да я начал изучать сию семью под микроскопом. И первое, что узнал: Лев Яковлевич отбывал срок, на зоне с ним обошлись жестоко, «опустили», превратили в раба. По идее, после такого человек пугается на всю жизнь. Но академик не походил на сломленную личность. Правда, после неприятных для него событий прошло много лет, но я встречался с подобными ему несчастными, поверьте, психика меняется навсегда. Это было не подозрение, а так, маленькая заноза... ну я и потянул ее наружу!

— Почему ты мне не сказал, что Лев был за решеткой! — возмутилась я. — Ведь я просила тебя узнать о нем!

— На тот момент я многого не знал, — пожал плечами Вовка, — он сидел давно, а после зоны стал доктором наук, уважаемым человеком... Я не хотел тебя волновать. И, с другой стороны, насколько я помню, ты спрашивала, есть ли еще в городе Курочкорябские, речи о деталях биографий Аси и Льва не было.

— Не, Вовка, — хихикнул Сережка, — сдается мне, ты не хотел, чтобы Лампа полезла в эту историю. Думал ведь, что деньги она им не отдала, а прежде решила проверить благонадежность продавцов дома. Признайся, тебе очень не нравится, когда Лампецкий играет в сыщика.

Костин рассердился:

— Вовсе нет! Ты не прав.

— А вот и не так, — смеялся Сережка, — ты сейчас врешь, причем глупо, уверил Лампу, что все в порядке, посчитал, что придавил в зародыше ее желание копаться в ситуации, был уверен, что деньги не отданы, и преспокойно сам изучал Курочкорябских.

— Лучше скажи, — прищурился Вовка, — что за история с автокатастрофой? Кто в нее попал?

Сережка захлопнул рот. Майор окинул его торжествующим взглядом:

— Так как? Кто из нас лжет?

Поняв, что сейчас начнется смертельная битва, я замахала руками:

— Хватит говорить о глупостях! Есть очень серьезная проблема!

— Какая? — хором поинтересовались домашние.

— Кто велел мне искать убийцу Курочкорябского?

Этот человек представляет огромную опасность для семьи, он по непонятной причине заварил всю кашу!

Воцарилось молчание. Потом Вовка крякнул:

— Ну... В общем... Скажи, Лампудель, помнишь, какого числа это случилось?

— Конечно! В день родительского собрания, тридцать первого марта!

— Ага... ладно, — протянул Вовка.

— А где дети? — внезапно удивилась Катя. — Как странно! Обычно они обожают слушать наши разговоры, а тут испарились! Кирюша, Лиза, у вас все в порядке?

— Да, — донеслось из кухни.

— Что вы там делаете? — крикнула я.

— Посуду моем, — последовал ответ.

— Так, — протянул Сережка, — ясно! Нахватали двоек!

— А ну идите сюда, — велел Вовка.

Кирюша и Лизавета осторожно, бочком, вошли в столовую.

— Ну, орлы, — вздохнул Костин, — давайте колитесь.

Лизавета шмыгнула носом:

— Мы не хотели!

— Лось, дурак, — подхватил Кирюша, — число перепутал!

— И фамилия, — ныла Лиза, — ну кому могло такое в голову прийти?

— О чем они? — удивилась Катя. — Какой лось? При чем тут сохатый?

— Вы спокойно объясняйте, — велел Вовка, — медленно и членораздельно.

— Лось — это Колька Мисин, — завела Лизавета, —

дебил из нашего класса. Рост у него почти два метра и вес соответствующий, разговаривает хриплым басом, жуткого вида тип, идиот...

Чем дольше говорила Лиза, тем больше отвисала у меня челюсть, я была готова услышать что угодно, но не такое.

Всем известно — первое апреля День смеха. Вот Лизавета с Кирюшкой и решили разыграть Лампу. Подговорили Лося отловить меня возле подъезда и попросить поймать убийцу Курочкорябского. Фамилию дети выдумали в порыве вдохновения, специально вымыслили невероятную, чтобы мне в голову через некоторое время закралось подозрение, что таких на свете не бывает. И вообще второго апреля ребята собирались раскрыть правду и посмеяться, но шутка сразу зашла далеко не в ту сторону.

Мисин не зря получил свою кличку. По уму он недалеко ушел от сохатого и для начала перепутал числа, решил, что в марте тридцать дней, поэтому начал действовать на сутки раньше положенного срока. Во-вторых, он слишком серьезно отнесся к поставленной задаче. Подстерег меня после собрания, пошел следом на стройку, схватил, прижал к голове железку и произнес заготовленный текст. Потом позвонил Кирюшке и отчитался о проделанной работе.

Кирик обозлился:

— Идиот! Сегодня тридцать первое!

— Вау! — растерянно воскликнул одноклассник. — А че, разве в марте не тридцать дней?

— Дебил! — возмущался Кирюша. — Весь прикол испортил.

— Ну, я исправлюсь, — пообещал дурак и... позвонив мне по телефону, напугал еще больше, причем,

услышав вопрос об автокатастрофе, он проявил сооб-
разительность и дал понять: некие темные силы шутить с семьей Романовых не станут.

Надо же было так случиться, что именно в период
между нападением на стройке и этим звонком Катя
нашла вожделенный дом и привела к нам Асю!

— Мы прямо офигели, — ныла сейчас Лиза, —
когда услыхали ее фамилию: Курочкорябская!

— Думали, таких не бывает, — стонал Кирюшка, —
мы же несусветную чушь выдумали! Ваще, блин!

— Но авария с Сережей... — пролепетала я.

— Это просто ДТП, — вздохнул Костин, — обычное, банальное, а ты, напуганная произошедшим, моментально связала его со своим приключением и начала действовать.

— Почему же вы сразу не признались? — с возму-
щением воскликнула Юля. — Хороша шуточка!

— Мы сначала растерялись, — всхлипнул Кирюшка.

— Потом испугались, — добавила Лиза, — думали,
вы ругаться станете!

— Думать следовало до того, как отправили Лося
на дело! — рявкнул Вовка. — Почему вы затаились?

— Нам показалось, что Лампа поняла шутку и ничего делать не будет, — зарыдала Лизавета, — потом
переезд. Ну кто ж станет в такой момент всякой ерундой типа убийства заниматься?

— Кто ж предполагал, что она, как дура, купится
всерьез, — добавил Кирюшка.

— Вот оно как, — медленно сказал Вовка, — очень
славная компания: дебил Лось, фиговы шутники Кирюша с Лизой и взбалмошная Лампудель, мигом ки-
нувшаяся в расставленную западню. Сладкая ком-
пашка!

Эпилог

Ася сидит в тюремном изоляторе. В отношении нее возбуждено уголовное дело, и ничего хорошего Курочкорябскую после суда не ждет. Можете смеяться надо мной сколько угодно, но отчего-то в моей душе поселилась жалость к этой женщине. Вот, оказывается, в какого монстра может превратить интеллигентную, заботливую, не эгоистичную даму патологическая любовь к мужу.

Лев Яковлевич, простите, Петя, остался на свободе. Он вполне успешно отбился от всех обвинений, при этом проявил недюжинный ум и кошачью изворотливость. Со следователями разговаривал только в присутствии адвоката и отвечал на вопросы, сохраняя полнейшее хладнокровие. Книги писал сам! Почему на обложке стояло имя Льва Глоткина? А что, нельзя взять псевдоним? Ну-ка, посмотрите на прилавки: и Акунин, и Маринина, и Анна Берсенева в миру имеют другие имена и фамилии. По какой причине у него паспорт на чужое имя? Вот уж понятия не имею! Всеми документами ведала жена! Отчего представляюсь Львом? Ну, мне супруга велела! Ей не нравилось, как звучит имя Петр. С какой стати присвоил наследство? Первый раз о нем слышу! Это все жена!

Ася же твердила:

— Муж не виноват! Я сама все придумала, не трогайте Петю, он великий ученый.

В конце концов «академик» улегся в больницу и заявил:

— Я тяжело болен, умираю, вот документы о смертельном недуге.

Сейчас лже-Лев преспокойно живет дома, о жене он не беспокоится. С некоторых пор в коттедже появилась некрасивая, но богатая Рита, женщина из социальных низов, бывшая челночница, а ныне владелица сети секонд-хэндов. Для полного счастья Рите не хватало супруга-ученого, а у Пети никто пока званий не отнимал, чисто формально он продолжает числиться Львом Яковлевичем Глоткиным, доктором наук и академиком. Как разрулиться ситуация с ним, не знаю, но думаю, что мерзавец, даже лишившись регалий, не перестанет восклицать: «Я великий ученый!»

Эвелина Семилетко вновь угодила под следствие, на этот раз как владелица «Шар-тура», конторы, оказывавшей клиентам незаконные услуги. Оля Курочкорябская уехала жить в город. С отцом она не общается, с матерью, впрочем, тоже. Оля сильно похудела и изменилась, хочется надеяться, что пинок судьбы поможет ей стать нормальным человеком, но, судя по тому, что молодая женщина бросила мать в беде, шансы на это весьма малы.

Настоящий Лев Яковлевич был помещен в психиатрическую клинику. Физически бедняга почти здоров, но разум к нему никогда не вернется. Естественно, деньги Константина и Эсфири Миано возвращены их настоящему владельцу, Льву Яковлевичу назначили опекуна, который и распоряжается его деньгами. Сумасшедший содержится в великолепных условиях, в палате, которая напоминает кабинет, здесь и книги, и письменный стол. Лев целый день водит ручкой по бумаге, он вполне счастлив. Ему повезло, если бы не обретенное наследство, сидеть бы бедолаге в государственном учреждении, а там совсем некомфортно.

Лето мы провели в городе, я пошла работать на телевидение, редактором по гостям, служба напоминала пожар в курятнике, но о своей карьере на этом поприще я расскажу в следующий раз. Поверьте, в двух словах подобное не описать. Зарплата, правда, теперь у меня приличная, скоро я сумею приобрести новую машину, но зато свободного времени просто не осталось. Утро начинается ночью, ровно в полпятого я выползаю из дома и с закрытыми глазами бреду на парковку. Днем же, когда служебная круговерть заканчивается, я мотаюсь по области, ищу место для строительства загородного дома. На семейном совете было решено не приобретать готовое здание, а возводить его с нуля.

Думаете, легко купить кусок земли? Ан нет! Предложений полно, но то самое уютное, красивое, спокойное место, такое, где захочется прожить много лет, никак не могу найти!

25 августа, посетив очередные три участка, посреди которых торчали вышки линии электропередачи, я, ощущая себя боксером в нокауте, приплелась домой.

Лиза и Кирюша выскочили в прихожую.

— Ну как? — хором спросили они. — Нашла?

— Отстой, — устало ответила я, стекая на стул, — футбольные поля со столбами, ни деревца вокруг!

— Может, мы поужинаем? — заботливо спросила Лизавета.

И тут я вспомнила, что забыла купить продукты. К глазам подступили слезы, злые, горькие. Ну почему мне так не везет, а?

— Эй, Лампа, — испугался Кирюша, — тебе плохо?

— Очень хорошо, — шмыгнула я носом, — сейчас порулю в магазин.

— Не надо! Мы сделали салат «Цезарь»! — воскликнула Лиза.

Надо же! «Цезарь»! Моя любимая еда! Белые сухарики, куриная грудка и листья салата.

— Давай на кухню, — суетилась Лиза, — вот, попробуй!

Я уставилась на тарелку.

— А где «Цезарь»?

— Перед тобой, не видишь, что ли? — удивился
Кирюшка.

— Но здесь «Докторская» колбаса, сухари «Кириешки» и капуста!

— Ага, — кивнула Лизавета, — оригинальный ре-
цепт, я сама придумала!

На меня снова накатила тоска. Вот оно, Лампино
счастье! У всех «Цезарь» как «Цезарь», а у меня!

— Заправка из лимонного сока и масла, — тараторила Лиза, — знаешь, дома-то ничего практически нет.

Я понуро поковырялась в тарелке.

— Но мы решили не сдаваться, — не замечая выра-
жения моего лица, продолжал Кирюшка, — главное,
не отчаиваться, и жизнь наладится. Нет белого мяса — возьмем колбасу. Да ты хоть понюхай! Дико
вкусно.

Чтобы не обидеть детей, я осторожно отправила в
рот одну ложку с гремучей смесью, потом вторую,
третью... Вы не поверите, салат оказался вполне съе-
добным!

— Говорили же тебе, — ликовала Лизавета, — никогда нельзя опускать руки и думать: ну все, ничего
не выйдет. Не переживай, обязательно найдешь участок.

— Мы назвали салат «Никогда не унывай», — под-
прыгивал Кирюшка.

Я улыбнулась. А ведь правильно. Никогда не следует складывать лапки и рыдать от безнадежности. Слезами-то горю не поможешь! Нет курицы — бери колбасу, не нашел салат — хватай капусту, закончился белый хлеб — подойдут ржаные сухари.

— Классное название? — радовался Кирюшка. — Сам придумал!

— Просто отличное! — кивнула я.

— Не хвали его, — надулась Лиза. — Он обзывается...

— Не надо ссориться, — быстро перебила ее я.

— Обзывает не меня, — упорно продолжала Лизавета, — а тебя.

— Как?

Лиза хихикнула:

— Принцесса на «Кириешках».

— Почему?

— А ты сухарики все время в кровати ешь, — заявила девочка.

— Ябеда! — заорал Кирюша и убежал.

Лизавета бросилась за ним. Я осталась одна. Принцесса на «Кириешках»! Просто смешно, разве я похожа на изнеженную красавицу, которая начинает жаловаться по каждому поводу? Вовсе нет, я никогда не падаю духом, твердо знаю: все у меня непременно получится, участок найдем, дом построим, заведем еще и кошек, а может, страусов! Одного яйца гигантской птички на всю семью с лихвой хватит! Можно будет не бояться, что закончатся продукты.

Воображение мигом нарисовало картину: посреди леса, на вырубленном пятачке стоит избушка. Вот я выбегаю во двор, подлетаю к курятнику, извините, страусятнику, беру только что снесенное птичкой яйцо и торжественно несу его на кухню, где за столом с вилками на изготовку сидят домашние. Из окон слышится птичий щебет, собаки рыскают по лесу, недавно заведенные кошки выловили всех мышей. Кирюша и Лиза на «отлично» закончили год, Костин стал генералом, Катюша главным врачом, Юля с Сережкой открыли еще одно агентство, я купила новую машину. Вот оно, счастье, рядом. Осталось совсем чуть-чуть — надо только найти участок.

— Ну-ка, давайте еще по салатику! — радостно воскликнула я. — А потом баиньки, завтра предстоит много дел. Все у нас будет хорошо, сдаваться нельзя, даже если кажется, что ситуация ужасна. Я теперь хорошо знаю: когда одна дверь в счастье захлопывается, обязательно в тот же момент открывается другая, просто люди часто не замечают произошедшей метаморфозы, потому что тупо смотрят в закрытую дверь.

Донцова Д. А.

Д 67   Принцесса на Кириешках: Роман. — М.: Изд-во Эксмо, 2004. — 384 с. — (Иронический детектив).

ISBN 5-699-07704-9

Я, Евлампия Романова, попала в очередную переделку. А началось все с того, что на меня напал какой-то псих и, приставив дуло к виску, велел найти убийцу... Курочкорябскую. Когда я, клацая зубами от страха, вернулась домой, очередной сюрприз не заставил себя ждать. Подруга Катя нашла прекрасный загородный дом с огромным парком вокруг. О таком наше семейство давно мечтало. Но меня повергло в шок то, что продавала его Ася Курочкорябская. Таких фамилий больше ни у кого нет! Кого же в их семье убили? Я выяснила, что пару лет назад погиб при пожаре ее сын Вася. Вот тут и надо рыть. Не успели мы перебраться в коттедж, как сгорел Асин дом и умерла от инфаркта молодая вдова Васи. Или ее убили? Покопавшись в прошлом этой «веселой» семейки, я узнала много интересного: оказывается, вместе с Васей погибла и любовница, а несколькими годами раньше умерла его первая жена. Вот такая гора трупов! Старик Шекспир отдыхает!..

УДК 82-312.4
ББК 84(2Рос-Рус)6-4

Оформление серии художника *В. Щербакова*

Литературно-художественное издание

Донцова Дарья Аркадьевна

ПРИНЦЕССА НА КИРИЕШКАХ

Ответственный редактор *О. Рубис*
Редактор *Т. Семенова*
Художественный редактор *В. Щербаков*
Художник *Е. Рудько*
Компьютерная обработка оформления *Е. Гузнякова*
Технический редактор *Н. Носова*
Компьютерная верстка *Е. Кумшаева*
Корректор *Н. Овсяникова*

ООО «Издательство «Эксмо»
127299, Москва, ул. Клары Цеткин, д. 18, корп. 5. Тел.: 411-68-86, 956-39-21
Home page: www.eksmo.ru   E-mail: info@eksmo.ru

Подписано в печать с оригинал-макета 25.07.2004.
Формат 84x108 $^1/_{32}$. Гарнитура «Таймс». Печать офсетная.
Бум. газетная. Усл. печ. л. 20,16. Уч.-изд. л. 14,7.
Тираж 360 000 экз. Заказ № 0409220.

Отпечатано на MBS в полном соответствии
с качеством предоставленного оригинал-макета
в ОАО «Ярославский полиграфкомбинат»
150049, Ярославль, ул. Свободы, 97

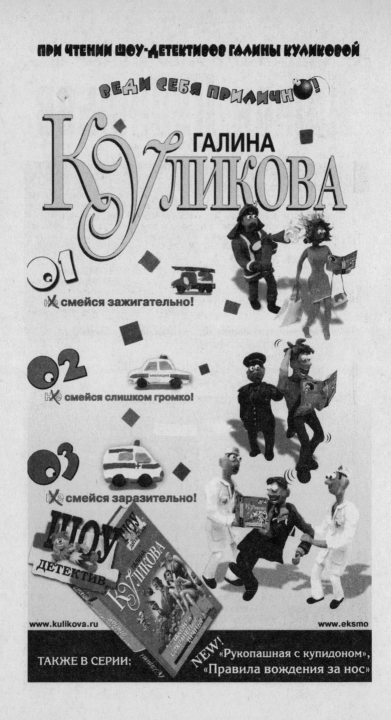